本书获得北京大学上山出版基金资助,特此致谢!

英国经典文学作品的儿童文学改编研究

Children's Adaptation of British Literary Classics

惠海峰 著

青年学者文库

北京大学出版社
PEKING UNIVERSITY PRESS

图书在版编目 (CIP) 数据

英国经典文学作品的儿童文学改编研究 / 惠海峰著 . —北京：北京大学出版社，2019.10
（青年学者文库）
ISBN 978-7-301-30854-7

Ⅰ.①英… Ⅱ.①惠… Ⅲ.①英国文学—儿童文学—改编—文学研究 Ⅳ.① I561.078

中国版本图书馆 CIP 数据核字 (2019) 第 219558 号

书　　　名	英国经典文学作品的儿童文学改编研究 YINGGUO JINGDIAN WENXUE ZUOPIN DE ERTONG WENXUE GAIBIAN YANJIU
著作责任者	惠海峰　著
责任编辑	李　娜
标准书号	ISBN 978-7-301-30854-7
出版发行	北京大学出版社
地　　　址	北京市海淀区成府路 205 号　100871
网　　　址	http://www.pup.cn　新浪微博：@北京大学出版社
电子信箱	345014015@qq.com
电　　　话	邮购部 010-62752015　发行部 010-62750672 编辑部 010-62759634
印　刷　者	三河市北燕印装有限公司
经　销　者	新华书店
	650 毫米 ×980 毫米　16 开本　16 印张　329 千字 2019 年 10 月第 1 版　2019 年 10 月第 1 次印刷
定　　　价	64.00 元

未经许可，不得以任何方式复制或抄袭本书之部分或全部内容。
版权所有，侵权必究
举报电话：010-62752024　电子信箱：fd@pup.pku.edu.cn
图书如有印装质量问题，请与出版部联系，电话：010-62756370

本书获得教育部人文社会科学研究
"英国经典文学作品的儿童文学改编历时研究"
（17YJC752009）项目资助。

目 录

序　言 /1
绪　论 /1
　　第一节　西方儿童文学及其研究发展综述 /2
　　第二节　中国的西方儿童文学研究 /11
　　第三节　儿童文学改编研究 /14
　　第四节　本书结构和创新 /17

第一章　儿童版与宗教 /21
　　第一节　笛福的《鲁滨孙飘流记》的两大主题 /22
　　第二节　18世纪斯托克代尔版的改编 /25
　　第三节　19世纪的《鲁滨孙飘流记》/33
　　第四节　20世纪初《鲁滨孙飘流记》的改编：走向中立 /57

第二章　儿童版与儿童观 /65
　　第一节　18世纪的删节 /66
　　第二节　19世纪的删节：阶级、文化与教育 /79

第三章　儿童版与教育理念/106
第一节　18世纪斯托克代尔版《鲁滨孙飘流记》的教育性改编/107
第二节　18世纪基促版的教育性改编/126

第四章　儿童版与课程标准/134
第一节　美国的共标版读物与儿童文学改编/134
第二节　副文本研究/141
第三节　作为副文本的《鲁滨孙飘流记》习题/144

第五章　认知叙事学视域下的儿童文学改编/153
第一节　尊希恩的认知叙事学/154
第二节　《傲慢与偏见》的儿童版改编/159
第三节　《汤姆·琼斯》的儿童版改编/175

第六章　比较文学视野下的儿童文学改编/181
第一节　中国的新课标读物和儿童文学改编/182
第二节　中国课标和中国改编：不一样的鲁滨孙/185
第三节　中国消费文化语境中的儿童文学改编/200

结　语/226
后　记/229
参考文献/234

序　言

　　惠海峰是非常优秀的青年学者，热爱和潜心于学问，研究具有深度和创新性，并已开始在国际学术界崭露头角，被聘为 *International Research in Children's Literature* 期刊顾问，*History of Education and Children's Literature* 期刊编委，*Jeunesse: Young People, Texts, Cultures* 编辑部成员，Routledge Press（劳特利奇出版社）中华学术外译项目评审专家，以及普渡大学比较文学研究期刊 *CLCWeb* 评审人等。

　　海峰的这一成果是国内首部研究西方儿童文学改编的专著。国内儿童文学研究仅有约半个世纪的历史，迄今依然发展缓慢，在外国文学界尤其如此。至于对儿童文学的改编研究，即对成人小说改编为儿童版的研究，无论是在中国文学界还是在外国文学界都几乎完全空白，这部专著具有填空补缺的作用。学界之所以忽略成人作品的儿童文学改编，主要是因为倾向于将这种改编仅仅视为在内容和表达上的简化。海峰的专著有助于从两方面纠正这种狭隘的看法，因为它不仅揭示出改编作品的丰富内涵，而且揭示出影响儿童文学改编的多种重要因素，如特定历史时期的阶级状况、意识形态、社会观念和文类规约，以及原作的性质、原作者的创作立场和改编者的改编立场等。

  海峰在北京大学完成本科、硕士和博士的学习，一直成绩优异，曾获得北京大学外国语学院研究生论文一等奖、北京大学优秀博士学位论文奖等。本书一方面基于他的博士论文，另一方面则基于他博士毕业后多方面的研究拓展。在做博士论文时，他将英国经典作品研究与儿童文学研究有机结合，聚焦于《鲁滨孙飘流记》(*Robinson Crusoe*)和《格列佛游记》(*Gulliver's Travels*)从成人文学改编成儿童文学的历史流变。这是一个带有交叉性质的题目，涉及儿童文学研究、改编研究、18世纪英国小说研究这三个不同领域，试图在成人文学和儿童文学之间架起一座桥梁，以文类规约和历史流变为拱，以宗教主题、儿童观和教育主题为面，以叙事学和文体学为路径，力求在严谨的叙事和文体分析的基础上从浩渺的英国文化和社会史画卷中去寻求文本改编背后的社会和文化动因。历经数年磨砺，海峰交上了一份令人感到骄傲的博士论文答卷。他于2012年博士毕业，获得当年北京大学外国语学院西方语言文学领域唯一的北京大学优秀博士学位论文奖。数年之后的2018年春，在北京外国语大学的一个学术会议上，曾经参与海峰论文指导的刘意青老师还公开赞扬了海峰的博士论文。

  毕业之后，海峰继续潜心进行儿童文学改编研究，将儿童文学改编置于更大的社会和文化背景中，延伸到了中国的新课标读物对外国儿童文学的改编，并将其作为观照，对比分析美国的"共同核心州立标准计划"对儿童文学改编的影响，从比较文学这样一个更大的视野来审视儿童文学改编之种种，使研究更加厚重，蕴涵更加丰富，研究成果也顺利发表在 *CLCWeb* 和 *Neohelicon* 等期刊上。

值得一提的是,海峰不仅在博士论文中很好地运用了文体学和叙事学的方法,且在毕业后还深入研究了新兴的认知叙事学,将其成功运用到儿童文学改编的分析中,探讨了儿童版中多层嵌套认知结构的特点,这无论是在儿童文学研究界还是在叙事学界都具有创新性和前沿性。

本书是海峰从博士到博士毕业之后这十年研究成果的浓缩。前半部分收入了他博士论文的研究精华,后半部分则是他博士毕业之后的拓展研究,全书构成对儿童文学既细致深入又较为全面的剖析。本书反映出海峰在儿童文学研究之路上思考的不断发展,从最初的改编版本历史流变到后来不断积极采用新范式和新视角,发表的期刊也从儿童文学类期刊扩展到比较文学类、文学理论和诗学期刊,体现出他对国际儿童文学研究最新动态的把握和积极的创新尝试。

海峰是真心热爱做学问的青年学者,基础扎实,学养有素,研究潜力巨大。在当今不少人急功近利的大环境中,他耐得住寂寞,能够不为外界所动,潜心学术,这一点尤其难能可贵。我期待着他在儿童文学研究的道路上继续砥砺前行,不断开拓创新,勇攀一个又一个新的高峰。

申 丹

2019年新春于燕园

绪　论

本书虽是对英国文学经典儿童文学改编的研究,但由于儿童文学在国内仍然是一个发展相对滞后的领域,而且以中文学科对中国儿童文学的研究占大多数,相比之下,在外国文学研究领域对西方儿童文学的研究非常少见。而由于中国文学批评传统和西方文学研究有着相当不同的批评传统和范式(尽管在中文学科中两种范式有融合的趋势),因此十分有必要对西方儿童文学及其研究进行批判综述,以便于学者们进一步了解本学科在国外发展的脉络。而且西方儿童文学改编正是在此学科发展背景之下兴起的分支领域,与之在研究方法、研究前沿和范式上有着密不可分的关系,同时又与文化研究(特别是教育和消费文化)有着千丝万缕的牵连,从而呈现出独特的个性和发展趋势。

第一节　西方儿童文学及其研究发展综述

1.1　西方儿童文学发展概述

儿童文学一词同时指向了许多不同的内涵:儿童文学作品、儿童文学研究、儿童文学产业,等等。①作为文本,最普遍的看法是它的正式历史可以追溯到 1744 年约翰·纽伯瑞出版的第一本儿童读物《漂亮的小书》(*A Little Pretty Pocket-Book*),公认的儿童文学研究的第一本专著是 1897 年 E. M. 菲尔德女士的《儿童和书:英格兰儿童文学历史与发展》(*The Child and His Book: Some Account of the History and Progress of Children's Literature in England*),②而作为一门新兴学科/研究领域的儿童文学是第二次世界大战后西方大学里开始的对流行文化展开的深入研究的一个分支。不管是电影、电视,还是儿童文学,大学从这一时期起纷纷开设相关专业课程并设置了学位,而在此之前这些研究仅仅是业余爱好者的天下。③

多数人文学科对自己的研究对象的起源都相当关注,不断尝试将其源头向更早的时期推进,儿童文学研究也是如此。我们暂且搁下学者们对最早的儿童文学的争论,从较为公认的儿童文学

---

① Peter Hunt & Sheila G. Bannister Ray, eds., *International Companion Encyclopedia of Children's Literature*, 2nd ed., London: Routledge, 2004, Preface, p. xviii.

② Mrs. E. M. Field, *The Child and His Book: Some Account of the History and Progress of Children's Literature in England*, London: W. Gardner, Darton & Co., 1895.

③ Karin Lesnik-Oberstein, ed., *Children's Literature: New Approaches*, Hampshire: Palgrave, 2004, p. 1.

的早期开始回顾儿童文学发展的历史。

在中国的印刷术传入西方之后,15世纪50年代德国人古登堡发明了金属活字印刷。1476年,英国人威廉·卡克斯顿采用古登堡的技术,在英格兰开办了第一家出版作坊。此举标志着书面文学的诞生,也标志着儿童书籍的诞生。由于图书在儿童手上更容易破损,因此很快角帖书(hornbook)就出现了。它是将印刷好的一张纸覆盖在木板上,上面用一层透明的动物角质(往往为牛角)保护着,将这三层固定在一起就做好了一"本"坚固耐用的书。其内容一般是英文字母、数字和祈祷词。卡克斯顿出版的最有名的几本儿童图书包括:《伊索寓言》《亚瑟王之死》《列那狐》。卡克斯顿出版的书以其优美的语言、标准的英语、流畅的文风成为英语文学重要的先驱,而且其版面宽裕,阅读舒适,深受贵族的喜爱。但是他的图书过于昂贵,少有人问津,因此在低端市场上出现了另一种沿街兜售的廉价书(chapbook)①。这种书往往印刷粗糙,故事也较为简短,但是售价低廉,购买方便。小贩们走街串户,贩卖这种小册子以及丝带、药水等其他的小玩意。它在英国和北美相当受欢迎,直到19世纪早期这种受欢迎程度才开始渐渐衰退。

18世纪以前还没有现代的儿童观念,儿童被认为是"小大人"(man in miniature)②,因此很少考虑儿童有着独特的教育和阅读上的需求。不管是卡克斯顿的图书还是沿街兜售的书,其共同特点是认为儿童读者阅读的目的是教化心灵,教授礼仪。尽管沿街兜

---

① 尽管这一译法略显粗糙,但中文里至今尚无专有名词对应该词。有时被称为小册子、通俗读物、廉价小册子等。

② 这一说法出现非常早,最初的出现已不可考。笔者找到的较早的例子是1857年马丁·阿诺德写的书的标题包含了这一说法。见 Martin Arnold, *Arnhold, the Bearded Boy! or, The Man in Miniature*, New York: Cameron's Steam Press, 1857。

售的书由于定位低端市场，相对而言更注重娱乐性一些，但是受到这一时期对儿童的看法，在这一点上和卡克斯顿的书并无二致。

随着清教势力的不断崛起，清教思想的影响也越来越大，这也对儿童读物产生了影响。由于清教徒崇尚自律、道德、节俭、勤奋，对娱乐和放纵充满敌意，认为会给人的心灵产生负面的影响，让人沉迷于享乐，而忽视对自身的救赎的关注。受到清教影响的儿童读物内容更为单一，气氛沉重，强调对儿童信仰的指引。这些在当时的图书的标题中得到了很明显的反映，如科顿·马瑟（后来在塞勒姆巫师迫害案中相当有影响的清教徒）的祖父写的《波士顿婴儿的精神牛奶》(Spiritual Milk for Boston Babes)，詹姆斯·詹韦的《给孩子们的礼物——几个小孩子皈依主的荣耀的一生和快乐地上天国的详细描述》(A Token for Children, Being an Exact Account of the Conversion, Holy and Exemplary Lives, and Joyful Deaths of Several Young Children)(1671)。

儿童读物和文学在 18 世纪经历了重要的转变。其原因可以追溯到两位重要的思想家——洛克和卢梭。之前人们将儿童视为小大人，很少会注意到儿童有着和成人不同的兴趣和教育的需求。因此儿童读物基本上是成人读物的简化版。加上清教过于看重原罪，认为人要关注自己的救赎，其教育思想中包含沉重的宗教和道德训诫。因此之前的儿童读物不太考虑儿童受众的兴趣，内容沉闷、乏味，缺乏吸引力。17 世纪洛克的白板说在很大程度上改变了这一状况。洛克认为，人出生时思想就像一块白板，并无善恶之说，感受到的各种经历在这块白板上留下痕迹，人就渐渐形成了记忆、自我身份、意识和性格。因此，洛克非常注重外界环境和输入对思想和个性形成的影响，他认为通过控制在"白板"上的书写，可以塑造出有德行、有思想的人。洛克将他的"白板说"应用在教育上,写下了《教育漫谈》(Some Thoughts Concerning Education)。贯穿这本书始终的是教育对儿童性格和思想的塑造力量。他在书中提倡更为温和的教育方法,提出要想更好地塑造儿童这块"白板",家长和教师必须注意他们的教学方法、内容以及儿童的需求,他鼓励儿童在身体和心智上的成长,肯定奖惩机制的激励作用,提倡通过范例来让儿童学会区分什么是善,什么是恶,而且警告成人不要在这块"白板"上留下不恰当的内容,例如激动、暴力,这些不恰当的内容在一些流传下来的故事中是很常见的。洛克的教育思想产生了深远的影响。[①]另一位重要的教育家卢梭则认为,儿童的天性是至善的,具有救赎的力量,不是儿童应该向成人学习,而是成人应该向儿童学习。因此不要让成人世界中的道德败坏和堕落影响了儿童,而是应该尽可能保留和鼓励儿童天性中这种善的因素的发展。在教育上,成人需要做的是创造恰当的环境和情景让儿童自己去学习和得出结论,而不是灌输给他们成人自以为正确的东西。尽管洛克和卢梭的学说有矛盾之处(儿童思想的初始状态以及成人教育儿童的方式),但是它们的影响都相当深远而且交融在一起,共同影响了18世纪乃至19世纪的儿童文学。这反映在以下几个方面:1)儿童图书市场开始兴起,这一时期的儿童图书数量有了很大的增长;2)儿童读物的形式开始变得多种多样,之前单纯的字母、数字和祈祷词的阅读被越来越多的故事、传说、民谣、小说、冒险游记等所取代;3)儿童文学的说教性明显减弱(和之前相比),更加注重寓教于乐。

卢梭崇尚自然的思想在浪漫主义时期得到了继承和发展,英

---

① Perry Nodelman, *The Pleasures of Children's Literature*, London: Longman, 1992, p. 24.

国浪漫主义诗歌的特色之一就是对儿童天真状态的歌颂,最为著名的是华兹华斯的《不朽的征兆》和布莱克的《天真之歌》。受此影响,一些作品采用儿童的口吻写就,如简·泰勒脍炙人口的《一闪一闪亮晶晶》(1806)。将这种趋势发挥到极致的是爱德华·李尔的《无稽之谈大全》(1846)、刘易斯·卡洛尔的《爱丽丝漫游仙境》(1865)和罗伯特·路易斯·斯蒂文森的《金银岛》(1883)。前者采用儿童的口吻,以打油诗的形式描写了许多滑稽可笑的无稽之谈,是一种语言的游戏,后者突破了传统的功利性的"理性冒险",描述了纯粹为探索而探索,非功利性的儿童奇遇。这两部作品代表了一种激进的对儿童天真状态的歌颂和对成人权威及理智的嘲讽。当然这类作品毕竟是极端的个例。19世纪的儿童文学"在天真与经验的张力中挣扎,既感受到无稽的、魔幻的幻想世界的魅力,又听见成人理性和现实世界的呼唤。可以说,19世纪中叶的儿童文学已经和我们现在的儿童文学非常相似了。"①

儿童文学发展里程碑 ②

1400s	早期的书:角帖书;卡克斯顿出版作坊(1476)
1500s	沿街兜售的小册子出现:《屠巨人者杰克》
1600s	清教影响:《波士顿婴儿的精神牛奶》,《给孩子们的礼物——几个小孩子皈依主的荣耀的一生和快乐地上天国的详细描述》
	洛克:《教育漫谈》
	第一篇为儿童创作的童话:查尔斯·贝洛的《鹅妈妈的故事》③

---

① Perry Nodelman, *The Pleasures of Children's Literature*, p.27.
② Ibid., 45.
③ 我们今天耳熟能详的童话,如《灰姑娘》《睡美人》《罗宾汉的故事》《蓝胡子的故事》,都来自于《鹅妈妈的故事》,虽然这些并非作者原创,而是来自法国口头相传的故事。

续表

	冒险故事：《鲁滨孙飘流记》①
	约翰·纽伯瑞开始出版儿童图书：《漂亮的小书》
	卢梭：《爱弥尔》
	关于儿童的诗歌：《天真之歌》
1800s	欧洲浪漫主义运动：格林童话、安徒生童话
	维多利亚时期的影响：夏洛蒂·杨格的《雏菊花环》
	儿童时期被视为冒险期，而非通往成人时期的培训期
	幻想小说：卡洛尔的《爱丽丝漫游仙境》、李尔的《无稽之谈大全》
	冒险小说：罗伯特·路易斯·斯蒂文森的《金银岛》、霍华德·派尔的《罗宾生的快乐冒险》、儒勒·凡尔纳的《海底两万里》
	真实小说（real-life novel）：玛格丽特·希尼《五只辣椒成长记》、路易莎·梅·奥尔科特的《小妇人》

1.2 西方的儿童文学研究

即使是作为学术研究的儿童文学，其内涵也是丰富的，难以界定。这一点从儿童文学评论的文章散见各类期刊（文学、文化、心理学、教育学、传播学、科普，等等）可以看出来。其研究手段几乎涵盖了文学理论的各个流派，从文本细读、心理分析、女性主义、种族分析、后殖民主义、原型批评，到文化批评、媒体批评（电影、电视、网络）等。从事文学批评、图书馆学、教育学、心理学、社会学、历史学等不同领域的专家学者们都在研究儿童文学。这给儿童文学研究带来了丰富的多元性和矛盾，促进了交流和对话。儿童文学

---

① 本书采用徐霞村的译文为主要译本（人民文学出版社 1959 年版）。该版将小说标题译为《鲁滨孙飘流记》，而现在较为流行的译法为《鲁滨逊漂流记》。为统一起见，除非讨论采用了不同译法的特定版本（如新课标版），全书统一采用人民文学出版社版的译法。

领域的权威学者彼得·亨特在2004年出版的《国际儿童文学指南百科全书》(International Companion Encyclopedia of Children's Literature)第二版中无不自豪地介绍,该书邀请了来自各个领域的116名专家撰稿,编者阵容十分庞大。① 在前言里,亨特还解释了该书何以冠以"国际"之名。事实上,"国际"既反映了该书内容的广度和代表性,同时也是对儿童文学发展状况的一个注解:一批有影响力的专家学者主要来自美、加、英、法、德、俄罗斯等国家;从研究内容看,既包括了像《伊索寓言》这样古老的寓言,格林兄弟的《白雪公主》《小红帽》等,又有《哈利·波特》这样最新的畅销书,还有越来越多的网上儿童文学图书馆②,既包括英语世界流行和熟知的儿童文学作品,又有各国自己传统的和流行的儿童文学作品;③ 从研究方法上看,囊括了几乎所有文学理论流派,甚至包括酷儿理论这样几乎是只针对成人文学的理论。儿童文学研究正处在一个蓬勃发展的时期,它还很年轻,专门的期刊还只有二十多种,主要在北美地区。④

20世纪六七十年代是儿童文学研究的萌芽时期,主张认真、严肃、批判地对待儿童文学,借鉴文学理论中已经比较成熟的方法,如新批评、结构主义等,其任务是将儿童文学研究纳入学术圈中

---

① 值得注意的是虽然书名中包含了"百科全书",但是其撰写体例却并没有按照一般百科全书那样采取词条的方式(如果那样的话,很可能编者的数目要更加庞大),而是采取"指南"的体例按章节撰写。

② 如"International Children's Digital Library","Children's Literature Network"等。

③ 包括阿拉伯世界、非洲各国、东亚各国对各自儿童文学作品的研究,参见《国际儿童文学指南百科全书》第二版第72至112章以及下文提到的儿童文学的国别研究。

④ 其中最具影响力的包括:The Lion and the Unicorn(被A&HCI检索),The Horn Book Magazine, Children's Literature Association Quarterly(被SSCI检索),Children's Literature, Bulletin of the Center for Children's Books, Marvels and Tales;Journal of Fairy Tale Studies, Bookbird。

来。1967年詹姆斯·斯蒂尔·史密斯编纂的《一种儿童文学批评方法》①就是一次这样的尝试。20世纪80年代是儿童文学研究的发展期,研究继续走向深入。90年代是儿童文学研究的繁荣期。根据笔者收集的不完全文献资料统计,至今仍广泛引用的20世纪70年代的专著为5本,80年代的为10本,90年代则猛增至47本。虽然该统计不一定全面,但这一时代特点却可见一斑。杜克大学的《今日诗学》(*Poetics Today*)杂志在1992年还专门为儿童文学出了一个专辑。这一时期的研究专著除了继续在各个方向拓展以外,研究的重心主要集中在意识形态的解读上。意识形态批评的集中与西方20世纪80年代初以来文学批评的政治和意识形态倾向的风气有关,一些批评理论家"转向了文本外的社会历史环境,将作品纯粹视为一种政治现象"②。这股风气也影响了儿童文学研究,只不过其体现较晚罢了。此外,叙事理论的蓬勃发展也进入了儿童文学研究的领域。叙事学从经典叙事学发展为后经典叙事,进一步和女权主义、认知科学、修辞学结合,产生了种种后经典叙事学,在处理不同类型的文本的时候具有更强的阐释力。一些儿童文学学者也开始用叙事理论解释儿童文学并取得了一些成果,如克里斯蒂娜·巴奇利嘉的《后现代童话:性别和叙事策略》研究了《小红帽》《蓝胡子的故事》《美女与野兽》等经典故事中的话语、观察者、叙事时间、双重代理(double agents)等手段对于重构后现代时代的儿童故事的作用。③还有尼古拉耶娃从叙事和修辞的角度

---

① James Steel Smith, *A Critical Approach to Children's Literature*, New York: McGraw-Hill, 1967.
② 申丹:《试论当代西方文论的排他性和互补性》,《北京大学学报》(哲学社会科学版)2000年第4期,第200页。
③ Cristina Bacchilega, *Postmodern Fairy Tales: Gender and Narrative Strategies*, Philadelphia: University of Pennsylvania Press, 1997.

对多部经典作品的解读。进入21世纪以来,儿童文学研究在数量上出现了爆发式增长,前10年共出版了94部专著,超越了前几十年的总和,并一直保持了这种势头。

对近20年西方研究的回顾表明,儿童文学研究在确立起独立的学科地位之后,开始向纵深发展,体现为研究内容的进一步细化:在时间上采取断代研究,结合史学的研究成果,研究不同时期社会历史背景下儿童文学的特点;在地域上进行国别研究,注重不同国家的社会背景、思想特点以及民族精神对于儿童文学的影响,而且断代研究和国别研究有时结合起来,如希瑟·斯库特的《移位的小说:澳大利亚当代青少年小说研究》。[①]当然,这两者也可以和其他的研究方法结合起来,如彼得·斯通利的《消费主义与美国女生文学:1860—1940》。[②]目前来看,这两类和其他方法的综合还不多,但可以预见的是,随着这一领域的不断发展,这种综合会越来越多。与细分共存的还有整合的趋势。由于儿童文学研究内容五花八门,方法繁多,过于细分的研究往往曲高和寡,因此一些权威专家以指南或是百科全书的形式把不同研究方向和内容的研究成果汇总起来,代表作有彼得·亨特的《国际儿童文学指南百科全书》(该书编者共116人,分为上下两卷,共5个部分,总计112章,1280页,可谓儿童文学研究成果乃至文学研究成果中的"巨无霸");维克多·华生编纂的《剑桥儿童读物指南》(与亨特的书风格不同的是,该书偏重对儿童文学作品做出批评性的介绍而非研究成果的阐释,覆盖范围相当广,包括了从诺曼时期到20世纪末的儿

---

① Heather Scutter, *Displaced Fictions: Contemporary Australian Fiction for Teenagers and Young Adults*, Melbourne: Melbourne University Press, 1999.

② Peter Stoneley, *Consumerism and American Girls' Literature: 1860—1940*, Cambridge: Cambridge University Press, 2003.

童文学作品），①B. E. 卡林喃和 D. G. 皮尔森编纂的《Continuum 儿童文学百科全书》②，还有杰克·齐佩斯编纂的《牛津儿童文学百科全书》。③

反映西方儿童文学学科的建立和蓬勃发展的另一个现象是劳特利奇出版社的"儿童文学与文化"系列研究专著的出版。该系列从 1994 年起开始出版第一本专著，截至 2000 年出版了 8 部专著，至 2018 年底共出版专著 131 本，是西方最完整、最深入的对儿童文学研究的学术研究成果。另一个值得关注的是牛津大学的"学术简介系列"④在 2011 年也出版了儿童文学分册，其作者是《国际儿童文学学会会刊》的现任主编金伯利·雷诺兹教授。劳特利奇出版社的研究系列无疑是先驱性和前沿性的，它直接推动了这一研究领域的研究，不断展现其最新成果，而牛津大学的"学术简介系列"的儿童文学分册的出版也表明了顶级学术出版社对这一研究领域走向兴旺的姗姗来迟的认可。

第二节　中国的西方儿童文学研究

中国的儿童文学研究的开始时间不算太晚，但其发展却异常缓慢，这主要是因为人们对儿童文学的轻视。根据国内儿童文学

---

① Victor Watson, ed., *The Cambridge Guide to Children's Books in English*, Cambridge: Cambridge University Press, 2001.
② Bernice E. Cullinan and Diane Goetz Person, eds., *The Continuum Encyclopedia of Children's Literature*, London and New York: Continuum, 2005.
③ Jack Zipes, *The Oxford Encyclopedia of Children's Literature*, Vol. 1, Oxford: Oxford University Press, 2006. 该书大有超过《国际儿童文学指南百科全书》之势，目前仅出版了第一卷，就有 1952 页。
④ "Oxford Very Short Introductions"，在中国由外语教学与研究出版社出版了一部分，称为"斑斓阅读"系列。

研究专家方卫平的介绍,中国的儿童文学领域可从1978年10月国家出版局、教育部、文化部、共青团中央、全国妇联、全国文联、全国科协在江西庐山联合召开的"全国少年儿童读物出版工作座谈会"算起。① 1979年,浙江师范学院中文系恢复儿童文学选修课,成立了儿童文学研究室,并开始招收儿童文学方向硕士研究生。但是近30年过去了,国内高校开设儿童文学研究方向的仅有4家:北京师范大学、上海师范大学、浙江师范大学和中国海洋大学。其中,北京师范大学的儿童文学专业硕士是独立培养招生,而博士仍在中国现当代文学方向下。其他三所学校的儿童文学都是三级学科,划分在中国现当代文学方向。高校学位的设置在某种程度上反映了儿童文学研究学科发展的落后。除了硕士专业外,研究机构仅有浙江师范大学的儿童文化研究院(下设儿童文化理论与政策研究所、儿童发展与教育研究所、儿童文学研究所、儿童文艺创作室)和中国海洋大学的儿童文学研究所(成立于2004年)。

从研究成果来看,儿童文学研究可以分为两大类,中国儿童文学研究和西方儿童文学研究。这里只关注西方儿童文学研究的状况。主要研究成果包括1986年韦苇的当代第一部《外国儿童文学史概述》、1994年韦苇的国内第一部《俄罗斯儿童文学论谭》、1996年吴其南的国内第一部《德国儿童文学纵横》、1997年彭懿的《西方幻想文学论》、1999年方卫平的国内第一部《法国儿童文学导论》、2001年吴其南的《童话的诗学》。算上韦苇2007年的《外国儿童文学发展史》,一般性的西方儿童文学史仅有2部。而上述的国别研究在国内几乎都是首部。但最近几年对国外研究的译著较多,主要是北京师范大学的王泉根教授引入并主编的一套"当代西方儿

---

① 韦苇:《外国儿童文学发展史》,北京:少年儿童出版社,2007年,"总序",第2页。

童文学新论译丛",首辑 6 种。还有浙江师范大学方卫平教授推动的"风信子儿童文学理论译丛",首辑 4 种。[①]此外,国内还有上海师范大学梅子涵教授主编的一套"儿童文学新论丛书",目前已有 11 本。[②]该丛书是国内学者在儿童文学领域的研究成果,并不限于是中国儿童文学还是外国儿童文学。总的来看,国内的研究专著多采取某个特定的研究角度,例如儿童文学的叙事范式、审美经验、女性主义声音等,而不局限于某个国别的作品。

国内的研究成果更多地体现在期刊论文上。根据中国知网的数据,2003 年至 2018 年底,主题词包含"儿童文学",中图分类隶属"文学"类,发表在核心期刊上的文章共 1177 篇,其中大部分是研究中国儿童文学,但也有不少文章是研究西方儿童文学的。从其研究角度看,主要关注的是作品的思想特点、创作美学(尤其是艺术的真实性)和中西对比,缺点是缺乏研究深度和新的角度,单纯从主题思想上研究的比较多,深入研究文本和理论的少。

总体来看,国内的西方/世界儿童文学研究目前还处于发展阶段,研究体系尚未得到完全的建立,没有形成涵盖儿童文学各文类和各国别的系统研究,理论水平还不够高,研究内容较分散。但这一情况在最近几年发生了显著变化。国家社会科学基金在 2011 年首次将儿童文学作品和理论列入课题研究指南,这反映了中国对儿童文学研究领域最高程度的认可和推动。国内儿童文学图书市场的蓬勃发展,对国外研究成果的大力引进,加上一些核心期刊近几年也对儿童文学加以倾斜,都预示着中国的儿童文学研究正逐渐走向成熟和深入。

---

① 其他译著清单,请参见彼得·亨特主编:《理解儿童文学》,郭建玲、周惠玲、代冬梅译,上海:上海世纪出版股份有限公司少年儿童出版社,2010年,"序言",第 2 页。

② 详细清单可见 http://book.douban.com/series/4774?page=1。

第三节 儿童文学改编研究

改编研究是儿童文学研究中的重要分支。所谓改编(adaptation)是指"任何在将某一部作品跨越文类或媒介时的修改活动,当然也包括跨越成人文学和儿童文学的界限"①。将成人作品改写成儿童作品为跨文类的改编,将小说改编成电影为跨媒介的改编。② 在改编的过程中就产生了源系统和目标系统。除了要让原作的内容和形式以新的方式呈现出来之外,为了使改编后的作品能够被目标系统接受(例如,从严肃文学到通俗文学可能意味着语言风格、情节结构乃至主题的改变,跨媒介的改编意味着呈现方式的彻底改变),必须针对目标系统的特点对原作进行修改。不同的文类有不同的特征和惯例,读者也往往不同,例如儿童作品的改编,又如严肃文学改编成通俗文学。读者的变化意味着作品的文体特点、叙事方式、风格、结构特点,以及作品中体现出来的知识、习俗、道德规范和意识形态都需要做出相应的调整,这些都是改编要研究的问题。跨文类改编看似简单,但中间往往牵涉复杂的变化。实际上,跨文类改编往往同时还跨越了时间、文化和读者年龄。许多改编作品的原作时间比较久远,即便读者地域不发生变化,读者生活的社会环境也有所不同。更不用提由于地球村的出现,文学作品

---

① Hans-Heino Ewers, *Fundamental Concepts of Children's Literature Research: Literary and Sociological Approaches*, London: Taylor & Francis, 2009, p.179.
② 正如下文即将提及的跨文类改编往往也跨越了时间和文化(地域)一样,这里的跨文类和跨媒介也存在重叠之处。因为"文类"一词既可以指"艺术作品的某种风格或类别",也可以拿来特指"有着某种特定形式、风格或目的的文学作品"(《牛津英语词典》,英文简称OED)。因此,跨媒介改编,例如最常见的将小说、戏剧改编成电影,其实也是在跨越文类(genre),而本书所使用的"跨文类"一词是狭义的,仅指在文学系统内部跨越各个文类,且特指从成人文学跨越到儿童文学。

有着极强的地域流动性,不同地区的不同版本即便语言相同,往往也会因为社会文化的不同而有所改变。[①]而读者年龄则是成人作品改编成儿童作品的主要考虑因素,这使得改编儿童作品往往具有较强的教育目的,而且更为保守。总之,作品在跨越文类壁垒的同时往往还跨越了其他界限。对儿童文学改编研究而言,由于作品中体现出来的社会历史背景因素、教育观念、意识形态往往是隐性的,蕴含在生动的故事情节层面之下,或者由于作品成为经典已久,人们对此已经过于熟悉而难以察觉,因此单就某部作品本身进行文本分析往往比较困难。而通过研究其不同历史时期和不同媒介的版本差异,我们能够更好地挖掘其中的隐含因素,这是改编对比研究的优势。

当前对改编的理论探索大多以琳达·哈琴的奠基之作《改编理论》(2006)[②]为基本研究框架。哈琴以"5W+H"的问题框架为核心,从形式、改编者、改编目的、受众和情景方面对改编进行了理论探索,具有很好的指导作用。但其缺乏对儿童文学改编特点的针对性,只适合作为一般性理论框架。

多数研究属于改编实践研究,主要有两类做法。一类以某一特定作品为对象开展历时研究。玛格丽特·麦基在《彼得兔的故事》(1998)[③]中研究了该小说如何在艺术、商业、技术等社会因素的影响下不断改编而又保持自身的身份,管中窥豹地回答了儿童文

---

① 例如 Continuum 公司于 2013 年出版的《经典作品的儿童文学改编》(*Adapting Canonical Texts in Children's Literature*)的简介就提到,该书将分析跨时期改编和跨文化改编的作品,并将其与不同时期、不同地域的儿童观念结合起来分析。

② Linda Hutcheon, Siobhan O'Flynn, *A Theory of Adaptation*, 2nd ed., London: Routledge, 2013.

③ Margaret Mackey, *The Case of Peter Rabbit: Changing Conditions of Literature for Children*, London: Garland Science, 1998.

学近一百年来的形势变迁这一宏观命题。但麦基更多是对文化产品的美学思考而非文学研究,而且其研究主题常有变动,缺乏一贯性。凯瑟琳·奥伦施泰因的《百变小红帽》(2002)①展示了该故事如何从最初法国沙龙流传的性爱寓言演变成19世纪更加保守的家庭寓言,直到20世纪末女性保护自我的寓言。凯瑟琳·奥伦施泰因从纷繁的版本中抽离出故事随时代流变的主线,是该领域的巅峰之作,不足之处在于过于偏向非主流的色情版本,代表性不足。这类改编研究由于要在众多版本中按照统一的批评框架挖掘改编流变的渊源,难度较大。且已有的研究都是针对童话,对其他文类(如本课题包括的冒险小说和戏剧)尚无研究。

第二类做法是选择某一时期开展共时研究,侧重特定时期的文化背景和文学传统对于不同作品改编的影响。韦尔曼·里士满的《作为儿童文学的骑士小说:爱德华时期的文字和插图复述》(2014)②研究骑士小说的具有缓和矛盾作用的道德规范力量,揭示了爱德华时期改编骑士小说的生产机制和社会功能。但该书描述不同版本内容差异居多,观点性不强。克里斯蒂娜·巴基莱加的《变形的童话:21世纪改编和政治奇迹》(2013)③分析了21世纪的诸多童话版本如何以其被人们习以为常的传统力量穿越文类障碍,参与社会活动并与其他文化力量竞争,尝试提供可行的童话改编研究的方法,但有不少观点具有一定争议性。

国内对儿童文学的改编研究更少。目前研究文本改编的仅有

---

① Catherine Orenstein, *Little Red Riding Hood Uncloaked: Sex, Morality, and the Evolution of a Fairy Tale*, New York: Basic Books, 2002.
② Velma Bourgeois Richmond, *Chivalric Stories as Children's Literature: Edwardian Retellings in Words and Pictures*, Jefferson: McFarland, 2014.
③ Cristina Bacchilega, *Fairy Tales Transformed?: Twenty-First-Century Adaptations and the Politics of Wonder*, Detroit: Wayne State University Press, 2013.

的一部专著是穆杨对经典童话的后现代改写研究。她在《破除魔咒：安吉拉·卡特童话反写作品中的身体与主体》(2009)中采用福柯的身体与主体、权力与抵抗理论阐释卡特童话反写作品的主题，提出卡特的童话反写从总体上来说是女性作家在话语领域对以父权为主导的权力关系的抵抗，在本领域做出了可喜的尝试。但其研究侧重意识形态解读，对影响改编实践的其他社会因素并未加以探讨。钱淑英的《互文性透视下的儿童文学后现代景观》(2013)研究了后现代主义风格的互文书写和戏仿对儿童文学的冲击，展示了经典文本在新时代读者那里获取的开放多元的新诠释能力，积极拓展了研究领域。但其研究的后现代风格作品在童书市场上并非主流，故代表性有所不足。

第四节　本书结构和创新

本书分为七章。绪论综述了儿童文学研究在西方和中国的发展历程，以及儿童文学研究领域中改编研究的发展现状和趋势。由于国内对西方的儿童文学研究不多，已有的几乎又比较集中在童话这一文类上，如天津理工大学舒伟教授团队对维多利亚时期英国童话的研究，或是致力于勾勒西方儿童文学的国别史，如浙江师范大学儿童文学研究院的成果，对西方儿童文学的发展阶段和范式缺乏较为全面细致的介绍，而本书所从事的儿童文学改编研究又属于西方儿童文学研究的分支之一，不可不察。

第一至三章为主题性研究，围绕着宗教、儿童观和教育理念的流变对不同时期儿童文学改编的具体影响展开。第一章以《鲁滨孙飘流记》为例，研究了从18到20世纪儿童版《鲁滨孙飘流记》对笛福原作的宗教主题的历时性反思，揭示了宗教元素在儿童版《鲁滨孙飘流记》中的兴衰和不同的改编处理策略。第二章以《格列佛游记》为例,研究了18到19世纪儿童版《格列佛游记》对政治、粗俗玩笑以及禁忌话题的删节处理,探讨了英国社会儿童观的历史流变如何导致不同时期不同的删节策略。儿童观是一个建构的社会概念,亦是儿童文学的根本概念之一,然其在不同时期有着相当大的差异,如卢梭之前的欧洲普遍将儿童视为小大人,缺乏对儿童特有心理特点的关注。儿童观的具体内容必然直接影响儿童文学的面貌以及儿童文学改编的内容和方式。第三章详细分析了教育理念对《鲁滨孙飘流记》两个18世纪儿童版本的改编影响,包括洛克的教育理念对小说的叙事结构重构的影响,以及儿童版添加的教育性内容,尤其是科学知识教育。教育和娱乐是儿童文学自诞生起的两大功能之一,教育理念必然影响儿童文学为实现这一功能而采取的具体形式和内容,更是对改编的具体策略和方向有着直接的影响。

  第四至六章更多地采用不同的研究方法和视角对儿童文学改编进行多角度的分析,从而更全面地理解儿童文学改编,并与前三章关注主题流变形成互补。第四章超越了一般文学批评专注本文的做法,从儿童版的副文本入手,分析美国的"共同核心州立标准计划"对儿童版的习题的设置和制定的影响,梳理了新批评的文学批评传统和美国语文教育理念对习题的塑造性影响。第五章采用了认知叙事学的研究方法,以《傲慢与偏见》和《汤姆·琼斯》的现代儿童版为例,分析了儿童版对原作的复杂认知嵌套结构的处理和降级,刻画了有所不同的主人公性格,从而强化了儿童文学改编的道德教育功能。第六章在比较文学的视野下研究了中国的课标读物对西方小说的改编,从中国的新课标①对改编的指引和中国的消费文化对新课标读物改编的影响探讨了中国的教育理念和社会文化对改编的影响,从跨文化的角度与前述章节形成了对比,进一步深化了对儿童文学改编的研究。

特别说明的一点是,本书在引用小说作品时,基本上都采用的英文原文而非译文,这主要是因为大多数分析都是叙事分析和文体分析,而译文可能不能完全体现原作的叙事和文体特征。只有在仅需要考虑情节的时候才引用权威的中文译本。这样一来,语言上难免有些中英夹杂,但好处是分析更加准确且有据可查。

本书的创新之处有以下几个方面:

1. 这是国内首部研究西方儿童文学改编的著作。国外被A&HCI检索的专门研究儿童文学的期刊已达7种(4种儿童文学期刊,3种科幻文学类期刊),劳特利奇出版社的"儿童文学与文化"研究专辑已达一百多本。而我国的儿童文学研究起步于20世纪七八十年代,发展缓慢,对西方儿童文学的研究则更为迟缓。尽管国家社会科学基金在2012年将其列入申报指南,但现状改变不大。本书通过叙事学和文体学的研究路径,整合教育、改编、跨文化等学科热点术语,开拓国内外对儿童文学改编的研究,尝试重新树立和建构儿童文学这一文学样式的应有学科地位。

2. 有助于纠正对儿童文学改编的偏见。中外学界之所以忽略成人作品的儿童文学改编研究,主要是因为一直以来都将这种改编视为在内容和表达上的简化。本书通过对多部作品的改编流变加以深入细致的考察,让我们看到儿童文学改编并非仅仅是一种

---

① 课标,即"课程标准"。2011年中国教育部颁布了《义务教育课程标准》,这一标准通常被称为"新课标"。全书多处使用简称,下文不再赘述。

简化。研究不仅揭示出改编作品的丰富内涵，而且揭示出影响儿童文学改编的多种重要因素，如特定历史时期的阶级状况、意识形态、社会观念和文类规约，以及原作的性质、原作者的创作立场和改编者的改编立场等。

3. 为儿童文学研究提供新途径和新方法。本书有两部分研究内容属于首创，一是对新课标读物的文学研究，二是对改编的认知叙事学研究。当前国内外对课程标准的研究主要在教育学界展开，采取的是教育学理论资源，而且对配套的课标读物研究也不多，而本书采用西方主流的文学批评范式对新课标读物的分析具有首创性，相关研究已先行发表在 2017 年的 *CLCWeb* 和 2018 年的 *Neohelicon* 上，这些成果都受到了国际同行的一致认可。本书对改编的认知叙事学研究采用的是以思维理论为切入点的认知叙事学派，目前这一理论即使在国外也仍处于发展之中，做出深度和获得认可的研究成果不多，但发表在《叙事》《今日诗学》等国际顶级期刊上的研究成果已经引起了学者们的高度重视，具备相当大的发展潜力。我国 2017 年立项的以尚必武教授为首席专家的国家社会科学基金重大项目"当代西方叙事学前沿理论的翻译与研究"也专设了认知叙事学的子课题。本书是国内外第一次运用这一理论对改编开展研究的尝试，以后将会继续从事和推动这方面的研究。

第一章　儿童版与宗教

宗教贯穿了欧洲的历史发展,在文学作品中自然也不例外。对早期英国小说而言,宗教是重要的有机组成部分。但随着社会的不断发展,宗教的精神影响和现实势力也在不断演变,人们对宗教的态度自然也有所变化。因此,儿童文学的改编也势必包括对宗教主题的重新审视。

本章以笛福的《鲁滨孙飘流记》儿童改编为研究对象。该小说自问世之初就大受欢迎,自 1719 年 4 月出版发行到 8 月已经重印了 4 次。到 19 世纪末各种不同的版本、翻译甚至仿作已经不下 700 版。它可算作改编的儿童文学中最受欢迎的一部了,各种改编和译本如此之多,以至于诞生了"Robinsonade"这一文类,其中最有名的要数 18 世纪德国的约希姆·海因里希·卡姆佩改编的《小鲁滨孙》(*Robinson the Younger*)和 18 世纪瑞士人约翰·鲁道夫·维斯改编的《瑞士家庭鲁滨孙》(*The Swiss Family Robinson*)。E. M. 菲尔德女士在她的《儿童和书》中也将《鲁滨孙飘流记》和《格列佛游记》列为 18 世纪最有代表性、最受欢迎的儿童文学作品。

第一节　笛福的《鲁滨孙飘流记》的两大主题

笛福的《鲁滨孙飘流记》包含了两大主题：经济个人主义和宗教信仰。评论家为这两大主题的相互关系争论不休。经济学派的代表人物是伊安·瓦特，他在《作为神话的鲁滨孙》(*Robinson Crusoe as a Myth*)(1951)和《小说的兴起》(*The Rise of the Novel*)(1957)中分析了鲁滨孙身上体现出来的经济个人主义精神。瓦特认为，理性的改造环境的劳动和经济劳动是鲁滨孙性格的道德前提，①鲁滨孙的行为很大程度上受到了经济个人主义的指导。瓦特所说的经济个人主义，不仅仅是指个人行为要考虑经济利益，而是指经济动机压倒一切，超越了传统的集体关系。②与之相对的是宗教派，以乔治·A. 斯塔尔和 J. 保罗·亨特为代表，他们认为该小说从内容和形式上继承了 17 世纪清教的精神自传（spiritual autobiography）的文类，并联系笛福本人的宗教信仰，认为这部小说体现的是在当时的社会如何找到真正的信仰。③事实上，这两个主题并非是互相排斥的。瓦特在 1996 年的《现代个人主义的神话》(*Myths of Modern Individualism*)中对自己的观点也做出了修正。在该书中，他在"经济个人主义"一节之后以更长的篇幅讨论了小说中的"宗教个人主义"，从而在"个人主义"的概念下分别讨

---

① Ian Watt, *Myths of Modern Individualism*: Faust, Don Quixote, Don Juan, Robinson Crusoe, Cambridge: Cambridge University Press, 1996, p. 151.

② Ibid., pp. 154—157.

③ George A. Starr, *Defoe and Spiritual Autobiography*, Princeton, New Jersey: Princeton University Press, 1965; J. Paul Hunter, *The Reluctant Pilgrim: Defoe's Emblematic Method and Quest for Form in Robinson Crusoe*, Baltimore: Johns Hopkins University Press, 1966.

论其经济和宗教方面的体现和意义,避免了单纯讨论经济个人主义的局限性。中国学者黄梅进一步指出,无论是经济派还是宗教派,都或多或少把发家致富和精神追求看作是相互排斥的,这一做法是不对的。正如韦伯对新教伦理的分析所指出的:"宗教关怀和世俗追求不仅是可以共存的,而且是同一复杂的心智系统和行为系统的不可分割的组成部分。"[1]黄梅看到了小说的宗教层面和经济个人主义层面的深层联系,从而调和并超越了经济派和宗教派的评论。笔者认为,个人主义在小说中体现在宗教和世俗两个方面,即宗教个人主义和经济个人主义。两者相互促进,它们在笛福的时代处于上升的趋势,而与之共存的还有传统家庭伦理话语和家庭关系的衰落,而18世纪的儿童版《鲁滨孙飘流记》恰恰在家庭这一不可丢失的"阵地"上进行了顽强的抵抗。

笛福的这部小说将家庭关系与宗教信仰放在了某种对立的角度。按照加尔文的观点,家庭成员之间不能有太深的情感,因为爱都献给了上帝,留给家庭成员的空间所剩无几。[2]当亲情过多地占据人的精神世界时,他就难以全心全意地爱上帝。从这一角度来说,鲁滨孙离家之后才有信仰,是十分恰当的。而且,小说的主要内容是他离家之后在荒岛上的生活。荒野历来是考验和得道之地,[3]鲁滨孙在岛上建立起真诚的信仰,这符合了基督教荒野得道的传统。

当鲁滨孙在家过着他并不喜欢的中产阶级的生活时,他从来

---

[1] 黄梅:《推敲"自我":小说在18世纪的英国》,北京:生活·读书·新知三联书店,2003年,第84页。

[2] Hans W. Hausermann, "Aspects of Life and Thought in *Robinson Crusoe*", *The Review of English Studies* 44 (1935): 451.

[3] 黄梅:《推敲"自我":小说在18世纪的英国》,第54页。

没有提到过他的信仰问题。虽然按照他的说法,"从父亲那里受到一点良好教诲"①,但很明显这点教诲不足以让他认真地思考自己的信仰,因为在他安逸的家庭生活中没有危机,也就没有对上帝的依赖。他的宗教信仰开始于他的危机。当然,小说没有提到并不意味着他就没有信仰,而是说在此之前他的信仰纯粹是被灌输的,自以为然的,他没有真正思考过该如何去信仰上帝。只有当他一次又一次在海外遇到各种危险时,当他处于孤立无助的绝望之境时,他想起了上帝,并真诚地祈祷,希望上帝能够解救他。

他与上帝的关系是一种实用的关系,正如他在荒岛上看《圣经》的第一句话:"并且在患难之日求告我,我必搭救你,你也要荣耀我。"(徐霞村译 71)每当遇到险境,鲁滨孙就想起上帝,开始祷告。而危险过后,他很快又将上帝抛之脑后。他第一次向上帝祷告,是在全书第 5 页。第二次感谢上帝,是在看到岩石缝长出的稻子后,已经是在第 58 页。但这一次的热忱也很快消退了。他一次又一次反思、祈祷、坚定信仰,但一次又一次远离上帝。可以说,险境就是上帝将鲁滨孙指引到正确的信仰之路的手段。鲁滨孙一日没有真正开始信仰上帝,他的苦难就一日不得停息。当鲁滨孙在家享受安逸生活时,他还不明白信仰的真正含义。当他在祈祷上帝,获救,然后又把上帝抛之脑后时,他也没有真正明白。当他看到《圣经》中的那句话时,他精神上的救赎才刚刚开始。但是,笛福并没有就此放过鲁滨孙,他还要经历许多艰险,因为救赎不是一蹴而就的。信仰之门即便打开,也并不意味着之后就是坦途。上帝不断用逆境来显示其存在和信仰的必要。因此,在看到《圣经》中

---

① 丹尼尔·笛福:《鲁滨孙飘流记》,徐霞村译,北京:人民文学出版社,2008 年,第 66 页。以下对中文版的引用采用文内夹注(徐霞村译 页码)。

的那句话时,笛福马上以回顾性的视角交代:"这句话对于我非常切合,在读到的时候给了我很深的印象,虽然这印象还不如后来那样深。"(徐霞村译 71)而鲁滨孙父亲所宣扬的中产阶级甜美的生活极力避免的就是逆境。因此,离家不仅是鲁滨孙树立真正信仰的环境条件,也是他不断强化信仰的保证。

第二节 18世纪斯托克代尔版的改编

2.1 版本介绍

《鲁滨孙飘流记》第一版于 1719 年 4 月由 W. 泰勒出版,泰勒在当年一共发行了四版,他的版本被认为是最权威的。《鲁滨孙飘流记》诺顿评论版就是基于泰勒的第一版。笔者没有发现当时英国国内改编的儿童版本,所有能找到的儿童版都是基于德国约希姆·海因里希·卡姆佩改编的版本。卡姆佩将其改编版起名为《小鲁滨孙》(Robinson der Jüngere),他又将德文版翻译成英文,即 1781 年汉堡的 C. E. 伯恩出版的《小鲁滨孙》(Robinson the Younger)。卡姆佩的德文版还被翻译成法语,后又被转译成英语,于 1789 年由伦敦的约翰·斯托克代尔出版社出版,名为《新鲁滨孙》(The New Robinson Crusoe, an Instructive and Entertaining History, for the Use of Children of Both Sexes. Translated from French)(336 页)。本章采用了约翰·斯托克代尔出版社的《新鲁滨孙》(以下称为斯托克代尔版)。

在进行儿童版本的比较分析之前,有必要了解一下卡姆佩的生平概况。他是德国作家、语言学家、教育家、出版家,1746 年 2 月 29 日出生于登森,1818 年 10 月 22 日卒于不伦瑞克。他出生于一个商人之家,1777年在德绍开办了一所学校(Philantropinum)。作为教育家,他一生撰写了多部教材、读物和教育方面的建议。在英国,他最为人所知的是他写的儿童读物,包括《美洲的发现》(*The Discovery of America*)(1781)、《科尔特斯》(*Cortez*)(1782)、《皮扎罗》(*Pizarro*)(1782)等。而其中最有名的就是《小鲁滨孙》。

卡姆佩的《新鲁滨孙》是根据卢梭对笛福小说的评论改编的。卢梭从他的哲学观点出发,认为人生来是平等、自由的,出生后受到社会的影响,开始有了不平等、特权、奴役等现象,从而使人失去了本性。因此,他提出要在教育中适应自然,维护人的本性。他在《爱弥尔》中谈到,爱弥尔读的第一本书,在很长时间内也是唯一的一本书,就是笛福的《鲁滨孙飘流记》,因为这本书很好地体现了他的自然教育的观点。笛福的小说从两个方面满足了卢梭的要求:1)这本书的荒岛部分讲的是如何生存,即卢梭所说的"自然教育";2)鲁滨孙在岛上孤独的生存环境避免了卢梭极力批驳的社会的不利影响。他说:"鲁滨孙在岛上,孤孤单单的,没有同伴的帮助,没有任何一样干活的工具,然而却能获得他所吃的食物,却能保持他的生命,甚至还能过得相当的舒服。这对各种年龄的人来说,都是一个很有意义的问题……这种环境,不是社会的人的环境,也的确不同于爱弥尔的环境;但是,我们应当根据这种环境来探讨所有其他的环境。要排除偏见,要按照事物的真正关系做出自己的判断,最可靠的办法就是使自己处在一个与世隔离的人的地位,并且完全像那个人一样,由自己按照事物本来的用途对它们进行判断。"在看到卢梭对该小说大加赞美的同时,我们必须注意他的两点保留意见:1)荒岛上的孤独环境有利于排除偏见,不受他人的影响,从而发展自己的判断力。但这种环境也"不是社会的人的环境,也的确不同于爱弥尔的环境"。也就是说,卢梭认为,这种环境仅仅具有教育意义,但不应该是人理想的生存环境。爱弥尔可以在这种环境中得到极好的锻炼,但他最终必须离开这种孤独的环境,在社会中生活;2)对卢梭来说,只有荒岛这一部分具有意义,而鲁滨孙在上岛之前和之后的情节,被认为是"杂七杂八的叙述"。

卡姆佩根据卢梭的两点保留意见,对小说进行了修改:

1)荒岛上孤独的生存环境有利于培养人的判断力,使之不受偏见的干扰。但这只能作为教育环境,而不适合作为较为长期的生存环境。小说中鲁滨孙在岛上度过了 28 年,这发生在孩子们身上显然不合适。卡姆佩需要将荒岛的孤独的生存环境和小读者实际生活的家庭的、社会的环境结合起来。他既需要荒岛环境的教育意义,又想让孩子同时处在家庭和社会的教育环境中,而不是真的把孩子们放逐到一个孤零零的荒岛上。他的解决办法就是将鲁滨孙的第一人称回顾性的故事变成了一个异故事叙述者(heterodiegetic narrator)所讲述的故事(详见第三节)。

2)他忠实地执行了卢梭的修改意见,将小说的开头和结尾部分的其他冒险(包括在巴西的种植园、被海盗俘虏等)删去了,这是卢梭认为毫无意义,不利于凸显孤岛环境这一主题的部分。

除此之外,卡姆佩还有他自己的想法。他认为原书过于冗长,文体死板,不适合孩子阅读,因此对语言进行了重写。另外,他认为笛福的小说的另一个问题是不该让鲁滨孙在登上荒岛伊始就得到那么多的工具,如他的枪支弹药、铁器、衣物等。这样一来,虽然鲁滨孙是一个人在岛上生活,但有了这么多来自文明社会的工具,就减弱了迫于恶劣环境而不得不进行发挥自己主观能动性的劳动的紧迫性,荒岛就不再是一个真正独居的环境了。

卢梭对《鲁滨孙飘流记》的赞美是出于他的教育目的,而非审美性的阅读。同样,卡姆佩对该书的改编也是出于教育的目的,是为了让它能给孩子们带来欢乐和教导，寓教于乐。原小说中的经济个人主义和宗教信仰互为支撑，使主人公逐渐远离传统家庭关系的主题结构不适合儿童读者。因此，卡姆佩针对这几个主题进行了不同的改编。

斯托克代尔版的结构与原作也大相径庭。原作是小说主人公鲁滨孙以叙述者的身份和回顾性的视角讲述的，他写下了自己当年的种种经历。而斯托克代尔版则采用了更为复杂的叙述结构重新讲述了鲁滨孙的故事。它开篇介绍了比林斯利一家。比林斯利先生有好几个孩子，家道还算殷实，为了节省孩子们上寄宿学校的一大笔费用，同时也为了自己督促孩子们的成长和教育，他打算亲自教育他们。在一天的学习结束后，为了放松和休息，他给孩子们讲鲁滨孙的故事。然后，小说的主体部分就开始了。主体部分采用了对话体。比林斯利先生一共用了 31 个晚上把这个故事讲完，全书就以此来划分章节。

2.2 对宗教主题的强化

斯托克代尔版在很大程度上强化了宗教信仰。对宗教信仰的灌输和教育，无论当时的成人文学还是儿童文学都是相当重视的。在 18 世纪，英国对不信仰国教者还是持有相当不宽容的态度的。他们不能参加公职，不能进入大学学习，笛福的《对待非国教徒的最简便的办法》还激起相当大的反应。这些教派间的斗争恰恰说明了宗教力量的强大和人们的虔诚。因此在儿童版中，宗教因素得到了强化。

在原作中，鲁滨孙的宗教意识萌发得很晚。他上岛之前唯一一次提到上帝是在第一次航行遇到风浪的时候。以前从来没有过航海经历的他向上帝发誓假如他能生还，他一定待在父亲身边，不再乱跑了。第二天风平浪静,他的这个想法也被抛之脑后了。第二次提到上帝是他被海浪冲上了荒岛,发现自己居然幸存下来之后。他并没有意识到是上帝救了自己,也没有感谢上帝,而是说:"上帝啊,我怎么会有可能上岸呢?"(徐霞村译 34)这时,"上帝"仅仅是他表达惊叹的一种方式,而非祈祷。他第一次深切地意识到自己缺乏对上帝应有的信仰是在患疟疾期间。他反思自己缺乏善恶观念,"这么多年以来(从离家出走到患上疟疾的8年里),我不记得曾经有一次想到上帝,或者反省一下自己的行为。"(徐霞村译 66)直到他梦见上帝手举长矛,对他说:"既然这一切事情都没有使你痛改前非,现在你只有死了!"(徐霞村译 66)他才想到这一切都是上帝的意旨,是对他背叛父亲行为的惩罚。他能够幸存下来,完全是因为上帝的仁慈。

在笛福的笔下,鲁滨孙的宗教意识不仅产生得很晚,而且时有反复。当他最初无意发现石头缝里长出的大麦时,他惊为神迹,充满了对上帝的感激之情,后来发现这不过是他在倾倒面粉袋时无意种下的,那种感激很快就消退了。在上帝将他从疟疾中救出来之后,他的信仰坚持了很长一段时间,但他在沙滩上发现脚印之后,"恐惧的心理驱走了我的全部宗教上的希望"(徐霞村译 119)。鲁滨孙的信仰总是在经历"坚定—动摇—再次坚定"这样的循环。

在儿童版中,鲁滨孙的信仰萌芽要早得多。早在上岛之前,在第二次航行中,他所在的大船救下了一艘落难的法国商船上的人(这一情节是儿童版添加的)。其中有一位牧师,他在获救之后虔诚地向上帝祈祷,并向所有获救的船员布道,告诉大家是上帝救了他们,他们应该感谢上帝。很多人开始虔诚地向上帝祈祷,感谢他的仁慈。鲁滨孙在看到这一幕之后心里想:"上天啊!这些人中不乏善良和虔诚的人,连他们都遭遇了如此大的磨难。那么像我这样对父母不孝的人,上帝又会给予什么样的惩罚呢?"(斯托克代尔版 31)这个想法使他心情沉重,他脸色苍白,一言不发,走到一个无人的角落,开始向上帝祈祷。

  斯托克代尔版中的鲁滨孙上岛之后发现这是一个毫无人烟的岛屿。与笛福的原作不同的是,他立刻"意识到自己以前的行为是多么不对而且可鄙,他向上帝祈求宽恕"(斯托克代尔版 41),这比他在笛福的原作中要自觉得多。如果我们把两个版本中有关宗教信仰的一些段落挑出来对比的话,差异是很明显的:

情节段落	笛福原作	斯托克代尔版
航海遇到风浪/航海看到被救起的别的船上的人①	发誓以后不再乱跑	向上帝虔诚祈祷
上岛发现只有自己生还	"上帝啊"(仅仅作为感叹,没有感谢上帝)	祈求上帝的宽恕
在岛上的一棵树上睡过了第一夜	没有提到信仰	感谢上帝
发现大麦发芽	先是感激上帝,又消退了	无此类信仰反复的情节
发现脚印	信仰动摇	没有信仰的动摇,只有害怕

  由此可见,在斯托克代尔版中,鲁滨孙向上帝的祈祷比在笛福的小说中出现得要早,而且他的信仰几乎没有反复。不仅如此,他的信仰还相当的自觉。在笛福的小说中,鲁滨孙最开始缺乏宗教信仰,后来逐渐有了信仰,但不够坚定,中间有过几次反复。上帝不断通过逆境和磨难提醒鲁滨孙虔诚信仰的重要性,指引他走向

---

① 因为两个版本的情节不完全一致,这里按照情节内容及其在整部小说中的位置对相似的可比之处进行了摘选,并按出现的先后顺序进行排列。

正确的信仰。这样一条较为坎坷的信仰之路在斯托克代尔版中没有了。鲁滨孙不需要上帝反复用逆境来指引他,他的第一次祈祷就是自觉完成的。他具有强烈的自省精神。在船上看到别人受难、获救、祷告,他能马上联想到自己的处境,意识到自己在这方面的不足,还能很快地付诸行动。这和原作中那个信仰反复的鲁滨孙形成了鲜明的对比。原作讲述的信仰故事是一个普通人的信仰之路,是可能会发生在所有人身上的情况,而儿童版中的鲁滨孙在这方面明显被拔高了。即便他还不是一个完美的基督徒,至少也比原作中的要好得多。不仅如此,为了适应儿童阅读的需要,同时也为了把抽象的宗教说教变得更容易接受,改编版还全文加入了一首赞美诗(斯托克代尔版 52)。

2.3 改编的历史因素

笛福的原作出版于 18 世纪初。当时许多人感受到英国国内的道德水平正在滑坡。一个典型的例证就是复辟时期风俗戏剧的流行。这一剧种最初以机智俏皮的人物对话和精巧的结构而流行,后来变得越来越粗俗,充满了性调侃。伦敦的中产阶级视剧院为"邪恶之地"。[①]风俗戏剧肆无忌惮的玩笑引发了一些人的抗议,1698 年杰里米·科利尔发表了《略论英国舞台的不道德与不圣洁》(*Short View of the Immorality and Profaneness of the English Stage*),呼吁对这种现象进行抵制。道德水平的下滑引起的另一反应就是各种道德改良协会的出现。这两个例子都反映了部分人对此的担忧。而社会上对待自我中心主义以及个人怪癖的宽容态度则助长了这种不良的趋势,以自我为中心,甚至到了贪婪的地步,

---

① 转引自黄梅:《推敲"自我":小说在 18 世纪的英国》,第 18 页。

不但不被认为是有罪的,反而被认为是自然的,甚至是值得钦佩的。① 在整体道德滑坡的趋势下,家庭关系也不能幸免。18 世纪的英国弥漫着重商主义的风气,中产阶级商人以一种近乎宗教热忱的心态忙于赚钱,对家庭缺乏时间和精力去照顾。笛福本人就是一个这样的例子:他既是繁忙的商人,也是商业的热情鼓吹者。他常年忙于在外经商,很少有机会回家。1715 年,他因为当时的政治环境而不得不待在家里,发现由于自己长期疏于照顾,家庭矛盾已经成为一个问题。② 在这种情况下,充满商业头脑的笛福写下了《家庭指导者》(The Family Instructor)(1715)。这本书属于行为指南书(conduct book),其目的是在不同的家庭情形下提供指导。其中一幕是母亲打了不顺从的女儿一巴掌,女儿转身愤怒地跑了。这种女儿明显表现出来的对母亲的不顺从态度对于 18 世纪笛福的读者来说是很常见的。③ 研究 18 世纪的专家约翰·瑞凯提指出,这体现了漫不经心的俗世和一种道德和信仰上更高追求的矛盾。他由此认为,这类行为指南书,以及其中反复出现的罔顾家庭义务和责任的场景,反映了广泛的道德滑坡。他引用了一些历史学家的观点,在 18 世纪早期,许多人的确感到社会和道德风气严重滑坡,由此引发了政治和宗教权威的危机。④ 而笛福的《家庭指导者》从一开始就突出了家庭矛盾,除了上文提到的女儿,还有不听话的仆人和学徒。这些原本处于家长权威之下的家庭成员体现出一种对家长权威的反抗甚至是蔑视。这不仅体现在《家庭指导者》中,也体现

---

① 这一理论主要从个人私欲能够刺激和推动资本主义经济和消费出发,以此看待所谓的"vices",得到了笛福、休谟等的称赞。
② John Richetti, *The Life of Daniel Defoe*, Malden, Massachusetts: Blackwell, 2005, p. 161.
③ Ibid., 162.
④ Ibid.

在当时其他流行的行为指南书中,而且在笛福4年之后出版的小说《鲁滨孙飘流记》中也有同样的体现。笛福在《家庭指导者》(1715)、《鲁滨孙飘流记》(1719)、《宗教恋爱》(Religious Courtship)(1722)等作品中都大力提倡家庭伦理道德,例如子女的义务以及对家长权威的顺从(这是《家庭指导者》的主题),但这些作品也反映出家庭伦理道德受到了挑战。

在18世纪初的英国,商人作为中产阶级最重要的力量之一,还没有建立起政治和意识形态上的稳固地位。他们还处在上升阶段,更重要的事情是赚取更多的利润,逐渐控制国家的经济命脉。他们的阶级地位还处在变动和不稳定之中,这在私人生活领域体现为对传统家庭观念的忽视。《鲁滨孙飘流记》的经济个人主义使主人公远离了传统家庭关系,这既是对整个社会中家庭纽带的力量逐渐式微的反映,也是中产阶级的阶级变动与爬升的道德写照。

正是在道德滑坡这一社会历史语境下,18世纪晚期的斯托克代尔版对笛福原作的宗教主题的强化凸显了儿童文学努力整顿社会风气、灌输宗教信仰、实施道德教化的努力。

第三节　19世纪的《鲁滨孙飘流记》

19世纪是英国儿童文学的黄金时期,不仅原创作品呈现出爆炸式增长,而且改编领域也同样繁荣。美国佛罗里达州立大学的鲍德温儿童图书馆收藏的《鲁滨孙飘流记》的19世纪儿童版就有近百种之多。本节选取了19世纪上半期和下半期有代表性的儿童版各两部与笛福原作进行比较,[1]展示英国在进入工业社会之后变化的社会语境给儿童文学改编带来的影响。

3.1　1819年达顿版

著名的儿童图书出版商威廉·达顿[2]于1819年出版了6便士版的《鲁滨孙飘流记》(以下简称达顿版)。该书正文有38页,分为19章,并给出了章节标题。达顿的图书主要面向中产阶级,[3]而这本《鲁滨孙飘流记》属于他出版的低端图书,面向经济更为拮据的读者群,[4]其篇幅也说明了这一点:达顿出版的中端和高端图书一般在150—250页之间,而这本书仅有38页。但在插图和印刷质量上这些图书差别不太大。达顿版对原作情节没有太大改动:它保留了第一人称的叙述模式,岛上的沉船情节未作改动,结局也没有任何变化。但是在部分情节上有所调整。而且,它是个非常简短的版本,做了大量删减,这些都使达顿版呈现出一种与原作不同的气质。

---

[1]　在笔者搜集的该小说19世纪儿童版中,这4个版本较有代表性。首先,它们的出版时间比较均匀;其次,它们都是由当时著名的儿童出版商出版,有着较广泛的影响;再次,这4个版本既包括了面向较为低端市场的达顿版(售价低、篇幅短、印刷质量较差),居中的沃恩版(中等篇幅,既有廉价的木刻画,也有较为精美的铜版画,但后者不多),也有面向高端市场的哈里斯版(篇幅最长,印刷最为精美,还有大量精美彩色铜板插图)。而且,它们对原作的处理方式各异,这也有助于我们更好地看到儿童文学改编的全貌。

[2]　19世纪英国最著名的儿童图书商有2人,约翰·哈里斯和威廉·达顿。达顿的出版社是个家族事业,最初老达顿从事这一方面的事业,他后来与哈维合伙,继续从事儿童图书出版。他的儿子小达顿在跟随其父作了7年的学徒之后,自立门户,也从事儿童图书业务。

[3]　见http://poprom.streetprint.org/narratives/78?page=1。威廉·达顿虽然在儿童图书出版事业中相当出名,但鲜有关于他的研究。这是来自网上为数不多的关于他的资料。另一关于其出版的重要资料来自1992年在印第安纳州立大学莉莉图书馆的"威廉·达顿和其儿子们的儿童图书展"。

[4]　从售价来分析,这本书封底的"广告"包括了16本其他的书,其中3本售价为6便士,2本为1先令6便士,11本书的售价超过了2先令,而这本《鲁滨孙飘流记》仅售6便士。

达顿版的家庭和宗教主题都被明显弱化了。在故事开头,一个明显的改动是鲁滨孙离家时:"I at length resolved to gratify my roving disposition, notwithstanding the uneasiness my father and mother shewed at my leaving them."(达顿版 1)鲁滨孙毅然离家的分句被放在前面,改编者用一个表示强烈让步的"notwithstanding"来连接两句,刻画了鲁滨孙的一种决然离家的态度。而他的父母对他的离家的反应用"uneasiness"来形容,明显比原作中长篇大段的描写显得要轻得多,不再那么悲伤痛苦。更有甚者,从"the uneasiness my father and mother shewed at my leaving them"来看,鲁滨孙很可能是当着父母的面离开家的,而不是像原作中那样是偷偷溜出来的。这样一来,家庭对离家这一行为明显体现出更大的包容性,而不再具有原作中强烈的反对态度。一个可能的原因是离家行为对不同时期的不同阶级家庭具有不同的意义。在笛福原作所处的18世纪,传统的乡绅阶级对土地有一种更强的依附心理和自给自足的关系,往往对离家行为表现出较强的反对态度。原作中,鲁滨孙的父亲先是经商,挣钱之后就洗手不干了,在乡下买了地做起了绅士,这是很符合18世纪英国社会的思想观念的做法。但这种做法在19世纪的工业社会就很少见了。在工业社会,对于中产阶级(尤其是达顿版所针对的下层中产阶级读者)和劳工阶层,背井离乡地去打工是很常见的。而后面对鲁滨孙离家的交代也表明了鲁滨孙应该是当着父母的面离开的:"On the 1st of September 1651, I went on board a ship for London, and, without letting my father know the route I had taken, set sail."(达顿版 2)

此外,达顿版中的鲁滨孙从来没有思念过他的父母。即使是最初出海遇到风浪,他的内心也只有恐惧和害怕,而没有像原作中那样因此想到父母。原作结尾中鲁滨孙对家庭的交代就已经够简短了,被淹没在他的经济记录中,而达顿版的结尾则干脆完全取消了任何对家庭的交代:鲁滨孙离岛之后似乎完全忘记了他还有个家。

达顿版的宗教主题也被极大地弱化了,这主要体现为相关情节的删除,包括:

1) 看到麦苗后对上帝的感恩(但是麦苗情节保留)
2) 在岛上得了疟疾,梦见上帝惩罚他,最后用烟叶和《圣经》治好了病
3) 对上帝的祈祷和感恩
4) 看见沙滩脚印而信仰动摇

这样处理后,达顿版几乎从始至终没有提过鲁滨孙对上帝的思考、祈祷或是感恩,也没有提过《圣经》。唯一提到宗教方面的是在结尾的时候提到了"the blessing of ending my days in peace, and in the true worship of my Almighty Deliverer."(38)

3.2 1826年哈里斯版

19世纪最著名的两大儿童图书出版商,哈维与达顿公司和约翰·哈里斯公司都出版了《鲁滨孙飘流记》的儿童版。后者于1826年出版了一个"新改写版"(以下简称哈里斯版)。这一版正文部分共170页,配有11页精美的彩色插图,采用一个第三人称异故事叙述者讲述了鲁滨孙的故事。虽然这本书没有标出售价,但从封底

的"广告"内容来看应该不低于 2 先令 6 便士,①说明这本书的读者群和达顿版不同,应该是中产阶级中较为富有的人群。

哈里斯版的另一不同之处在于它对家庭、宗教主题都有较大改动,比较注重故事的教育性质,而对经济主题未作改动。叙述者的评论流露出鲜明的道德立场,这类评论是大量的、态度鲜明的。这在序言中得到了明确的阐述:该版保留了最有想象力的部分,尤其是那些寓教于乐,体现在逆境中不屈不挠的精神的部分,强调的是信仰、耐心和勤劳。

> In pursuit of such a design, the most leading circumstances likely to amuse the fancy have been retained; but chiefly those which combine Instruction with Entertainment, and which most forcibly inculcate the great lesson for which this work is eminently calculated; namely, that however severe the trials inflicted by an extremity of advent fortune, they may be eventually surmounted by the AID OF RELIGION, AND THE EXERCISE OF PATIENCE AND INDUSTRY.(哈里斯版 vi)

在序言中明确提出,而且还是用大写字母重点提出信仰、耐心和勤劳,说明了这三个主题在改编中极其重要的地位。

宗教主题是哈里斯版改动最大的部分,这和它在序言中的声明是一致的。原作的虚拟世界基本上是一个现实的世界,而哈里斯版塑造的则是一个富有神意(providential)的世界。在这个世界里,上帝对鲁滨孙更具有同情心,他插手凡间的事物,频繁地帮助

---

① 这是封底"广告"中列出的书的最低售价。

鲁滨孙。原作中鲁滨孙对上帝的实用主义态度被消除了,鲁滨孙不再是一个一旦发现上帝没有帮助他就抛弃上帝的摇摆不定的信徒,而是体现出更为坚定的信仰。如果说他在信仰上也曾犯下错误,那也是骄傲自大,而不是缺乏信仰。

关于这个故事世界的神意,无论是鲁滨孙还是叙述者都体现出一种理所当然的肯定态度。在说到鲁滨孙在岛上寻找各种生活材料时,叙述者是这样描写的:"By degrees his situation became more and more supportable. Scarcely a day elapsed in which he did not observe some signal mark of the protection of Providence, by leading him to discover some new source of subsistence."(哈里斯版 50)叙述者用了一系列手段来强调神意的存在。在第 2 句,先是用了双重否定句来强调每天都有一些迹象表明神意的存在,而且用了"signal"一词来修饰"神意",意思是"明显的,不一般的,显著的",从而让读者明白这些迹象不是鲁滨孙白日想象的,而是确实存在,不可错过的。这些迹象的目的是引导鲁滨孙发现新的维持生计的东西。其背后的神意,对鲁滨孙来说是不可错过的,对叙述者来说是千真万确的。改编者把原作中充满实证主义、怀疑主义和实用主义的对待上帝的态度改写成这样的事实性描述,鲁滨孙需要考虑的不是要不要信仰上帝,而是如何信仰上帝。其宗教教育意义和这些迹象背后的神意一样明显。

故事世界中这个充满善意的上帝,除了引领鲁滨孙,告诉他在岛上如何生存下去之外,还非常周到地考虑到他的孤独问题,给了他一条狗。[①]鲁滨孙在沉船上寻找对他有用的物品的时候,发现了船长的狗被锁在一个小屋子里:"Crusoe could not forbear shedding

---

① 尽管原作中也有狗,但鲁滨孙从没认为狗是上帝赐予他帮助他度过孤独的日子的。

tears: Faithful was a friend whom Heaven had preserved for him, at least he was not doomed to live in total solitude."（哈里斯版 31）狗在笛福的原作中也出现过，同样伴随鲁滨孙度过了荒岛上孤寂的生活。但是哈里斯版按照宗教寓言的惯例给这条狗起了一个意义深远的名字——"Faithful"。采用表示品德的抽象名词作为人物角色的名字的做法很早就出现了，班扬的《天路历程》即为一例。这种做法在儿童文学中也同样有用。它可以点明寓意，有助于小读者理解文中的含义。狗的名字清楚地点明了哈里斯版的宗教教育目的。

　　除了刻画一个充满神意的世界，解释神意的种种体现外，哈里斯版还对原作情节进行了二次挖掘。比起在细节上加强人物的宗教信仰，这种手法更进了一步，能够更有效地利用原有情节，同时也使整个故事在宗教这条轴上更为一致和严密。笛福原作的一些情节是比较松散的，这和他的写作风格、速度，还有尽可能拉长文章的篇幅以获得更高的经济回报的目的有关，而哈里斯版巧妙地把一些情节用神意串联起来，让情节安排更加紧密，主题也更为突出。这种做法集中体现在鲁滨孙在岛上的"地震—生病"这一连串的事件上。

　　按照笛福的情节安排和叙述顺序，鲁滨孙先是意外地发现了麦苗（4月14日），在他修好围墙的第二天（4月16日）岛上突然发生地震，这让他非常恐慌。他后来决定要在别的地方安一个家，以免再次发生地震时被埋。在6月19日他开始出现疟疾的症状，6月27日他梦见上帝要惩罚他，6月28日他找到了烟草和《圣经》，6月29日睡过去了，他开始恢复健康。麦苗、地震、疟疾先后出现，但笛福没有让这些事件之间产生联系，例如，地震情节在原作只有一句话提到了上帝，且和后面的疾病无关。而哈里斯版将这一系列事件串联了起来,以鲁滨孙和上帝之间的关系变化作为推动情节发展的动因。地震给鲁滨孙带来了巨大的物质损失(这是原作中没有提及的,原作中讲述的是地震让他非常害怕并把家安在一个更安全的地方),他非常难过,但是他并没有意识到这是上帝对他的惩罚:"He was deeply afflicted by the losses he had sustained; but he did not recognize the hand that struck him, nor pray that the wrath of Heaven might be averted. He no sooner recovered from the stupor occasioned by the fatal event, than he resumed his confidence and presumption."(哈里斯版 55－56)这里叙述者用"confidence and presumption"来形容鲁滨孙从震后的难过心情中恢复过来之后的满心自得,而且这两个词在词义上从中性到贬义的递进也凸显了叙述者的批评态度。同时,"presumption"也是对鲁滨孙后来的骄傲——基督教七宗罪之首——的惩罚的伏笔。他洋洋自得地夸耀:

> I have lost all the seed I had planted around my fence; but at the distance of a gunshot, I possess an abundant crop, uninjured by the storm.... My tent has been nearly destroyed, and my cavern filled with rubbish: but these hands which created all, can likewise repair the damage and restore everything to order. If earthquakes render this part of the island dangerous, I can fix my abode in some other quarter, where I shall possess as much skill and strength as I do here. (哈里斯版 56)

鲁滨孙的这段话充满了对自己体力、技艺和智慧的自信,以排比的方式夸耀了自己无论是在种植粮食,还是在搭建屋子等方面的水平和乐观精神。类似的对劳动所具有的创造性力量的赞美在笛福的原作中也存在。原作中支撑鲁滨孙在岛上度过了二十多年的,而且让他的生活越来越舒适的也是他的勤劳、耐心和智慧。但两版根本的不同在于,原作中这种勤劳、耐心和智慧是鲁滨孙物质上得以生存下去的基础,是他经济活动背后的气质,也是中产阶级在上升期对自我的赞美,充满了乐观主义的精神。这种气质在鲁滨孙的性格中是第一位的,其他方面,例如宗教和家庭,都居于其下;在哈里斯版中,改编者通过对这种主观能动性的夸大,将其上升为一种罪(即骄傲),是为了让一个更重要的因素压倒它,那就是宗教信仰。因此,原作中第一位的、正面的劳动乐观精神,到了哈里斯版中变成了负面的靶子。鲁滨孙没有认识到一切都是上帝给予的,也没有看到地震背后有上帝的影子,对自己的双手和能力盲目自信,导致了上帝对他后来一系列的惩罚:他夸耀自己能生产出更多的粮食,却被岛上的野兽吃了(哈里斯版56),他引以为傲的双手(身体)也生病了。改编者通过重新安排这段话之后的一系列事件(粮食被吃、生病),使其成为上帝对鲁滨孙充满骄傲的这段话的"逐句"惩罚。原作中没有关系的地震和生病事件,被改编者有意识地串联起来,突出上帝无处不在,人的力量最终要屈服于上帝的意志,从而把原作中世俗的故事世界变成了一个充满神意的世界。

哈里斯版叙述者的评论也时常流露出一种对上帝和神意存在的肯定态度。例如,鲁滨孙后来生病时梦见上帝,上帝说他既然没有悔改,那么他就将死去。哈里斯版在这里添加了一句评论:"God is terrible and implacable to those who forget his power."(哈里斯版58)这种添加的评论把上帝世俗化了,跟常人难以区分,增强了上帝的真实感和威胁力。

19世纪的儿童版对宗教主题的强化是对当时宗教影响每况愈下的挽救性的努力。19世纪,科学理论的发展(尤其是达尔文的进化论)、工业革命和城市化,以及教会内部的腐败现象都促成了基督教在19世纪英国的式微。达尔文的进化论提出了有力的生物进化的证据,从而否定了《圣经》记载的上帝创世和造人的说法,极大地削弱了《圣经》的权威地位。另外,随着工业革命和城市化的进程,大量农村人口涌入城市,使城市人口猛增。但英国是世界上第一个开始工业革命的国家,在这方面缺乏可以借鉴的先例,因此城市化进程中出现的一系列社会问题,例如城市的规划与发展、公共卫生的问题、阶级之间的分化和日益激烈的矛盾,还有大众教育的开始实施,都是当时人们关心和争论的话题,引起了广泛的关注和焦虑。这些社会矛盾和问题困扰了各个阶层的人们,加上宗教在这些方面又无能为力,使许多人无心关注宗教。一个典型的例证是去教堂做礼拜的人数明显少了。1851年英国平均只有一半的人去做礼拜(其中一半是国教徒),而1882年这一比例大幅下降,数据如下:

谢菲尔德	23%	南安普顿	38%
诺丁汉	24%	赫尔	41%
利物浦	26%	朴次茅斯	41%
布里斯托尔	31%	巴斯	52%[①]

阿诺德在他的名诗《多佛海滩》("Dover Beach")中也哀叹信仰的缺失:

---

① Christ Cook, *The Routledge Companion to Britain in the Nineteenth Century, 1815—1914*, London and New York: Routledge, 2005, p. 167.

The Sea of Faith
Was once, too, at the full, and round earth's shore
Lay like the folds of a bright girdle furled.
But now I only hear
Its melancholy, long, withdrawing roar,
Retreating, to the breath
Of the night wind, down the vast edges drear
And naked shingles of the world.①

在阿诺德看来,曾经满潮的信仰之海,延伸到地球的每个角落,但在当时却退潮了。基督教在当时不仅受科学理论的冲击和城市人口环境的变化的影响,同时也面临着内部的问题。19 世纪 30 年代以前,高级教士道德水平下降,一半神职人员教职缺席和兼领圣俸的现象风行。②这加剧了人们对宗教的不信任。而由于科学技术在工业革命中显现出了巨大的作用,一些技术学校和商业学校纷纷兴起,社会上有人质疑宗教在教育中的地位,一些新兴学校也明确表示它的任务是实用教育,与宗教无关。一位名为"达夫"的爵士在一所新成立的商业学校的开幕式上说,这所学校的任务是"instruct",而不是"educate",因为后者意味着要包含宗教教育,而这恰恰是这所学校不打算做的。③除此之外,那些打算在学校教育中继续推行宗教教育的人,又不得不面临是否会对不同教派厚此

---

① Carol T. Christ, ed., *The Norton Anthology of English Literature*, Vol 2B, 7th ed., New York: W. W. Norton, 2000, p. 1492.
② 王美秀、段琦、文庸、乐峰等:《基督教史》,南京:凤凰出版传媒集团、江苏人民出版社,2006 年,第 289 页。
③ Anonymous, "Institute of Mercantile Education", *Times* 20 Jan. 1893: C4.

薄彼的问题,而这即使是在 19 世纪也是一个相当敏感的话题。因此,教育中的宗教问题可以说是阴云重重。但宗教的式微也引起了一些传统人士的反应和努力。1811 年英国成立了"贫困儿童教育促进会"。该协会在 1861 年的 50 周年纪念时表示,它最重要的使命是在儿童教育中灌输宗教原则。① 1861 年一位叫做丹比·西摩的先生在弗罗姆文学与科学学院的开幕式上表示,任何教育都应该建立在宗教的基础之上。② 1877 年戈申子爵也在对利物浦的一所商业技术学校的讲话中说,虽然实际的知识和技能非常重要,但是教育也需要一些超越性的内容,例如想象力和宗教。③ 而当时出版的一些廉价儿童读物被认为是无政府主义的,颠覆了传统的宗教和道德观念,④ 这类图书引起了一些人的警觉,并试图在儿童读物中进行弥补,将宗教教育重新引导到正轨上来。19 世纪大量儿童版本对宗教主题的强化,可以视为这种努力的体现。

但是,19 世纪宗教势力的式微仅仅是儿童文学改编的宏观背景。对于具体作品而言,其影响是个体性的。本章所分析的儿童版中,达顿版对宗教主题进行了弱化,而哈里斯版、基督教知识促进会版和沃恩版则对其进行了强化,并且都采用了将小说世界神意化的方式。这两种相反的做法都是对当时社会现实的反映。信仰在 19 世纪的确在走下坡路,但是,这并非意味着对任何人而言都没有以前那么虔诚,也不是说所有的作品都比以前要缺乏信仰。信仰的缺乏是时人普遍感受到的一种趋势,但是不同人的应对也

---

① Anonymous, "National Society for the Education of Poor Children", *Times* 31 Oct. 1861: A9.
② Anonymous, "The Education Question", *Times* 9 Nov. 1861: C10.
③ George Goschen, "Mr. Goschen on Education", *Times* 30 Nov. 1877: C6.
④ Anonymous, "The Education of the People Has for Years Past." *Times* 2 Sep. 1851: D4.

不同。正如希利斯·米勒在《上帝的消退：五位 19 世纪作家》(*The Disappearance of God*: *Five Nineteenth-Century Writers*)的导言部分谈到的，一些人(如马克思)对此欢呼，因为这意味着人终于自由了，一些人(如丁尼生)对此默默思索，并以一种较为消极的方式对此达成了妥协；而特洛普等人则在此基础上建立了完全描写人、与神无关的小说。①或者，根据更为准确的说法，宗教不一定是在衰退，而是现代化给宗教带来了问题，逼迫它去变化以适应新的环境。因此在维多利亚时期宗教是强有力的存在，而不是巨大衰退。②这样一来就造成了两种偏向极端的做法，要么顺应大潮流弱化宗教主题，例如达顿版；要么以一种更为强烈的方式来肯定神的存在，以此对抗达尔文的进化论对创世说的挑战，由此有了另外几版将故事世界神意化的做法。而 19 世纪宗教小说的兴起也是出于同样的社会动机。③

3.3　1886 年基督教知识促进会版

1886 年基督教知识促进会(Society for the Promotion of Christian Knowledge, SPCK)出版了全面改写的《鲁滨孙飘流记》，标题为 *Robinson Crusoe*: *His Life and Adventures*(以下简称基促版)。该书共 46 页，④版式和印刷都非常精美，每页配有彩色平版

---

①　J. Hillis Miller, *The Disappearance of God*: *Five Nineteenth-Century Writers*, Cambridge, Mass.: Belknap Press of Harvard University, 1963, pp. 12—13.

②　Mark Knight, and Emma Mason, *Nineteenth-Century Religion and Literature*: *An Introduction*, Oxford: Oxford University Press, 2006, p. 153.

③　参见 Michael Wheeler, "'One of the Larger Lost Continents': Religion in the Victorian Novel", *A Concise Companion to the Victorian Novel*, Ed. Francis O'Gorman, Malden, MA.: Blackwell, 2005, pp. 180—182.

④　原书并未标明页码，笔者将故事开头的第 1 页标为第 1 页，后面的引用均为自标的页码。

印刷的水彩画,插图为卡尔·马尔所绘,插图常常占了半页的篇幅。与原作不同的是,该书采用了异故事叙述者重新讲述鲁滨孙的故事,分为28章,并配了标题。

基促版的改写非常全面、彻底。它大幅度削减了篇幅,而且插图占了全书1/3到1/2的篇幅,因此它对原作的文字和情节都做了较大程度的精简。在主题上,它的改编策略相当鲜明:它强化了家庭、工作和宗教主题,弱化了经济主题。而且基促版受到了18世纪卡姆佩版的较大影响,这主要体现在对从沉船上搬取物品和结尾的改编上。

基促版在宗教主题方面的改动很大,重点很突出。如一些评论家所说,不妨称笛福笔下的鲁滨孙的宗教信仰为星期日宗教。瓦特也认为,鲁滨孙即便还有清教信仰,也已经很淡薄了。[①]而基督教知识促进会对宗教方面的改编是全面的、彻底的。

在故事的开头,鲁滨孙的父亲劝他留在家里。原作是这样说的:"if I did take this foolish Step, God would not bless me, and I would have Leisure hereafter to reflect upon having neglected his Counsel when there might be none to assist in my Recovery."(诺顿版6)父亲用"foolish"一词表明了他对鲁滨孙的想法的态度,而后面说到上帝会对此如何时,语气是比较和缓的。基促版则进一步明确了这是上帝在"十诫"中的要求:"Of one thing you [Crusoe] may be quite certain — no one who despises God's commandments can prosper in this world."(基促版2)而且语气比原作要严厉得多。句子开头用"you may be quite certain"加强了后半句的语气,而后半句中的"despises"意思是"鄙视、藐视、蔑视",语气较重,尤其

---

① Ian Watt, *Myths of Modern Individualism*, p. 157, pp. 163—164.

是在和"十诫"搭配起来的时候。这样一来就把对鲁滨孙的想法的批评上升到一个相当的高度：如果鲁滨孙真的这样做了，他就不仅仅是对父母不孝，而且是对上帝的"十诫"的藐视。采用"no one who…"这样的句型在语气上也比"if…then"更为强烈。原作中仅仅是上帝不会保佑鲁滨孙。改动之后，就成了鲁滨孙违反了"十诫"，藐视上帝的要求，在宗教上的意义就完全不同了。

鲁滨孙得疟疾的情节是反映其宗教意识的一出重头戏，基促版对此也作了重大改动。改编版中，鲁滨孙生病时体温越来越高，透不过气来。他尝试着向上帝祷告，却说不出话来。他觉得自己是一个可怜的罪人，没有勇气请求上帝帮助他。他被绝望包围了。最让他难受的是没有人会因他死去而哭泣，没有人会怀念他。他的眼中充满了泪水，心中充满了悔恨。他的双手无意识地合在一起——他居然能祈祷了。在做完祷告之后，他就睡着了。一觉起来，他觉得自己好多了，也不再发烧了。改编后祷告的部分明显带有柯勒律治的《古舟子吟》的影子：两个文本都是因为主人公犯下了罪行，无法祷告。《古舟子吟》中主人公看到了海中的水蛇，引发了他对生命的赞美，让他又有了祷告的能力；基促版中，鲁滨孙的悔恨和泪水拯救了他自己，在悔过之后他就重新具备了祷告的能力。两者能够重新祷告都是因为对自己犯下的"罪"有了认识：老水手是因为当初随意射杀信天翁而被诅咒，他在看到水蛇之美后诚心地赞美生病而使诅咒解除，信天翁的尸体从他脖子上掉下来；鲁滨孙是因为当初不听从父亲的劝告离家出走，他在生病之后想起了父母，对此真心悔过。这两个文本形成互文，加强了基促版改动的宗教意义。此外，原作的故事情节尽管包含了宗教，但是其故事世界完全是世俗化的。真正让鲁滨孙从疟疾中恢复的，应该还是他喝下的浸泡了烟叶的朗姆酒，而不是他发现烟叶时找到的《圣经》。就像麦苗事件一样,他有时觉得似乎有奇迹(miracle)的存在,但总会发现一切还是人的行为的结果。而基促版的故事世界就带有了神意(providence):鲁滨孙得了疟疾,发高烧,却在祈祷之后睡了一觉,就奇迹般地好了。这在现实世界完全是不可能的事情。而且疟疾不像感冒等疾病能够自愈。即便在现代,疟疾仍然是人类的最大杀手之一。改编之后,鲁滨孙在没有任何药物的情况下,仅仅通过祈祷之后睡一觉就退了烧,后来慢慢就恢复了,这完全是上帝的功劳。

基促版划分了章节,它的情节基本上来自原作,但有两章却是例外。一章题为"鲁滨孙的教堂",另一章题为"圣诞节"。笛福笔下的鲁滨孙在宗教上是相当宽容的,正如他后来自己所说,在他的统治下有着天主教徒、清教徒、异教徒,但是大家相安无事。而鲁滨孙自己,如果给他划一个派别的话,应该是清教徒。原作中没有提到鲁滨孙在岛上建立了教堂。基促版的教堂这一章完全是添加上去的,从未在原作中出现过。这一章讲了鲁滨孙上岛之后不久,正好是岛上的春天,万物复苏,呈现出一幅生机勃勃的景象。环境的新气象也给鲁滨孙苦寂的心理带来一缕生气,他对上帝充满了感恩之情。有一天他在一个山上看日落的时候,被周围的优美景色感动,跪下来诚心祷告,他决定无论是否会在这个岛上终老,他都会把自己完完全全交给上帝,并规定每个周日早上他都会来这个"教堂山"向上帝祷告,因为他觉得在这里他似乎可以和造物主更加方便自由地对话。"圣诞节"这一章也是基促版添加进去的。这两章不仅强化了鲁滨孙的基督教信仰,而且使整个作品的宗教意味更为浓厚。

3.4　1887 年沃恩版

　　1887 年伦敦的弗雷德里克·沃恩①公司出版了一本 88 页插图版的《鲁滨孙：他的生平和历险》(Robinson Crusoe: His Life and Adventures)（以下简称沃恩版），这本书没有划分章节，其插图分为两种：一种是全页的彩色铜版插图，共 12 页，分布于全书各处；另一种是较小的木刻画，几乎每页都有 1 到 2 幅。

　　沃恩版是一个情节较完整的版本，它保留了鲁滨孙的日记以及遇到野人之前梦见星期五的情节。尤其值得一提的是，大多数儿童版都省略了鲁滨孙（在第一次从海上回英国之后）从里斯本走陆路回到英国的这一段旅途，而这段旅途在沃恩版中得到了保留。尽管它在情节上较为完整，但叙述者换成了一个异故事叙述者，而且有不少情节被改动了，一些主题得到了相应的加强。

　　在这一版中，叙述者不再是主人公鲁滨孙，而是一个异故事叙述者。与哈里斯版和基促版类似，沃恩版的叙述者对上帝的存在持一种理所当然的肯定态度，这一版对鲁滨孙的信仰也做了一定的处理。

　　沃恩版中，鲁滨孙在日记里记录了他得疟疾的经历，以及他是如何在肉体和精神上得到治疗的。前者是靠烟叶，而后者则是靠《圣经》和上帝。在讲到他祈祷了上帝，喝了药酒，第二天起来好多了之前，叙述者仅仅描述了故事世界中的事件（鲁滨孙的外在行

---

　　①　弗雷德里克·沃恩公司在儿童出版界可谓是鼎鼎大名。弗雷德里克·沃恩与乔治·劳特利奇于 1851 年合建了沃恩·劳特利奇公司（Warne & Routledge），1865 年沃恩单独成立了自己的出版公司，而劳特利奇也独自开办了自己的公司。弗雷德里克·沃恩公司在 19 世纪下半叶以出版儿童图书打下了自己的名声，之后又因为在 1902 年出版了《彼得兔的故事》而达到顶点。1983 年，该公司被企鹅出版公司收购，主要出版经典的儿童图书。

为,以及他的内心想法),而没有做出评论。但这一句之后讲述的方式发生了变化:"It (the rum) was nasty, but it made him (Crusoe) sleep till three o'clock the next day, and then he woke very much better. God had heard his prayer, and from that time he grew better."(沃恩版27—28)第一句是在讲鲁滨孙身上发生的事情,属于客观性的描述。而第二句叙述者就以一种非常明确的语气陈述了他的判断:1)因为上帝听到了鲁滨孙的祈祷;2)所以上帝将他从疟疾中拯救出来;3)所以他后来就好了。其中1)和3)是用话语直接表达的,而2)是通过句型和连词"and"表达。叙述者将1)和3)用一个"and"连接,表明其中存在某种因果关系,即鲁滨孙的祈祷被听见直接导致了他病情的好转。这一隐含的因果关系表明了叙述者的态度:他认为上帝是存在的,上帝听到鲁滨孙的祈祷(上帝当然能听见任何人的祈祷),所以才有后面的事情发生。这里体现出在叙述者的世界观里上帝所占据的中心位置。叙述者在讲述鲁滨孙的信仰之路的同时也在表达和灌输着自己的宗教观念。

　　插图强化了这一处的宗教意味。全书的插图大部分为木刻画,其特点是线条较为粗糙,但明和暗的对比非常明显。纵观全书,插图中明和暗一般都是写实的。但这一幅插图(下页左图,沃恩版27)中,鲁滨孙半跪在地上,双手握拳,头部向上抬起,正在向上帝祈祷。他占据了插图的中心位置,他的后背以及背后的空间用了很强烈的黑色来表示。具有象征意味的是,他的头部抬起和眼睛所注视的方向有一束强烈的光照下来。这束光很明显不是自然光或是他自己动手制作的油灯的光,因为光线部分和光线的周围缺乏任何过渡。这束光是信仰之光。我们可以将这幅图和两页之后鲁滨孙用陶罐煮汤的插图(下页右图,沃恩版29)对比,右图中光线存在明显的过渡,以火为中心向外辐射,越来越暗。这是自然的光线,与左图中信仰之光的明暗对比风格完全不同。

另外一处也体现了叙述者不容置疑的宗教观,这是在鲁滨孙告诉星期五一些关于宗教的知识时:"Of course, as soon as Friday could understand him, Crusoe began to teach him about God."(沃恩版 65)一般来说,沃恩版的叙述者是一个较为客观的叙述者,人格化程度不高。他告诉读者鲁滨孙身上发生的事情及其内心的想法,但很少对故事情节和人物进行评论,没有太多的文本证据来说明叙述者的个性。我们只能从少数词句对他进行猜测。例如这里,鲁滨孙迫不及待地要告诉星期五关于基督教的知识,对此,叙述者加了一个"Of course"在句首。① 这体现了叙述者对鲁滨孙做法的极大认同。从这里,我们可以看到一个虔诚的基督徒叙述者在讲述鲁滨孙的故事。

最明显的对宗教主题的强化还是荒岛上长出麦苗的情节。试

---

① 原文则无"Of course":From these Things, I began to instruct him in the Knowledge of the true God.(诺顿版 156)

对比原文和沃恩版：

It is impossible to express the Astonishment and Confusion of my Thoughts on this Occasion; I had hitherto acted upon no religious Foundation at all, indeed I had very few Notions of Religion in my Head, or had entertain'd any Sense of any Thing that had befallen me, otherwise than as a Chance, or, as we lightly say, what pleases God; without so much as enquiring into the End of Providence in these Things, or his Order in governing Events in the World: But after I saw Barley grow there, in a Climate which I know was not proper for Corn, and especially that I knew not how it came there, it startl'd me strangely, and I began to suggest, that God had miraculously caus'd this Grain to grow without any Help of Seed sown, and that it was so directed purely for my Sustenance, on that wild miserable Place.

This touch'd my Heart a little, and brought Tears out of my Eyes, and I began to bless my self, that such a Prodigy of Nature should happen upon my Account; and this was the more strange to me, because I saw near it still all along by the Side of the Rock, some other straggling Stalks, which prov'd to be Stalks of Ryce, and which I knew, because I had seen it grow in Africa when I was ashore there.

I not only thought these the pure Productions of Providence for my Support, but not doubting, but that there was more in the Place, I went all over that Part of the Island, where I had been before, peering in every Corner, and under every Rock, to see for more of it, but I could not find any; at last it occur'd to my Thoughts, that I had shook a Bag of Chickens Meat out in that Place, and then the Wonder began to cease; and I must confess, my religious Thankfulness to God's Providence began to abate too upon the Discovering that all this was nothing but what was common; tho' I ought to have been as thankful for so strange and unforseen Providence, as if it had been miraculous; <u>for it was really the Work of Providence as to me, that should order or appoint, that 10 or 12 Grains of Corn should remain unspoil'd, (when the Rats had destroy'd all the rest,) as if it had been dropt from Heaven; as also, that I should throw it out in that particular Place, where it being in the Shade of a high Rock, it sprang up immediately;</u> whereas, if I had thrown it anywhere else, at that Time, it had been burnt up and destroy'd.（诺顿版原文，第58页，下画线为笔者所加）

It is impossible to describe the astonishment and confusion of my thoughts on this occasion. I had very few notions of religion in my head, but after I saw barley grow there, in a climate which I knew was not proper for corn, and as I knew not how it came there, I began to think that God had miraculously caused His grain to grow for my food in this wild, miserable place. This touched my heart, and brought tears to my eyes. It really was the work of Providence to me which had ordered that ten or twelve grains of corn should remain unspoiled, and that I should throw it on that particular place, where, being in the shade of a high rock, it sprang up at once. (沃恩版 25)

上面引用的笛福原作中的画线部分表示在沃恩版中被保留下来,而原作中没有画线的部分都在沃恩版中被删去了。沃恩版在原作的基础上有所删减是很正常的,因为它只有 88 页,而情节上又较为完整。这意味着大多数的情节在被保留的同时被简化了。但这里的删减不仅仅是为了满足篇幅的需要。仔细对比两个版本,会发现其中的宗教态度有着相当大的差异。

在笛福的原作中,鲁滨孙在发现麦苗之后最初是非常惊讶的。他觉得在这么荒无人烟的岛屿上能够长出麦子一定是上帝的杰作,因此他最初感动得不得了。既然是上帝救了他让麦苗长出来,那么推断起来在岛上别的地方应该也有。但他找寻了整个岛屿也没有发现。他觉得很奇怪,这时他才想起来自己曾经在这里把装谷物袋子的最后一点残渣倒了出来。这样一来真相大白。最初感动他的宗教奇迹现在看起来再普通不过了。他的宗教热忱马上消退了。鲁滨孙本来就没有多少宗教热忱,只是在看到无法用常理解释的现象时才会联想到上帝。但他又是善于推理和讲究实际的,他想到应该别的地方应该也有麦子,却没有发现。这时,他性格中讲求实际和常理的部分就开始工作了:他回想起自己曾经做的事情,这样就用常理解释了最初的奇迹。于是,在宗教上总是比较顽固的鲁滨孙就又回到以前的老路上了——他的热忱消退了。鲁滨孙的宗教观是一种很实用的宗教观:上帝救了他,他就对上帝感恩戴德,念念不忘;当他发现事情并非如此(比如说麦苗的这一出),或是上帝又允许新的危险接近时(比如他发现沙滩上的脚印之后,信仰又开始动摇),他的信仰马上就摇摆了。瓦特说鲁滨孙的宗教信仰是间歇的,这是很有道理的。①

不仅如此,作为叙述者的鲁滨孙带着晚年更为成熟的眼光加了一句"tho' I ought to have been as thankful for so strange and unforseen Providence, as if it had been miraculous"。叙述者鲁滨孙显然看出来自己当年这样的做法是不符合一个真正的基督徒的标准的,所以说自己应该对待这件事情就像麦苗的确是奇迹一样地感谢上帝。然而,"as if it had been miraculous"和"as if it had been dropt from Heaven"则多少带有反讽的意味,说明并非真的是上帝的神力所为。

原作中这种淡薄的宗教观念在沃恩版中被有意识地修正了。它没有否认麦苗的长出是鲁滨孙自己种下的"果",而且用一种更为诚实、更为虔诚的方式承认了这一点。在沃恩版中,鲁滨孙发现了麦苗,但是他并没有像原作中那样去别的地方寻找。他只是觉得这是个奇迹,不可思议,为此感动得落泪。沃恩版删去了鲁滨孙在岛上别的地方寻找麦苗未果从而最终回忆起是自己撒下了种子的部分,直接接上了下文(鲁滨孙觉得上帝保留了种子并使它在那里撒下了简直是个奇迹),因此这里存在一个情节和逻辑上的空白。仔细的读者不得不自行推断:鲁滨孙后来想起了自己做过的事情,但他仍然为此对上帝充满感激之情。改编版在信息和逻辑衔接上出现了中断,但从宗教上说,它刻画了一个更为虔诚的鲁滨孙。他尽管知道这是自己撒下的种子,但仍对上帝感恩,而不像原作的主人公那样用"应该"这个字眼和一个让步从句来为自己消退

---

① Ian Watt, *Myths of Modern Individualism*, p. 157, p. 163.

的信仰辩解。原作的鲁滨孙显得实用、世故,并为自己不"义"的行为辩解;改编版中他变得诚实、虔诚,他对上帝的信仰是发自内心的,并不因外界的环境和事件而有所变化。

　　类似的信仰反复还出现过一次。在看到沙滩上的脚印之后,他十分害怕,之前好不容易树立起来的内心的安定和坚定的信仰又动摇了。他说:"恐惧的心理驱走了我的全部宗教上的希望;我从前因为亲身受到上帝的好处而产生的对上帝的信仰,现在完全消失了。"(徐霞村译 119)他后来又对自己的生活状况思索了很久,终于被《圣经》中的一句话所打动:"在患难之日求告我,我必救你,你也要荣耀我"(徐霞村译 120),心里又踏实了。然而当他后来去量脚印发现不是自己留下的时候,他又回到了之前害怕恐惧的状态。鲁滨孙的信仰随着外界形势的变化而变化,最关键的原因不在于他的信仰不够坚定,而是因为他受到实用主义的影响。他坦承自己的信仰是因为受到上帝的好处而产生的:当上帝眷顾他、保护他,让他的生活一帆风顺时,他就对上帝充满感激;一旦他的生活出现新的危机,原有的信仰无法保证他生活和心理上的安定,他的信仰就动摇了。原作中的这两次信仰反复就是最好的例证。沃恩版对脚印这一事件也做了和上文类似的改动:

　　　　原作:脚印→害怕→信仰动摇→想起《圣经》中的那一句话→又坚定起来→又去量脚印→又害怕→再次动摇

　　　　沃恩版:脚印→害怕→《圣经》使他安定→再量脚印→又害怕

可以看到,就发生的客观动作而言,沃恩版没有改动,同样经历了害怕—坚定—再次害怕的过程,但信仰的动摇却都被删去了。这样一来,鲁滨孙对脚印的反应就只是再自然不过的害怕,这是人之常情。但作为一个基督徒,他的信仰却始终保持坚定,而不像在原作中那样摇摆。原作中鲁滨孙宗教信仰的实用主义态度被替换成了虔诚的态度。这两处改编策略的一致,表明这些改动不是随意为之的,而是有着特定的目的,那就是塑造一个更能作为榜样的基督徒形象。

第四节 20世纪初《鲁滨孙飘流记》的改编:走向中立

20世纪的前十年仍是英国儿童文学的黄金时期,诞生了大批经典作品。本节挑选了1906年伦敦T. C. & E. C.杰克公司出版的由约翰·兰改编的《鲁滨孙飘流记》加以探讨,并在与同时期其他儿童文学作品加以比较的基础上进行解读。在《鲁滨孙飘流记》近两个世纪的儿童文学改编史上,这是第一次出现几乎不带说教意味的儿童版本,其诞生的时代背景是爱德华时期英国儿童文学对中产阶级价值观念的怀疑甚至是颠覆。

4.1 约翰·兰版的主题变动

宗教主题是原作最显要的元素之一。笛福在序言中说:"[述者]……在叙述时别具慧心,把一切事迹都联系到宗教方面去;以现身说法的方式教导别人,叫我们无论出于什么环境都敬重造物主的智慧。"(徐霞村译 原序)宗教思考在小说中占了相当的比例。鲁滨孙讲故事时总在思考环境和自己行为的宗教意义;它同时也说明了小说的一个重要教育目的,即希望通过自身经历影响读者,激发读者的宗教意识。笛福原作中的宗教热忱,在18世纪的卡姆佩版中得到强化;在19世纪,尽管宗教开始走下坡路,但它仍具有相当的活力,在儿童版中仍然得到了改编者的足够重视而被强化;但到了20世纪,它终于开始消退,而且是非常彻底地退出了这部小说。

笛福原作中与宗教主题最相关的几个情节包括看见麦苗长出来而感谢上帝,用《圣经》和烟叶酒治好了疟疾,以及看见沙滩上的脚印而动摇信仰。19世纪的版本在强化这些情节的同时还添加了新的情节,例如哈里斯版中的圣诞节和鲁滨孙专门做礼拜的小山。而约翰·兰版呈现出来的是一个完全世俗化了的小说世界。

鲁滨孙在洞穴旁奇迹般地发现了几颗麦苗,他最初喜出望外,以为是神赐给他的。后来才明白原来是自己倒面粉袋子时无意种下的"果"。而约翰·兰版是这样描述的:

> Robinson had emptied out some refuse from bags which had once held rice, and other grain, and he had forgotten all about having emptied them. So he was very much astonished to find, some time afterwards, both barley and rice growing near his tent, in the shade of the rock. The ears, when ripe, he kept to sow again, and from this very small beginning, in the course of a few seasons, he had a great quantity of grain, both for food and for sowing. (145)

该版不仅删除了鲁滨孙对麦苗的宗教解读,更重要的是,其讲述方式发生了变化。笛福原作是用正在经历时间的眼光进行叙述的。读者随着鲁滨孙的经历视角依次看到了他的认知、心理活动和感受,而约翰·兰版则以全知视角所特有的信息优势对情节进行了重组。它先讲鲁滨孙曾经倾倒过装面粉的袋子,而且忘记了这件事。当读者读到这里,鲁滨孙忘记了倒袋子这回事就成了一个"扣",它预示着将来一定会发生什么与此有关。这个"扣"激发了细心读者的想象力和解读能力,使他们产生了一个期待:鲁滨孙必然有一天恍然大悟:原来是自己倒面粉袋子导致了这一切。很快,倒袋子这一事件的后果就被揭示了,而且改编者在此之前不忘加一个"he was very much astonished to find"。"扣"被解开了,真相大白了。主人公很吃惊,后知后觉;而细心读者则为自己先前的期待而暗自感到自己的高明。简言之,叙述者和读者绕开主人公,完成了一次讲故事的交流。这种叙述策略和原作相比虽然少了几分悬念,却激发了读者的阐释欲望,增强了读者的心理优越感,在儿童文学中具有尤为重要的意义。它增强了阅读的快感,有利于培养小读者的阅读兴趣。儿童的阅读能力和理解能力毕竟有限,过于复杂的词汇、句子和情节可能会令他们望而生畏,文本太过简单又可能使叙述缺乏吸引力。"解扣"就是一个很好的培养阅读兴趣的活动。约翰·兰版把原作的宗教情节世俗化,并更换了新的叙述方式使其为儿童读者服务。

鲁滨孙在岛上得了疟疾,烟叶酒治好了他身体上的疾病,《圣经》治疗了他的心灵。而在约翰·兰版中,有关宗教的部分(这占了原作的绝大部分篇幅)被彻底删去,使这一情节完全世俗化了。与此相似,他看见脚印后信仰动摇的部分也被删去了。约翰·兰版的世俗化不仅体现在这些大段的、突出的情节中,在其他一些细节上也同样存在。例如,鲁滨孙从海浪中生还后的叙事片段是这么开头的:"我现在已经登了陆,平平安安地在岸上了,便抬起头来,感谢上帝,因为我在几分钟以前还没有一线希望,现在已经有了活命。"(徐霞村译 34)感谢上帝是鲁滨孙生还之后做的第一件事情,这体现了作者在序言中说到的"在叙述时别具慧心,把一切事迹都联系到宗教方面去"(徐霞村译 原序)。而在约翰·兰版中,鲁滨孙生还之后,就倒在草地上,休息后就开始探索周围的情况,没有丝毫感谢上帝的举动。

基督教在英国的衰落从 19 世纪就已经开始了,但当时宗教仍然在部分人的生活中扮演重要的角色。在上一节分析的几个儿童版中宗教主题甚至还有回光返照的现象。但其式微是不可阻挡的历史趋势,在 20 世纪就已经很明显了。著名的英国史学家 A. J. P. 泰勒在撰写 1914 年至 1945 年的英国史时,居然几乎没有谈到宗教,斯图亚特·缪斯认为,由于宗教势力在 20 世纪大幅度衰退,历史学家在著书时省略在人们生活中处于边缘地位的宗教的做法是无可厚非的。[①]

4.2 影响约翰·兰版改编的因素

约翰·兰版的改编较为复杂,受到了多方面的影响。其中,宗教主题的退出是时代普遍的趋势,而经济主题和家庭主题的衰退,既受到维多利亚晚期到爱德华时期英国社会的巨大变化的影响,同时也受到当时儿童文学发展趋势的影响。

自 18 世纪以来,英国对儿童观点的争论就一直在两派之间摇摆。清教传统认为,人生来是有原罪的,而儿童本身的自制力和道德水平较为低下,更容易走上歧途。因此对待儿童必须小心谨慎,要时刻关注他们的道德成长,并用较为严厉的手段确保他们不会走上歧途。另一派以洛克和卢梭为代表,认为儿童生下来的时候是一块白板,他们天真无邪。虽然这一派同样提倡认真对待儿童

[①] Stuart Mews, "Religion, 1900—1939", *A Companion to Early Twentieth-Century Britain*, Ed. Chris Wrigley, Malden, Massachusetts: Blackwell Publishing, 2003, p. 470.

的教育,但是其重点却完全不一样,它提倡乐观主义和知识的教育,把儿童看成是需要精心呵护的小天使。在维多利亚时期,这两派观点仍在斗争之中,而到了晚期又出现了另一种观点,即儿童没有社会义务,也没有道德义务。这种观点实际上并非为儿童文学界所特有,而是和当时的唯美主义存在千丝万缕的联系,两者都反映了维多利亚晚期对传统道德观念和价值观念的反叛。这一新观点在儿童文学中体现为儿童从成人世界的分离。在维多利亚早期和中期文本中,家庭在儿童生活中处于核心地位,孩子们在家里既享受宠爱,也接受教育。缺乏这种最基本的条件(例如狄更斯小说中的孤儿)被认为是最糟糕的情况。而维多利亚晚期的儿童的生活跟成人世界则保持适当的距离。有学者认为这和当时的现实状况是一致的——许多中产阶级的孩子从保姆和家庭教师的身边解脱出来,去上学(尤其是寄宿学校),还有可能是被亲属甚至陌生人抚养。有时儿童和成人即便从空间上没有分离,情感上也是分离的。① 笔者认为,将文学中的这种现象仅仅归结为儿童的生活状况——与父母分离更多——的变化既不全面,且有些牵强,因为中产阶级的孩子从家里转去学校上学的状况在更早的时候就已经发生了。真正引起家庭在儿童文学中重要性下降的原因,还和人们对家庭成员的不同看法有关。

在父权制社会,父亲是最重要的角色。他是一家之主,妻子、女儿、仆人都是他的附属。父权制家庭又是整个社会的缩影。男性作为一家之主的不可动摇的地位到了19世纪维多利亚时期达到了顶峰,但怀疑也在这一时期兴起。过于强权的父亲角色造成了

---

① Dieter Petzold, "A Race Apart: Children in Late Victorian and Edwardian Children's Books", *Children's Literature Association Quarterly* 17.3 (1992): 33.

家庭中其他成员的文化失语,家庭气氛十分压抑。约翰·穆勒和弗吉尼亚·伍尔芙都回忆过他们父亲对他们童年时期造成的阴影。父权制是社会的根基,也是维多利亚社会倡导的体面生活的关键人物。无论是英国 19 世纪末的唯美主义,还是帮助穆勒度过他的精神危机的浪漫主义诗歌,都带有一定程度的女性气质,以此平衡、制约、治疗甚至是挑战过于强势的父权所造成的问题。

约翰·兰将原作带有强烈中产阶级自我辩护精神的叙事改成了相对较为中性的文本。笛福的小说带有明显的说教性,他的文本凸显了一系列中产阶级典型的意识形态关怀:宗教、个人道德关怀、诚实、勤劳,等等,但这些在改编版中被不同程度地弱化了。之前的儿童版往往对鲁滨孙的态度很鲜明,例如批评他不听父母的话,对他后来在岛上笃信宗教流露出赞许的态度,而约翰·兰版的叙述者则不然。他既没有像原作那样对鲁滨孙表现出赞扬和肯定,也没有像其他儿童版那样批判他不该离家,充满浓厚的说教味道,而是专注于对鲁滨孙行为的客观报道,辅以对其心理的简短说明,其风格更加明快、干脆。叙述者和隐含作者的态度在很大程度上被隐藏起来。[①]约翰·兰的另一个改编作品《格列佛游记》的叙述者对主人公还有一些间接的评论,这主要是通过用副词描述人物行为来实现的,例如 "luckily","fortunately" 表达了叙述者对主人公境遇的同情,而这部改编作品没有类似的评论,就连对动作进行修饰的副词的使用也少得多。约翰·兰版的《格列佛游记》以 "-ly"结尾的副词有 271 个,词频为 19.3 次/千词,而《鲁滨孙飘流记》中

---

① 需要注意的是,尽管上文指出,在某些地方约翰·兰的改编部分比原作往前走了一步,强调了他的民族自尊心。但这种情况寥寥无几,而无论是与原作还是之前的儿童版相比,这一版叙述者对鲁滨孙的肯定态度又少得多。因此,总体而言,约翰·兰版的叙述者和隐含作者的态度在文中很少显现。

只有136个,词频为6.8次/千词。

约翰·兰版宗教主题的彻底式微、中产阶级意识形态因素的隐退和更为中立的价值立场,是它与前两个世纪儿童版的最主要区别。笔者认为,这是当时儿童文学乃至整个文学界对中产阶级传统价值观的颠覆潮流的一部分。爱德华时期位于鼎盛的维多利亚时期之后,所谓盛极而衰,人们开始对先前的价值观念进行反思。这一历史趋势的变化和浪漫主义与新古典主义的关系十分相似。英国18世纪的新古典主义崇尚理性,伴随着英国商业的兴起和繁荣,以及中产阶级登上历史舞台,确立自身特有的价值观和意识形态。理性在人们心目中的地位也攀升到了顶点,但其弊端也开始逐渐显现出来,为了平衡唯理性是尊造成的冷漠、自私自利的人际关系,英国在对一系列社会和道德问题的思考中迎来了感伤主义和浪漫主义,它们试图以感性的温情和人情味儿纠正过于机械的理性思维和自私自利的人际关系。浪漫主义历经的时间不长,随着英国的工业革命的完成和城市化的进程,大量人群涌入城市,极大地改变了城市的面貌、生活方式和道德观念。英国在维多利亚时期达到国力的顶峰,工业、机器、商业投资,无一不是在理性的指导下给英国带来了经济利益与民族荣耀,这一时期人们的价值观念也在工业化和科技极大进步的背景下重新回到理性这一方向上来,最典型的莫过于功利主义所提倡的对幸福最大化的计算。然而,功利主义最终也没有能够解决维多利亚时期人的异化、贫富差距、阶级矛盾等社会问题,理性思维对人际关系的异化和侵蚀的问题再次显现出来,而这一次,浪漫主义的历史经历已经证明单纯靠情感是徒劳的。当理性显得过于沉闷、压抑和自私,而情感又无法有效地平衡理性思维时,20世纪的英国以怀疑乃至否定理性传统作为新时期的回答。①对中产阶级传统价值观的质疑其实在维多利亚时期就已有之。C. F. G. 马斯特曼指出,当维多利亚时代的人津津乐道于他们的商业、休闲、宗教信仰,讨论政治和神学时,他们的先知就已经看到,他们从头到脚都是不干净的,发出这一指责的人包括了卡莱尔、拉斯金、梅瑞狄斯及阿诺德、威廉·莫利斯、丁尼生等人。②而让这一维多利亚时期就已有的质疑态度在爱德华时期彻底显现并扩大的是世纪末思想领域一系列非理性主义思潮的出现。有专家指出,维多利亚时代的小说中人物的理想主义的崇高品格到了20世纪初被现实主义的反叛所取代,那些人物崇高的、无私的、无性别的性格被达尔文的进化论、赫伯特·斯宾塞的社会进化论、叔本华的悲观主义哲学和尼采的权力意志所打碎。在对传统社会价值观——家庭、财产、宗教、阶级——的反叛上,现实主义作家和先锋派如出一辙,③在这种社会语境下,宗教主题彻底退出了儿童文学作品,不再成为真正的激励人心的力量和人格的一部分,而仅仅作为历史文献式的残留。

---

① 从这个意义上讲,19世纪后半期英国的唯美主义与世纪初的浪漫主义有着共同之处,都是对世俗社会功利的理性的反思,不同的是,英国在经历了浪漫主义的尝试之后,唯美主义对理性的否定更为彻底,也更为悲观。

② Charles F. G. Masterman, *The Condition of England*, London: Methuen, 1909, p. 9.

③ Maria Di Battista, "Realism and Rebellion in Edwardian and Georgian Fiction", *The Cambridge Companion to the Twentieth-Century English Novel*, Ed. Robert L. Caserio, Cambridge: Cambridge University Press, 2009, pp. 42—43.

第二章　儿童版与儿童观

虽同为游记且时间相近，但七年之后的《格列佛游记》并非是对《鲁滨孙飘流记》的自然延续，恰恰相反，它构成了对后者乃至整个小说文类及其前提的戏仿和质疑。不过这两部小说在儿童文学界的命运却又十分类似，它们从 18 世纪开始就不断被改编成儿童作品，并且始终得到孩子们的喜爱。《格列佛游记》问世后的流行程度在蒲柏和盖伊给斯威夫特的信中可见一斑："不管身居高位的人还是老百姓都在读这本书，从枢密院到保育室都是如此。"① 但这两部小说又有着很好的互补性，它们在作品主题、文体风格、叙事策略乃至潜在价值观念等方面都有着相当大的差异。《鲁滨孙飘流记》的儿童版多选择有趣或是有教育意义的部分保留，而《格列佛游记》却始终面对着散布全文的各种需要删节处理的部分。无怪乎萨克雷愤怒地批评它"词语肮脏，想法肮脏，愤怒，而且下流"。追踪《格列佛游记》在不同历史时期的儿童版的删节流变，可以为

---

① F. Elrington Ball, ed., *The Correspondence of Jonathan Swif*, D. D., London: G. Bell and Sons, 1913, p. 359.

我们揭示社会文明禁忌、儿童观和文学传统的发展与变迁,从而探究儿童文学改编的这一重要方面。

第一节　18 世纪的删节

1.1　《格列佛游记》的儿童版本

《格列佛游记》第一版于 1726 年由本雅明·莫特出版(以下简称莫特版)。之后陆续出现了许多版本,最权威的是 1735 年的福克纳版,①而 18 世纪的儿童版则相当少见。萨拉·斯梅德曼在他的"作为儿童文学的《格列佛游记》"中列出了她所考察的《格列佛游记》的主要儿童版本,其中唯一的一本英国 18 世纪的版本就是 1727 年由斯通和金出版的(以下简称斯·金版,共 175 页)。②斯·金版也是笔者找到的 18 世纪唯一的儿童版。③本书选取了莫特版而不是最权威的福克纳版与斯·金版进行对比分析,是考虑到出

---

① 尽管斯威夫特在莫特版出版之后抱怨说有些地方被出版商改动了,而且评论家往往认为福克纳版是最为权威的版本,但是由于莫特版是该小说的第一版,出版于 1726 年,而斯·金版出版于 1727 年,那么斯通和金改编的原本应该是莫特版,改编者不可能看到福克纳版,因此这里选取莫特版和斯·金版进行比较分析。

② M. Sarah Smedman, "Like Me, Like Me Not: *Gulliver's Travels* as Children's Book", *The Genres of* Gulliver's Travels, Ed. Frederick N. Smith, Delaware: University of Delaware Press, 1990, p. 77.

③ 英国的图书市场在 18 世纪刚开始兴起,成人的图书市场都还有待开发,少儿读物的起步就更晚了。《格列佛游记》出版之后,书商们看到了该书蕴藏的巨大商机,纷纷出版了相关的书籍,有的假托是格列佛的亲戚之名继续写其他的冒险故事,如《格列佛船长的儿子,约翰·格列佛历险记》《根据格列佛船长的重孙的原稿改编的寓言》,也有的以《格列佛游记》中的某一国家或场景为基础写了续集,如《小人国的学术状况及国王的图书管理员的故事》《巨人国的巨人们》,还有的是对原作的评论,如《格列佛解密——对〈格列佛游记〉的评论》。总之,《格列佛游记》催生了一大批畅销书籍,但是其儿童版却很少。当时为儿童出版的书籍主要是教材和经典的儿童故事,很少会包括像《格列佛游记》这样长篇的当代小说。

版先后的问题。莫特版出版于 1726 年,斯·金版出版于 1727 年,而福克纳版出版于 1735 年,因此斯·金版的改编者只可能以莫特版作为原本进行改编。

1.2 儿童版更为保守的女性观

玛格丽特·安妮·杜迪认为,斯威夫特对女性是报以一种同情、支持的态度,女性对于平衡斯威夫特的世界是不可或缺的。① 在《格列佛游记》中,我们可以看到斯威夫特对女性的态度,而在改编版中,我们可以看到这种态度并不被所有人所接受。

> 莫特版:Thus the young Ladies there are as much ashamed of being Cowards and Fools, as the Men, and despise all personal Ornaments beyond Decency and Cleanliness: <u>Neither did I perceive any Difference in their Education; made by their Difference of Sex, only that the Exercises of the Females were not altogether so robust; and that some Rules were given them relating to domestick life, and a smaller Compass of Learning was enjoined them: For the Maxim is, that among People of Quality, a Wife should be always a reasonable and agreeable Companion, because she cannot always be young.</u> When the Girls are twelve Years old, which among them is the marriageable Age, their Parents or Guardians take them home, with great Expressions of Gratitude to the Professors, and seldom without Tears of the young Lady and her

---

① See Margaret Anne Doody, "Swift and Women", *The Cambridge Companion to Jonathan Swift*, Ed. Christopher Fox, Cambridge: Cambridge University Press, 2003, p. 92.

Companions.（Part I，Chapter VI，p. 105. 下画线为笔者所加）

斯·金版：Thus the young Ladies there are as much asham'd of appearing Cowards and Fools, as the Men, and despise all personal Ornaments beyond Cleanliness and Decency. When they are Twelve Years of Age, or marriageable, they are taken Home by their Parents with Expressions of Gratitude to the Professors for their Care.（Part I，Chapter VI，p. 45）

改编版删减了部分内容。但是在具体分析删减的内容之前，我们有必要先看看删减这种改编行为在斯·金版中的使用频率。

莫特版的第六章一共有23段，在比较莫特版和斯·金版后发现，后者对前者主要采取了换用不同的词语、调整语序、摘要方式对前者进行了改写，使篇幅变短，但是内容却尽可能地保留下来了，并没有太多的删节。莫特版第六章是从第92到第114页，共计23页，而斯·金版则是从第39页到第48页，共计10页。原因之一是斯·金版将莫特版的许多段落合并为一段，例如，莫特版的第一章到第五章每章分别有12、12、11、6、10段，而在斯·金版中则只有3、6、6、4、4段，第六章更是惊人地把莫特版中的所有23段话全部合并成了1段。莫特版每段之间都有一空行，由于当时的书籍中每一行字数远比现代的书籍少，无论是莫特版还是斯·金版每行大概是6~9个单词，因此合并段落这一手段能够在很大程度上减少印刷的张数。

但是，和现代的儿童版不同的是，斯·金版并没有将原作的语言做很大的简化处理，在前面所举的所有例子里都可以看出这两个版本从用词、句式、结构、篇章上来讲并没有很大的难度上的差别，很多时候斯·金版只是换了一个不同的用词或是句式罢了。而且进一步对比可以发现斯·金版在内容要点上也是和原作保持大致相同的,几乎没有遗漏的地方,仅仅是很多时候叙述得更加简约罢了。

以此来看,这里所比较的段落差异就更明显了。斯·金版第六章从开头直到被引用的部分为止都保留了莫特版的所有内容要点,而唯独笔者在莫特版中加了下画线的部分全被省去了,丝毫没有提及,因此这个省略就显得十分重要了。删减的内容是:1)格列佛没有发现男女的教育由于性别的不同而有所差异,仅仅是运动的剧烈程度和学问的研究范围有一些差异;2)"他们有一句格言:富贵人家的主妇应该是一位和蔼而懂道理的伴侣,因为她不能永葆青春。"(张健译 40)第一点涉及男女的相对地位以及带来的教育问题,而第二点是对其的解释说明。

从生平来看,斯威夫特对女性还是比较公正的,①他没有摆出一副大男子主义的面孔对女性冷嘲热讽,说她们这里不对或是那里不如男子。相反,从他一生中和女性的通信可以看出,尽管当时女性的地位比较低下,很少有机会能够接受教育或者得到知识和智力上发展的机会,但是斯威夫特对女性表现出来的是一种同情、鼓励和支持的态度,他也和流行的做法一样对女性写下了或是说了恭维的话,但是他所关注的是她们的眼光、头脑和才能,而不是她们的容貌或是仪态,他在 1734 年 10 月 7 日写给彭达福斯女士(Ms. Pendarves)的信中曾经这样写道:"我是为了大众好才这样写的,因为现在这个国家的男人中流行着这样一个恶毒的荒谬的说法,说女性在除了在家庭事务之外的任何地方都应该是一个傻瓜,而且持这种看法的男人们还为数不少。"②斯威夫特被删去的第二

---

① 这是杜迪的观点。但也有学者认为,斯威夫特对女性并不抱有欢迎或同情的态度,他可能不喜欢女性,只是表现得比较屈尊罢了。
② F. Elrington Ball, ed., *The Correspondence of Jonathan Swift, D.D.*, p. 95.

句话正是对这类流行看法的驳斥。而他也在这些女性中得到了高度的认可,彭达福斯女士在 1734 年 9 月 9 日写给斯威夫特的信的开头写道:"我发现和您通信就像听夜莺唱歌一样美妙。"①

但是小人国的这种男女相对平等的现象(不是完全平等,只是一个程度上的问题),与当时的英国男尊女卑的情况有所不同。基督教以来的传统一直强调女性的低下地位,要求妻子对丈夫完全服从,经历了文艺复兴和宗教改革这种情况也没有得到改变。到了 18 世纪,即便是启蒙运动的思想家也还是持有这种想法,卢梭认为"女性生来就应该服从男性,尽管男性根本称不上完美,女性绝对服从他们,学会毫无怨言地忍受不公正待遇和丈夫的侮辱。"②而在女子受教育问题上,英国从 18 世纪才开始兴办女子学校,之前只有出生在条件优渥的家庭的女孩才有机会接受家庭教育。因此在小说改编之时,女子接受教育(尤其是像小人国里这样和男子相近程度的教育)的思想还没有被社会普遍接受。这里的删节体现了改编版更加保守的风格。

1.3 改编对性禁忌的处理

《斯威夫特通信集》的编者 F. 埃尔林顿·波尔③在对斯威夫特的介绍中指出:"一个更严重的事情是斯威夫特的通信中有许多下流的笑话。不仅是在他给男性的信件中,甚至在他写给斯特拉的信中也有许多的笑话是任何一位正经的男子看了都会脸红的,这还是写给一位他相当推崇的女性呢。尽管当时的人远较现代人直白,但斯威夫特在这点上是当时的人也无法比的。劳伦斯·斯特

---

① F. Elrington Ball, ed., *The Correspondence of Jonathan Swift*, D. D., p. 88.
② 王晓焰:《18—19 世纪英国妇女地位研究》,北京:人民出版社,2007 年,第 56 页。
③ 波尔(Ball)在这里指的是埃丝特·约翰逊(Esther Johnson)。

恩这样为自己辩护：'我可没有斯威夫特那么出格。他试图和拉伯雷保持距离，而我试图和他保持距离。'"①《格列佛游记》常常因为包含一些较为暴露的讽刺笑话和描写而被人们指责不正经，萨克雷就曾经愤怒地批评过它，说它"词语肮脏、想法肮脏、愤怒，而且下流"②。可见，小说中的某些情节即使是在成人世界里也因描写出格而受到指责，更不用说是少儿不宜了。斯威夫特的这本小说的确有一些粗俗的或是暗指性方面的描写，让我们来看看儿童版本是如何对此处理的。

> THAT which gave me most Uneasiness among these Maids of Honour, when my Nurse carried me to visit them, was to see them use me without any manner of Ceremony, like a Creature who had no sort of Consequence. For, they would strip themselves to the Skin, and put on their Smocks in my Presence, while I was placed on their Toylet <u>directly before their naked Bodies, which, I am sure, to me was very far from being a tempting Sight</u>, or from giving me any other Emotions than those of Horror and Disgust. (莫特版，Part II, Chapter V, pp. 86—87. 下画线为笔者所加)
>
> What gave me the greatest Uneasiness, when I went to visit these Ladies of Honour, with my Nurse, was to see them strip and shift themselves before me, as if I was of no

---

① F. Elrington Ball, ed., *The Correspondence of Jonathan Swift*, D.D., p. xlvii.
② "filthy in word, filthy in thought, furious, raging, obscene", from *Essays: English and American*, Ed. Charles W. Eliot, Vol. 28, The Harvard Classics, New York: P. F. Collier & Son, 1909, p. 32.

manner of Consequence, which gave me no other Emotions than those of Horror and Disgust. (斯·金版，Part II, Chapter V, p. 119)

当保姆把格列佛带去拜访那些侍从女官的时候，那些女孩子一点儿都不在意格列佛的在场，肆无忌惮地当着他的面换衣服，好像他就不存在似的。莫特版对这个场景的描述更加直白、清楚，而斯·金版则有不少删节。莫特版说"她们把自己脱得精光"(strip themselves to the Skin)，而斯·金版则改得较为含蓄，将最后三个单词去掉了。莫特版称："当她们把我放在梳妆台上时，面对着她们赤条条的身体，老实说，我看来一点也不感到什么诱惑，除了恐怖、厌恶以外，没有别的感情。"(张健译 91)相比之下斯·金版则保守得多，它将前面的全部删掉，仅仅保留了一句"这一场面给我的只有恐怖和厌恶。"被删掉的语句毫无疑问在改编者看来是属于少儿不宜的，尤其是像"tempting Sight"这样的词语更是不应该出现在儿童版中。

That the Productions of such Marriages are generally scrofulous, rickety, or deformed Children; by which means the Family seldom continues above Three Generations, unless the Wife takes care to provide a healthy Father among her Neighbours, or Acquaintance, in order to improve and continue the Breed. That a weak diseased Body, a meagre Countenance, and sallow Complexion, are no uncommon Marks of a *Great Man*; .... (莫特版，Part IV, Chapter VI, pp. 96—97. 下画线为笔者所加)

That a weak Body, and lean Countenance were no uncommon Marks of a *Great Man*; and a healthy, robust Mind was seen being disagreeable in a Man of Quality, …（斯·金版, Part VI, Chapter VI, p. 143）

格列佛在第四卷里是这样向慧骃介绍年轻贵族的生活的,他们从孩提时就过着悠闲奢侈的生活,一成年就花天酒地,最后不得不找个"出身微贱、面目可憎、身体虚弱的女人结婚"(张健译 204),而这样产生的后代往往是体弱多病,但是大家认为这才是贵族血统的标志。莫特版选段的开头继续说到"这人的妻子如果不想法儿在邻人或者仆人中间给她的孩子找一个健壮的父亲,改良品种以便传宗接代,这一家人传不到三代就会断子绝孙。"(张健译 204)在讽刺贵族生活的同时,这一句话也讽刺了贵族家庭中常见的女主人通奸的现象。同上处一样,这都属于少儿不宜的内容,因此在斯·金版中被完全删掉了。

对于有性指向的文字,改编者的手段并不只局限在删除,还可以通过换用更加模糊含蓄的词,或是调整语序的办法以减小影响,如下处:

THE Women of the Island have Abundance of Vivacity; they contemn their Husbands, and are exceedingly fond of Strangers…. Among these the Ladies chuse their Gallants: But the Vexation is, that they act with too much Ease and Security, for the Husband is always so wrapt in Speculation, that the Mistress and Lover may proceed to the greatest Familiarities before his Face, if he be but provided with Paper and Implements, and without his Flapper at his Side. (莫特版, Part III, Chapter II, pp. 31—32)

The Women of *Laputa* have a great Deal of Vivacity; they despise their Husbands, and are very fond of Strangers, whereof many, ... Out of these, the Ladies chuse Lovers; but what's most vexing is, that they act with too much Ease and Safety, for, the Husband being always rapt in Thought, if he be but furnish'd with Paper and Instruments, and without his *Flapper*, the Mistress and her Gallant may proceed, even to Enjoyment, before his Face. (斯·金版, Part III, Chapter II, p,19)

这一选段的改写同样出于对性的禁忌：

1) 莫特版中的"Familiarities"被换成了更为广义而模糊的"Enjoyment"。"familiarity"既有生活中比较广义的"熟悉"之意,根据 OED,还有一个解释是"undue intimacy"。这个义项出现在17世纪,再结合它的用法特点,上文中应该就是这个含义,因此这个字有一点儿性上的调侃意味,而且较为直接。而斯·金版采用模糊化的办法,把这个词换成了更广义的"enjoyment",意思要平淡一些,模糊了原文的性调侃,更加符合道德规范和审查制度。

2) 斯·金版对句子顺序做出了重要调整。莫特版中说："但是最可恼之处在于,他们的行为是如此的从容而安全,因为丈夫总是在沉思,因此这对情人大可以当着他的面大胆亲热,如果给他(丈夫)纸笔和仪器且拍手不在跟前的话。" 斯·金版则是："……因为丈夫总是在沉思,如果给他纸笔和仪器且拍手不在跟前的话,女主人和她的情人当着他的面可以尽情调笑。" 莫特版先说明这对情人可以当着男主人的面大胆亲热,这会给读者以强烈的心理上和道德上的冲击,但这恰恰是斯威夫特对飞岛人伪科学和脱离实际的最强烈批评。斯·金版的对象是儿童,这样的情景就不合适了,所以它调整了条件从句的位置,先交代了情况,让读者先知道丈夫在沉思,纸笔、仪器在侧,拍手不在等前提条件,然后再告诉读者这对情人的大胆之处。这样读者就很容易理解,原作心理和道德的冲击感也被随之取消了。之前提到这些女人非常喜欢从飞岛下面上来的人的时候斯·金版把程度副词"exceedingly"换成了"very",原因也与此一样。

无独有偶,接下来的句子里又一次出现了顺序的调整,但这次恰好情况相反:

THE Wives and Daughters lament their Confinement to the Island, although I think it the most delicious Spot of Ground in the World; and although they live here in the greatest Plenty and Magnificence, and are allowed to do whatever they please, they long to see the World, and take the Diversions of the Metropolis, which they are not allowed to do without a particular License from the King; …(莫特版,Part III, Chapter II, p. 32)

Tho' this Island be the most delicious Tract of Ground in the World, and the Wives and Daughters live here in the most magnificent and plentiful Manner, being allowed to do whatever they please; yet they look upon their Abode in it as a Confinement, and long to see the Metropolis, …(斯·金版,Part III, Chapter II, p,19)

莫特版在句首就直接点明了事实,那就是飞岛上的女人们为自己被限制在这个地方而感到懊悔,然后再用了表示让步的并列句陈述岛上的生活是如何舒适惬意,但是,她们仍然不喜欢这里,想下去却又非常困难。由于使用了让步的并列句,而且放在句子的后半部分,因此陈述起来四平八稳。斯·金版则将"尽管"放在了句首,而且由于"尽管"引导的成分较多,造成了一种悬念。读者渴望知道后面要转折的内容,要一直读到最后才明白,不管岛上有多好,这些女人还是不喜欢这里,而且还加上了一个"yet"来加强语气,因此斯·金版的这句话就更具有转折和惊奇的效果。

在上一个例子中斯·金版通过调整顺序取消了莫特版的惊奇和冲击的效果,而这处例子则是通过调整顺序加强了惊奇和悬念的效果,原因何在?上一个例子是有关性方面的暗指和调侃,因此斯·金版考虑到道德约束和审查制度尽可能地削弱了这方面的冲击,而这一处是一般的故事情节,出于吸引读者,引起读者的好奇心和主动性的考虑,增强了悬念。尽管两处调序的效果一正一反,但都是改编者在改写的过程中的意识形态和市场动机使然。

1.4 影响改编的因素

上文讨论了两个版本在格列佛的个人主义因素、女性观、性禁忌和科学观上存在的差异,导致这些差异的主要原因是文类。斯威夫特在写作的时候就曾经说过:"我写这本游记的最主要的目的是为了激怒这个世界,而不是为了取悦于它。"[①]在书中他讽刺了诸多的人物和事件,有沃波尔首相、伍德造币、牛顿,等等,不可尽数。

---

① 见斯威夫特于 1725 年 9 月 29 号写给蒲柏的信(F. Elrington Ball, ed., *The Correspondence of Jonathan Swift*, D. D., p. 276)。

除了应时的讽刺,也有对人性的讽刺,这点在格列佛给大人国和慧骃国介绍欧洲时尤为明显。改编的斯·金版则是少儿读本,教育是改编者首要考虑的问题。格列佛这个名字有"轻信"之意,他从一个岛国游历到另一个岛国,看到了许多与欧洲完全不一样的地方。但是他观察到的往往只有表面现象,他是被动的、轻信的,几次被抓为俘虏,但从来没有依靠自己的智慧和力量逃出来,总是被命运所左右。受到当时个人主义的影响,社会重视对儿童的独立精神的培养,改编者虽然不能将整个故事的走向完全扭转过来,但在细微之处还是做了改动。在介绍生平背景的时候营造了一个更具有独立性的格列佛的形象,这就导致了斯·金版中格列佛和他周围的人物的关系和在莫特版中不同。当然,更独立的格列佛的形象和斯威夫特的整个小说的结构和寓意就有了冲突,但不管改编者是否意识到了这一点,他都必须将教育这一根本目的放在第一位。

　　除了受到个人主义因素的影响之外,道德规范是改编者必须考虑的另一大问题。乔治时期英国社会在道德规范上的特点就是注重对自己和他人的善意,注重内心情感和个人道德判断以及正确健康的情感(sensibility),这是因为宗教的道德力量下滑所作出的补偿性的调整。[①]在经历了内战的浩劫和王政复辟之后,英国人迎来的是一个生活上相对腐化,喜欢享乐的查理二世,17世纪末的社会道德水准也随着王室的享乐而滑坡,杰里米·科利尔在1698年发表的《略论英国舞台的不道德与不圣洁》("Short View of the Immorality and Profaneness of the English Stage")即为对道德滑

---

① Roy Porter, *English Society in the Eighteenth Century*, Middlesex: Penguin, 1984, p. 323.

坡的典型反映。在人们对宗教的信仰程度有所下降的时候必须更多地依靠自我的内心道德力量来维持社会的稳定。在这种情况下，一些传统道德的卫道士建议加强对媒体舆论工具的审查，强调道德说教的必要性。英国的审查制度具体由皇室的宫务大臣（Lord Chamberlain）来负责，主要针对戏剧舞台表演和出版物。但是此前主要是走走过场，并没有很严格的制度，因此对风俗喜剧中有许多性玩笑或是舞台表演中女演员比较出格的服装①也是睁一只眼闭一只眼。但是科利尔的这篇文章发表之后引起了传统势力的重视，要求肃清不道德成分的呼声越来越高，在这种影响下，审查制度越来越严格。斯威夫特的这本书中有许多对英国当时国内情况的讽刺，而第四卷中对慧骃和耶胡的对比更是对人性的一记狠狠耳光。这些容易引人非议的地方都是值得改编者斟酌的，因此改编者出于迎合社会主流道德规范的考虑对原文所做的改动也就在情理之中了。②

　　斯威夫特对婚姻家庭中存在的大男子主义和对女性的歧视也做了批评，改编者在这点上无法接受，也做了改动。同理，不符合当时道德规范的语句也不适合出现在儿童读物中，这可能会导致儿童思想上不纯洁，这些不当文字都被处理过了。在这方面，改编者做起来得心应手，不仅有删节这一较为生硬的手段，还有模糊化、调整语序以从阅读心理上减少冲击感等多种手法来达到缓和

---

① 值得一提的是，之前英国戏剧舞台上是没有女性演员的，女性角色由较小的男演员反串。而采用女性演员这一做法也是查理二世从法国带回来的。

② 斯威夫特在出版这部小说的时候抱着相当小心的态度。他把书稿直接塞进莫特的门缝里，避免了与出版商的直接接触，这样一来任何后来对小说作者的猜测都只能是猜测而无法得到证实。他进一步在序言中用种种手段来掩盖自己的身份。这都使他可能遭受的政治风险大大降低了。即便有人猜出了他是小说的作者，斯威夫特也很享受这种猜谜，而不愿公开承认。

或纯洁的目的。在涉及科学的时候,斯威夫特对于新科学和皇家学会的批评与当时社会崇尚科学的潮流是格格不入的,斯威夫特采取了皇家学会的文体来达到讽刺的效果,改编者保留了这些文字,达到了"形同而神异"的效果,同时对针对科学院的讽刺采取了弱化处理。

整体而言,因为改编版的对象是儿童读者,原作的政治讽刺对他们来说太过于遥远、尖刻,难以理解,因此不少讽刺被模糊化处理了。改编者把侧重点放在了教育目的上,在试图灌输个人主义思想的同时,也删除了一些涉及性方面的儿童不宜的内容。文类规约是原版和儿童版差异的最主要,也是最重要的原因。

第二节 19世纪的删节:阶级、文化与教育

笔者选取了19世纪出版的2本《格列佛游记》的儿童版本和1726年的莫特版进行分析比较。第一本是伦敦的贝顿公司于1864年出版,其特色是配有300幅左右的插图,插图带有素描的风格,极为生动,这些插图由汤姆森设计,托马斯雕刻,插图无彩色,以下简称为贝顿版。第二本于1895年由伦敦的乔治·劳特利奇父子公司出版,扉页配有彩色插图,书中还配有43幅黑白插图,在标题页还特别注明了"为青少年改编"(ADAPTED FOR THE YOUNG),以下简称为劳特利奇版。

在对18世纪和19世纪的儿童版和1726年的莫特版进行对比后发现,这两个世纪的儿童版在改编策略上有着很大的不同。从宏观的叙事结构和情节来讲,斯·金版对故事情节虽有所简化,但极少完全删除某一情节,故事内容非常完整,但从微观的遣词造句来看,斯·金版又可以说是一个改动比较大的版本,它经常对莫特

版的文字进行词语替换，语序调整，有时还辅以简写（详细的例子可以参考本章第一节）。而19世纪出版的两个版本在微观上无一例外地保留了莫特版的语言，没有进行任何的换词、调序或是其他的文字改动，但对故事情节都进行了不同程度的删节。这两种不同的改编策略与当时的社会、历史、政治和教育背景的多方面因素密切相关。

2.1　19世纪的教育和课本：标准与审查

工业革命在18世纪下半叶首先在英国开始，随后逐渐扩展到欧洲其他国家。随着工业的发展，大量农村人口失去土地，不得不离开家乡涌入城市，为工业的发展带来了大量的廉价劳动力。人口的密集也加快了城市化进程，促进了资产阶级和工人阶级的形成和对立，中产阶级也伴随着工业化的潮流在城市崛起。这一系列变化都极大地改变了当时的历史环境，对教育产生了深远的影响，对儿童的读物也同样产生了影响。

在此之前，城市里的教育一般仅仅限于有钱的中上层阶级，一般以聘请家庭教师为主，教育的内容缺乏统一的标准，方法也因人而异，而在农村，儿童受到的教育是零星的、非正式的。在大量人口涌入城市之后，随着城市人口的迅速增长，儿童的数量也明显增多，不少人士开始呼吁关心他们的教育问题。但是在工业革命的初期，由于劳动力的缺乏，雇用童工的现象非常严重，儿童在身心上受到摧残，专门腾出时间接受教育只能是一种奢望。此外，法国大革命的阴影在19世纪上半叶一直在欧洲各国徘徊，统治阶级担心日益壮大的工人阶级将会是一支强大的力量，认为民众在接受初级教育学会识字之后容易受到各类媒体或是"别有用心"的作品的蛊惑，因此对于大众的教育问题一直采取抑制性的政策。到了

19世纪下半叶,随着工业革命的进一步发展和城市化程度的提高,劳动力短缺的问题基本上得到了解决,童工数量逐年减少。而且随着工业的不断发展,对工人的素质要求也在不断提高,最初从土地上解放出来的文盲劳动力越来越不能满足最新的需要,因此对于资产阶级来讲,提高广大民众的文化素质成为迫切的需要。此外,工业革命在英国首先展开的好处也显现出来,英国的国力不断增强。资产阶级在取得巨大利益的同时,为了缓和阶级矛盾,维护社会秩序,以便更好地为资本主义生产服务,把一部分的利润用在了更好地行使公共职能上。在这个背景下,儿童的教育问题又被重新提了出来。义务的初级教育在19世纪中叶在欧洲各国普遍实施,英国在这方面略为落后,但在19世纪下半叶也普遍实施了义务教育。即便如此,在实施了普遍的义务教育之后,上层阶级和精英分子仍然非常警惕,对于教育的内容尤为关注。教育领域最早的学术期刊《学校评论》(The School Review)是芝加哥大学在1893年创办的,当时的撰稿人不仅限于美国人,也有许多来自英国和其他欧洲国家的作者,研究的主要领域是学校教育的制度、教学内容、教学方法和教材。学术期刊的创刊只是教育领域发展的一个重要的、阶段性的标志,在此之前的讨论教育的文章数量就已经相当庞大,仅以《泰晤士报》为例,1785—1900年间有关教育的文章数量达到了8541篇,[①]而涉及学校教育的文章数量也有521篇。统治阶级和精英人士关心的两个主要问题就是,什么内容是最合适的,最安全的,或者,从反面来讲,什么内容可能扰乱社会秩序,引发人们质疑当前的意识形态,是要避免的;其次才是什么内容能够有效地提高受教育者的素质。第一个问题涉及意识形态和审查,

---

① 这是以"教育"为关键词在 Gale 数据库的"《泰晤士报》在线数据库"的搜索结果。

具体在本书中,就是《格列佛游记》的删节问题。

第二个问题是教育的质量问题,这一点可以解释为何19世纪的两个版本都没有对文字进行改动。理查德·伯顿在1898年9月的《北美评论》(The North American Review)上发表了一篇题为《为了儿童的文学》("Literature for Children")的文章。他指出,现代教育是建立在对儿童的正确教导之上的。当前一个重要转变就是人们重新认识到了英语课程对于以英语为母语的人而言在文化上的重要性。英语课重要性的提升带来的一个影响就是对文学的强调,许多人认识到,英语语言和文学对于思维的开拓是极其重要的。因此伯顿认为有必要加强文学赏析课的比重,并且应更早地开设这类课程,而且教材的编写也很重要。以前的做法是挑选文学名著中的一些优美篇章来选读,而且往往经过文字编辑和改动,而当前的做法是阅读完整的作品。因为文学是一个有机体,[1]因此不管读者的年龄大小,都应该把它从头读到尾。伯顿说,在当时这一理念已经得到了普遍的实施。许多教材都把文学名著整篇收录了。[2]

本小节选的这两个版本都没有对文字进行改动,这一现象和伯顿的这篇文章里提到的当时教育界流行的做法是完全一致的,那就是尽可能完整收录文学作品。但是我们也不能以此就简单地下结论认为当时对收录文学作品没有任何的限制。在同一篇文章中,伯顿很快就提到:"但是我们也不能忽视道德因素。"[3]和上一个世纪相比,19世纪的英国有一点很大的不同就是对道德的强调。

---

[1] 这个概念来自浪漫主义对文学的有机论和整体论的看法。

[2] Richard Burton, "Literature for Children", The North American Review 167. 502 (Sept. 1898): 280.

[3] Ibid.

伯顿提出:"对文学作品进行编辑的时候,道德因素是绝不可忽视的……豪威尔先生说道:'当人类身上的野蛮天性被征服之后,在文学中我们将再也看不到它的反映;伟大诗作中的下流的句子被删除,以适合让大众阅读,而掉书袋的诗人们(pedant-pride)的作品也不再有人去阅读。因为这些东西的确是会让人颓废的。'"① 因此,尽管从整体上而言,当时的做法是把文学作品整体收录,而不是只选一些片段,但这并不排斥对部分段落进行必要的删除。

在对18世纪儿童版进行共时比较的时候,笔者对改编之处进行了分析梳理,归纳为4个方面:1)个人主义;2)婚姻观;3)性禁忌;4)科学观。这是因为斯·金版主要是对文字进行了改动,因此有些方面更容易进行叙事策略和文体风格方面的比较,如儿童版更加强烈的个人主义倾向,主要是通过文体风格的变化体现出来的。但是19世纪的版本在语言上没有改动,文体分析就无用武之地,我们只能通过情节的删减来进行比较。因此个人主义和婚姻观的比较在这里就不再继续,而性禁忌的影响在这里更为明显,除此之外,19世纪的儿童版还出现了两点新的变化,那就是粪便的禁忌(scatological taboo)和政治因素导致的删节。

2.2 与性禁忌有关的删节

据笔者统计,19世纪的两个版本中与性禁忌有关的删节有:

1) 第二卷第五章第六至第七段描写了大人国宫廷里的侍从女官们。因为格列佛个子太小,大人国的居民往往没有把他当作人来看,而是看作一个宠物,从王后到这些侍从女官都是如此,因此

---

① Richard Burton, "Literature for Children", *The North American Review* 167.502 (Sept. 1898): 280.

她们当着格列佛的面换衣服,甚至毫无忌惮地当着他的面小解。这个场面让格列佛受不了:他既无法忍受她们身上散发出来的难闻的臭味,更无法忍受这些粗俗的行为,侍从女官的皮肤在他眼里是那么的恶心。这两段在贝顿版中,全文得到保留(135);在劳特利奇版中,两段均被删除(153)。

这两段涉及对身体的描写(尽管这种对身体的暴露的描写不是挑逗性的,而是让人厌恶的那种),对女性小解的描写,甚至还描写了侍从女官把格列佛放在她赤裸的胸部上的花样,这些都是属于禁忌的范畴。正如格列佛在小说里评论的:"面对着她们赤条条的身体,老实说,我看来一点也不感到什么诱惑,除了恐怖、厌恶以外,没有别的感情。"(张健译 91)读者也容易觉得厌恶、恶心,因此这两段被部分地删去了。

2)在第三卷里格列佛游历了飞岛。飞岛被国王和贵族统治着,但是他们一心沉迷于自己的研究,对于家人毫不在意,人际关系的畸形使他们的妻女们非常不满,向往正常的感情生活。在第二章第十五段,格列佛提到飞岛上的妇女鄙视自己的丈夫,对于外来的客人却异常喜爱,她们从这些人中挑选自己的情人,给自己的丈夫戴了绿帽子。

> THE Women of the Island have Abundance of Vivacity; they contemn their Husbands, and are exceedingly fond of Strangers, … ①Among these the Ladies chuse their Gallants: ②But the Vexation is, that they act with too much Ease and Security, ③ for the Husband is always so wrapt in Speculation, that the Mistress and Lover may proceed to the greatest Familiarities before his Face, if he be but provided

with Paper and Implements, and without his Flapper at his Side. (莫特版,Part III,Chapter II,pp. 31－32,序号为笔者所加)

这一段在贝顿版中,全部保留。不仅如此,还配有一幅生动的插图(贝顿版195)。图中给了贵妇的脸部一个正面的描写,奸夫戴了一顶帽子,难以看清楚他的模样,而男主人和这一对隔着很远的距离,处在一个边缘性的位置,并被阴影模糊化了。他以手托头,似乎在思考问题,前面是一个地球仪。插图中的主人公是贵妇,而两名男性则是无明显面目特征的,这样的艺术处理和文字在一起更加突出了故事的讽刺性。

劳特利奇版对这一段采取了更为谨慎的处理措施,①,②,③被删除(劳特利奇版220),也没有配插图。这样一来故事的情节和逻辑实际上受到了一定的破坏,因为改编后这一段开头说她们非常活泼,喜欢外来的客人,但是对于她们做了什么却语焉不详,让读者有些摸不着头脑。

3) 接下来的一段描写飞岛上的贵妇和女儿们,讲了一个故事——首相夫人的私奔。尽管在飞岛上生活富裕,不愁吃穿,但是贵妇们渴望到下面的世界去看看。王国首相的夫人就是其中的一位,尽管她已经儿女满堂,而且"(首相)人也很体面,并且极爱她"

（张健译130，这句话显然是讽刺性的），她还是以养病为借口到拉格多去了，后来人们发现她和一个年老人丑的跟班住在一个破旧的小饭馆里，生活极为悲惨，但却不愿回来。这一段在贝顿版中得以保留（贝顿版195），而在劳特利奇版中被删除（劳特利奇版221）。

4）第三卷第八章第十一段段尾说近百年内人类退化了不少，花柳梅毒使英国人身材短小，精神涣散，膘肉恶臭。这在两个版本中均被删除。

不过我们必须时刻注意严格区分斯威夫特的写作目的和改编版的差异。原作属于讽刺文学，斯威夫特这两段（包括其他地方的类似段落）不属于色情描写，其目的不在于引起读者某些方面的联想或兴趣，而在于夸张和讽刺。尽管他笔下的小人国和飞岛都处在世界某个遥远的角落（或者应该说仅存在于人们的想象之中），但他的出发点和落脚点却是他所熟悉的英国。他只不过是把尖刻的对现实的讽刺，以巧妙的、充满想象力和夸张的手法搬到了某个偏远的飞岛。这个岛上和英国现实社会一样，充斥着尔虞我诈，政治家的钩心斗角，社会上的男男女女和他们风流快活的生活。小人国国王神气活现的姿态、宠臣们之间的倾轧、他们的自大，和他们自己尚未意识到的身材的渺小可笑形成了鲜明的反讽。飞岛上贵妇的红杏出墙，还有这里花柳病使人类退化的例子，都意在反讽，作为成人文学自有其深刻的内涵和意义，但作为儿童文学却不恰当。改编者既不需要，也不可能在儿童文学中考虑这么复杂的社会现实，因此将这些段落删去了。删节体现的是改编的过程和文类的差异，而不是改编者对原作的否定。后面谈到的所有的性禁忌主题的处理，都是如此。禁忌永远都有着特定的对象，同样的主题在成人文学里没有问题，在儿童文学中可能成为禁忌。甚至在某一时期是禁忌，而在另一时期则不被视为禁忌。

5）更为出格的是在第四卷第六章，格列佛对慧骃解释欧洲的情况。慧骃国的等级和地位差异同样存在，这是由遗传决定的，不同的慧骃才能天生就不一样，也没有变好的可能。所以有些慧骃永远处在仆人的地位，休想超过自己的同类。格列佛告诉他的主人，他自己国家的贵族和慧骃国的贵族完全不同。

> That our young *Noblemen* are bred from their Childhood in Idleness and Luxury；①that as soon as Years will permit, they consume their Vigour, and contract odious Diseases among lewd Females；②and when their Fortunes are almost ruined, they marry some Woman of mean Birth, disagreeable Person, and unsound Constitution, merely for the Sake of Money, whom they hate and despise. ③That the Productions of such Marriages are generally scrofulous, rickety, or deformed Children；by which means the Family seldom continues above Three Generations, ④unless the Wife takes care to provide a healthy Father among her Neighbours, or Acquaintance, in order to improve and continue the Breed. ⑤That a weak diseased Body, a meagre Countenance, and sallow Complexion, are no uncommon Marks of a *Great Man*；…（莫特版，Part IV, Chapter VI, pp. 96—97,序号为笔者所加）

在贝顿版中，①，②，③，④句都被删除了（贝顿版310），在劳特利奇版中，①，④句被删除了（劳特利奇版351）。

从这两个版本的删节差异也可以看出改编者在删节的时候的标准，①讲这些年轻的贵族和妓女鬼混，染上了性病；②讲他们不得不找一些出身不好,人品不好的女子结婚,只是贪图她们的嫁妆;①③说这样的家庭的子嗣往往染病;④讲年轻的贵族被戴了绿帽子;⑤讲身体的孱弱才是贵族的真正标志。②,③由于涉及的内容较轻,还勉强可以忍受,因此在劳特利奇版中得到了保留,而④,⑤由于关系到性病和绿帽子,这绝对是儿童读物中的禁区,因此在所有的版本中都被删除了。

6) 第四卷第七章第十五段说母耶胡怀孕了也会跟公耶胡性交。这一段在贝顿版中保留(贝顿版317),而在劳特利奇版中被删除(劳特利奇版359)。第四卷第七章第十八段描写风骚的母耶胡发情的时候,这一段在贝顿版保留(贝顿版318),在劳特利奇版中被删除(劳特利奇版360)。这些都属于儿童不宜的内容,故被删去。

18世纪英国在对待性的态度上较为自由是有其思想根源的。色情文学作家找到了一个绝好的辩护的依据——唯物哲学,他们认为世界上所有的东西,包括人,都是物质的,因此身体获得快感并没有什么不对的地方。不论是何种形式的快感,即使是由疼痛和死亡带来的,只要是自然的,理性的,都可以接受,因为快感是自然发生的。从文艺复兴到启蒙时期,性的意义有所变化。文艺复兴的思想家认为性的主要意义是快感,而启蒙思想家则把性和自然以及理性联系起来。②那些有钱人,在性方面也较为开放,享受性爱不再和罪恶感联系在一起。以前,生育是性的唯一功能,而在18世纪,人们认为性生活有利于身心健康。低胸服装(decolletage)

---

① 这种情况在18世纪英国画家霍格斯(Hogarth)的作品《流行的婚姻》(Marriage-a-la-mode)中也有所反映。

② Jonathan Dewald et al., eds., *Europe 1450—1789: Encyclopedia of the Early Modern World*, Vol. 3, New York: Thomson Gale, 2004, p. 402.

和色情文学蔓延,甚至还有妓女目录(如杰克·哈里斯的《伦敦皮条客指南》[*The Whoremonger's Guide to London*]),伦敦有 1 万多妓女。性开放不仅仅局限在男人的世界,当然,有此自由的女性圈子要狭窄得多,主要限于上层贵妇。在伦敦,贵妇也被认为有性爱的权利并得到满足。她们甚至有这方面的指南,如《亚里士多德名著》(*Aristotle's Masterpiece*),蜡像馆里还有女性器官的蜡像,甚至在报纸上还有征男妓的广告。①

与此相反,维多利亚时代的人的一本正经是出了名的,以致他们在道德上的过度强调往往受到后人的嘲讽。②生活在后启蒙的时代,他们对理性十分看重,边沁的功利主义试图通过具体的计算研究如何达到大多数人最大的幸福。而性则被他们认为是人类思想中残留的动物本能,是反理性的,虽然不能完全把它从人类世界中抹去,但是也应该尽力地去压抑。穆勒在他的日记中就记载道:"只要人身上性的动物本能还占据着它一直以来不相称的地位,人类生活任何大的进步都是不可能实现的。"③他们对于 18 世纪文人喜欢性调侃的习惯不以为然。在这方面,19 世纪的小说和 18 世纪的风格相去甚远。

18 和 19 世纪主流文学在性开放程度上的差别是英国不同时期阶级情况差异的一个反映。18 世纪是英国文学开始从传统的恩主制度转向现代读者市场的过渡期,约翰逊博士那封著名的写给切斯特菲尔德勋爵的信就是一个极好的例子。虽然在这一阶段由

---

① Roy Porter, *English Society in the Eighteenth Century*, pp. 278—283.
② 著名女作家弗吉尼娅·伍尔夫就是一例,她成长于维多利亚后期,少女时代深受维多利亚道德规范和男性世界观的禁锢,成年后也不免受困于此。为此,她终身致力于唤醒女性意识,提高女性社会地位。
③ James Eli Adams, "Victorian Sexualities", *Companion to Victorian Literature and Culture*, Ed. Herbert F. Tucker, Malden, Massachusetts: Blackwell, 1999, p. 128.

于经济来源的转变导致作者的写作方式和风格发生了一些变化,①但是不可能立刻摆脱过去面向上层阶级读者的写作风格,因此18世纪是一个不同风格作品并存的时代,既有斯威夫特、蒲柏这样受过古典教育的作家的精雕细琢的作品,蕴含丰富的典故,也有像理查逊这样没有受过正式古典教育,纯粹面向广大普通读者所写的通俗作品,如《帕梅拉》。这两类作品一方面反映出作家的教育和古典知识背景不同,同时,由于他们所面向的读者群不同,因此所体现的价值观念也有所差别。斯威夫特和蒲柏等人的作品主要还是面向上层阶级和精英人士,因此他们的作品中包含更多对社会制度和政府政策的批判,体现的是一种知识分子对国家和民族未来的担忧。与此同时,他们的作品也深深打上了这个阶级的烙印,贵族生活的放纵在他们看来更多是讽刺的笑料,蒲柏的《夺发记》就是一例。他运用丰富的古典文学和神话典故,把两个年轻贵族之间的韵事用模仿史诗的气势惟妙惟肖地叙述出来,而故事的实际内容只不过是鸡毛蒜皮的无聊之举。虽然蒲柏并非对这样的生活不以为忤,但他对此的反应必然和理查逊这样的中产阶级作家相去甚远。斯威夫特在《格列佛游记》中的许多讽刺也是来自他对贵族生活的批判,他的讽刺引发的是人们的笑声和嘲讽,这样的风格在18世纪被人们所喜爱,②觉得他言语犀利,俏皮幽默(但是到

---

① 关于读者成为新的恩主引起的文学作品的写作方式和阅读方式的变化,可参考伊恩·瓦特的《小说的兴起》。

② 一个更极端的例子是约翰·威尔克斯,英国政治家,早期生活放荡,1757年通过贿赂进入下院,因为涉及攻击政府而被控诽谤并驱逐出议会,后又重新当选为议员,后又数次被驱逐并当选为议员,曾任伦敦市长。他被认为是自由的斗士,在1763年出版了对蒲柏的《人论》的戏仿之作《论女人》(On Woman),内容包括政治讽刺、人身攻击,还有对性自由的提倡。见 Simon During, "Taking Liberties: Sterne, Wilkes and Warburton", *Libertine Enlightenment: Sex Liberty and Licence in the Eighteenth Century*, Eds. Peter Maxwell Cryle and Lisa O'Connell, Hampshire: Palgrave, Macmillan, 2003, p. 24.

了19世纪就不一样了,萨克雷对他的指责代表了一批作家的心声)。与斯威夫特、蒲柏同时代的还有理查逊等典型的中产阶级作家,理查逊即是一个典型的依靠个人勤勉和才能白手起家的例子,①而他笔下的帕梅拉也是一个因为有道德,贞洁,最后因美德得好报的范例,她由一个侍女最后成为女主人。②在阶级上他们属于中产阶级,在宗教信仰上他们大多是清教徒,不管从哪种成分来看,他们都宣扬对自身欲望的克制,崇尚道德节俭,强调举止得体。毫不奇怪,中产阶级对纯洁和自制的重点就是性,③传统的贵族生活的放荡是他们所不能接受的。因此18世纪是个相当多元化的时期,文学上不同风格、流派、品味共存、竞争。到了19世纪,随着工业的不断发展,英国成为世界强国,资产阶级的地位得到了极大的提高,这时它已经牢牢建立起在社会上的统治地位,不需要像以前那样为自己的地位和合法性而焦虑,宣扬本阶级的道德观念和文化品位不再像在18世纪那样具有紧迫性,它转而思考一些更深层次的东西。19世纪的主流作家,如狄更斯、萨克雷、勃朗蒂姐妹、特罗洛普,他们的作品风格已经和18世纪的相去甚远了。

哲学观念和阶级情况的变化可以说是这两个世纪的文学在对待性的态度上的差异的根源,但是这种影响是深层次的,它通过意识形态对人们进行潜移默化的影响。这种深层原因的直接体现就是审查制度的变化。它是作家、改编者和出版商在开展业务时需要充分考虑的因素。虽然英国也随着欧洲大陆的潮流实施了义务初级教育,但是其上层阶级和精英分子总是担心随着教育程度的

---

① 这当中也有着他娶了老板女儿所带来的经济收益。
② 帕梅拉的结局同时也体现了中产阶级和贵族势力的相互妥协。
③ Beth Bailey, "Sexuality", *Encyclopedia of Children and Childhood in History and Society*, Ed. Paula S. Fass, Vol. 3, New York: Macmillan Reference USA, 2004, p. 747.

提高,新思想在民众中的传播会带来不稳定的因素。对统治阶级来说,教育的目的主要是为了传授初级的技能,提高大众的能力以提高综合国力,还有灌输爱国主义情感,为政治服务的功能。在德国,政府认为老百姓阅读过多导致社会道德水准下滑,社会秩序被扰乱,人群骚动不安。出版界被政府认为是思想上的毒药,需要严格控制。①因此各国的审查制度在18世纪相对宽松,而后来越来越严厉,英国也不例外。英国虽然在1695年废除了出版前检查之后就从未恢复过,但是这并不意味着出版的自由就是无限的,书籍在出版之后可能因为言论过激或是诽谤而被禁。②除了书籍之外,政府还在其他方面加强了监控,特别是关注那些视觉媒体,例如漫画、剧院等,这些媒体因为不依靠文字,因此对观众的教育程度没有什么要求,拥有更广阔的受众,更受到政府的关注。③ 不仅如此,英国的报纸业从18世纪兴起以来就欣欣向荣,不少报纸因其低廉的价格有着相当大的读者群(尤其考虑到一份报纸很可能被多位读者阅读)。报纸这种媒体有着自身的独特性,它发行周期短,这意味着传统的出版前检查是不适用的,等到发现刊登有不利政府或是其他被认为是不健康的内容时已经很难挽回影响。针对这种情况,政府开始对报纸征收印花税,主要目的就是逼迫报社提高售价从而压缩发行量。有时印花税占到销售收入的1/4,有些报纸不得不把价格提高1倍,报纸价格的提高意味着许多下层人民买不起报纸,这样政府就变相达到了限制舆论的目的。这种税在英国叫

---

① Robert Justin Goldstein, *The War for the Public Mind: Political Censorship in Nineteenth-Century Europe*, Westport: Greenwood, 2000, p. 5.

② 事实上,出版商倒是倾向于出版前检查,这样他们可以更放心些,不必在出版后心怀忐忑,唯恐书籍遭禁。

③ 菲尔丁的作品被禁和英国在1737年颁布的"Licensing Act"有关就是一个极好的例子。

作"知识税",直到1861年由于巨大的压力而取消。①

除了禁止一些内容出版和通过税收手段来减少其读者量之外,一个也许是更有效的做法是不去明确地界定什么是不健康(或是诽谤性,等等)的内容,法律条文含糊其辞,尤其是在关于性的问题上。1857年的《反猥亵出版物法案》是英国的主要的反猥亵出版物的法案,在此之前,猥亵书籍的销售虽然也是违法的,但是对这一行为的惩罚主要是依据1824年《流浪法案》(Vagrancy Act)中的相关规定,而1824年《流浪法案》是针对拿破仑战争之后英国的大量退伍军人在城市造成的流浪汉问题而出台的。因此,禁止猥亵出版物的销售的条文在1824《流浪法案》中处于边缘地位。而且这一行为被当作普通法的轻罪来处理,处罚较轻,且实施起来难度较大,不能有效地打击违法作者和出版商。有鉴于此,当时的最高法院首席法官坎贝尔勋爵引入了《反猥亵出版物法案》的草案,在议会引起了激烈的争论。正巧议会在讨论是否要限制毒药的销售的议案,坎贝尔勋爵机智地将猥亵出版物的危害和氰化氢和砒霜相比,强烈建议专门立法打击此类出版物。该法案最终在议会得以通过。从此,对猥亵出版物的打击不再依附于《流浪法案》,而有了专门的法律,只要在治安法院上出示猥亵出版物的例证,法院就可以签发搜查令以检查该店是否出售猥亵出版物,如情况属实则对出版物予以销毁并对店主进行处罚。对猥亵出版物的打击的法律从依附于《流浪法案》发展到专门的《反猥亵出版物法案》,这说

---

① Robert Justin Goldstein, *The War for the Public Mind*, p. 18.

明在19世纪英国对待性的态度上越来越严格的趋势。①而且，该法案并没有在条文中明确定义何为"猥亵出版物"，而是将这一任务交给了法官来判断。这一模糊举措使该法案具备更强烈的震慑力量，迫使作家和出版商在出版前进行自我审查，以避免遇上过于严格的法官。

除此之外，人们对儿童以及儿童时期的观念的变化对儿童文学的改编策略也是很重要的。启蒙时期在教育问题上一个重要的转变就是洛克提出的白板说，他的观点完全扭转了传统的清教认为儿童生来就负有原罪的观点，从而兴起了儿童教育改革的高潮。人们在对待儿童时采取一种更温柔、更呵护的态度，注重儿童在身体和心理层次的发育。洛克的《教育片论》在很长一段时间都有着很大的影响。而后来卢梭关于儿童天性善良的观点进一步助长了启蒙时期对儿童的乐观态度。对于维多利亚时期的人来讲，他们的看法要复杂得多。根据克劳迪娅·纳尔逊和米歇尔·马丁的研究，维多利亚时期的人对儿童的看法是矛盾的，他们一方面仍然坚定地认为（中产阶级的②）儿童在道德上是纯洁无瑕的，他们身上纯洁的天性往往可以感染成人，在精神和道德上拯救成人；同时又受到19世纪初的影响，认为儿童是很难获得救赎的，他们迫切需要来自成人的指导。③前者是一种潜在的可能，而后者是现实情况，即具有救赎力量的儿

---

① 根据 Leonard Freedman 的考证，审查不仅在出版业越来越严格，而且在剧院内（部分喜剧和音乐剧除外）清教的态度也一直持续到20世纪，这中间也有着审查的因素。见 Leonard Freedman, *The Offensive Art: Political Satire and Its Censorship Around the World from Beerbohm to Borat*, Westport: Praeger, 2009, p. 82。

② 而他们认为下层人民的孩子是有原罪的，因此他们生活困苦、劳累是应该的。

③ Claudia Nelson and Michelle H. Martin, *Sexual Pedagogies: Sex Education in Britain, Australia, and America, 1879—2000*, New York: Palgrave Macmillan, 2004, p. 17.

童不是自然而然拥有这样的力量的,也不是每个儿童都这样,他们必须在(来自成人的)良好教导下才有可能做到这一点。当时流行的故事,如赫斯巴·杰西卡的《第一声祈祷》(*First Prayer*,1867),乔治·艾略特的《织工马南传》(*Silas Marner*,1861),还有弗朗西斯·霍奇森·伯内特的《方特勒罗伊小爵爷》(*Little Lord Fauntleroy*,1885)都是描写具有精神救赎力量的儿童的例子。有关教学法、儿童养育,以及健康指南的书籍都警告读者,儿童缺乏强健的道德自制力,因此他们特别容易受到诱惑而堕落,因此家长要时刻小心警惕。

2.3 粪便的禁忌

另一类删节和粪便等排泄物有关。根据 *OED*,"scatology"是19世纪晚期出现的,第一个义项就是指对下流的文学,尤其是与排泄物或分泌物相关的文学的一种偏执。这个词的出现说明了随着社会文明程度的提高,人们对这类现象更加敏感。

1) 第三卷第五章第四段,格列佛参观科学院,看到把粪便还原成食物的实验,在劳特利奇版中被完全删除。贝顿版直接删除了后一半,使故事的意思不完整,读者摸不着头脑,直接破坏了故事的连贯性和逻辑。

2) 第三卷第五章第十一段,格列佛肚子不舒服,正好碰上一位通过向肚子里打气来治病的医生,医生用一只狗做实验,那条狗当场就死了,现场臭不可闻。这一段在劳特利奇版和贝顿版中均被完全删除。

3) 第三卷第六章第十段里一位教授宣称可以从大便中侦查被检查者是否有反对政府的阴谋诡计,在劳特利奇版中完全被删除了,而在贝顿版中只保留了前 1/3 的内容,删除后没有出现粪便的字样。

4) 第四卷第一章第四段段末与粪便有关的句子在贝顿版中保留（贝顿版274），而在劳特里奇版中被删除。

5) 第四卷第三章第八段段末与粪便有关的句子在贝顿版中保留（贝顿版289），在劳特利奇版中被删除。

6) 第四卷第四章第六段段末与粪便有关的句子，部分内容在贝顿版中保留（贝顿版296），而在劳特利奇版中被删除。

7) 第四卷第六章第七段说到耶胡是如何贪吃，饮食过度是他们一切疾病的根源，吃坏了肚子之后总要排泄得干干净净。这一段在贝顿版被中删除，在劳特利奇版中被保留（劳特利奇版347）。

8) 第四卷第七章第十段中与粪便有关的语句（"If their Prey held out, they would eat till they were ready to burst; after which Nature had pointed out to them a certain *Root* that gave them a general Evacuation." Motte, p. 108）在贝顿版中保留（贝顿版316），在劳特利奇版中被删除。

9) 第四卷第七章第十二段段末与粪便有关的语句（"and the Cure prescribed is a Mixture of *their own* Dung and Urine forcibly put down the *Yahoo's* Throat. This I have since often taken myself, and do freely recommend it to my Coutrymen for the publick Good, as an admirable Specifick against all Diseases produced by Repletion." Motte, pp. 109－110）在两个版本中均被删除。

10) 第四卷第七章最后两段是对该章的小结，回顾耶胡的种种恶习。在贝顿版中保留（贝顿版319），在劳特利奇版中被删除。

19世纪为何压抑关于粪便和排泄物的文字？社会文明的进步必然意味着品位的提高，这往往和进一步压抑人类的动物本能是成正比的。从行为来看,人类在历史发展的早期更为野蛮、残忍（虽然当时的人自己不一定这样认为）。死刑是社会文明发展在这方面最典型的例子,电刑和注射取代了以往残酷的火刑和斩首。在语言的发展上也是如此,语言的用法越来越复杂,也越来越讲究,禁忌语和脏话也越来越名目繁多,许多与动物本能相关的词成为禁忌,如性行为、大小便等。①按照洛夫乔伊的考证,人就是存在的巨大链条上的一环,他的上方是天使,代表纯粹的理性,他的下方是动物,代表本能和兽性,人就在这两端之间徘徊,他越走向理性,就越压抑兽性,在这个巨大的存在链条上就越靠上,就离上帝越近。②虽然存在的链条这一理念不一定被所有人接受,但是人类在发展过程中对动物本能的压抑是显而易见的,他试图在自己和其他的动物之间划出明显的分界线,并对自己身上体现出来的与动物一样的本能而感到羞耻。语言在发展的过程中也体现了这一点。

有关粪便的文学在18世纪并没有受到如19世纪那样的警惕和严格的对待,托马斯·B.杰尔摩在研究斯威夫特有关粪便的诗歌的时候指出,不应该将斯威夫特的这些诗歌看成一个特例,在当时,这类文字是很常见的。③他还举了一些典型的例子,如罗杰·布尔翻译的弗里德里希·狄德金的作品《大笨蛋》("Grobianus, or, the Complete Booby"),以及W小姐写的《绅士的书房——回应(斯威夫特的)〈淑女的化妆间〉》("The Gentleman's Study, In Answer to

---

① 20世纪后现代有一段时期出现了一种回溯,小说和诗歌都特意描写丑陋,不避讳大小便和人的其他本能。
② 参见 Arthur O. Lovejoy, *The Great Chain of Being: a Study of the History of an Idea*, Cambridge, Mass.: Harvard University Press, 1936.
③ Thomas B. Gilmore Jr., "The Comedy of Swift's Scatological Poems", *PMLA* 91.1 (Jan. 1976): 34.

[Swift's] *The Lady's Dressing Room*"),这首诗的开头这样写道:

But I of dirty human bodies,(但我却对人类肮脏的身体感兴趣)
And lowly I employ my pen,(用我的笔来写这些低下的东西)
To write of naught but odious men;(只描绘可憎的人)
And man I think, without a jest,(我是说真的,人)
More nasty than the nastiest beast.(比起最肮脏的动物还要令人作呕。)

(笔者自译)

伯顿在《为了儿童的文学》中提到的豪威尔先生的关于纯洁文学作品的提议很容易得到广泛的支持,但是他没有意识到的是"下流"本来就是一个文化上的建构,什么样的内容以什么样的方式表达出来可算下流,其标准不是一成不变的,而是由特定的社会文化习俗和共识所决定的。文艺复兴时期莎士比亚的戏剧中有大量的性方面的暗指和调侃,但也没有因为这一点而在当时遭到太多的非议。到了18、19世纪,莎剧的编者们开始觉得他的语言太粗俗,需要进行改动才能符合他们的时代语言文明规范。英语中"bowdlerize"一词,意思是删除书中不妥的部分,就是来自托马斯·鲍德勒(1754—1825)。他是一位英国的编辑,有感于莎翁剧中不少的文字太过粗俗,出版了莎剧的删节版。《格列佛游记》也遭遇了类似的情况。18世纪文人使用的语言和19世纪相比,更为开放、活跃,也更无禁忌,德莱顿、斯威夫特、蒲柏等人都有许多调侃性的语言,这是一个时代的风气,和人品无关。事实上,斯威夫特在这方面是相当谨慎的。他终生未婚,他的家庭背景导致了他对于婚姻和性有着非常负面的看法,①即便是在和他最亲密的女性朋友埃丝特·约翰逊一起的时候,他也非常注重维护她的名誉,他竭力使外界相信,他从未在没有第三者在场的情况下单独和埃丝特·约翰逊相处过。②但是根据尼克拉斯·J.卡罗利德斯的研究,英国在进入19世纪之后,由于社会的进步,文明程度的提高,人们的品位也发生了变化:以往认为大多数的文学都适合未成年人阅读的观念被一种更为审慎、一本正经的态度所取代。《格列佛游记》从1726至1800年间有60个版本,而1800至1900年间有150个版本,早期的版本都是全本(未删节本),而在19世纪出版的版本有半数以上都是删节本。甚至连《汤姆叔叔的小屋》的作者斯托夫人也曾经改编过该书,她说:"斯威夫特的天才值得我们钦佩,但是他的作品,除非像这样经过修改和编辑之后才适合在家庭环境中阅读。"③ 19世纪的改编删除了有关人类身上残留的动物劣根性的描写,以便在青少年中培养人性的观念。正如诺埃尔·佩林所指出的:"这反映了社会道德的进步。在18世纪以及更早社会中的人们,并不觉得这样粗俗的语言有什么不对的,因为他们本身就很粗俗。他们都像劳伦斯·斯特恩和菲尔丁小说中的人物那样谈话,所以他们怎么可能觉得这本书有什么不对的呢?"④

有关粪便的文字对儿童来讲具有一种特殊的魅力,这使成人感到不安,觉得成人的权力和社会的秩序受到了挑战,因此对这类

---

① 参见 Margaret Anne Doody, "Swift and Women", pp. 90—96。
② Ibid., 96.
③ Nicholas J. Karolides, *Banned Books: Literature Opressed on Political Grounds*, New York: Facts On File, Inc., 2006, p. 209.
④ Ibid.

文字的压抑是必然的。

儿童在社会化的过程中学习使用规范的语言（儿童语言的发展就是从不规范但是能传达意思到规范并且得体的过程），并且将社会在道德、礼仪、禁忌等方面的内容内在化，使之成为自身价值观的一部分，这是个人融入社会成为其中一分子必须经历的过程。禁忌语是社会化过程中非常重要的一个方面。社会的价值观念和文明观念决定了什么是可以说的，什么是（在某些场合或某些年龄）不能说的。尽管随着社会的发展，人们对于什么是文明用语的答案也在变化，但其深层的权力结构却始终保持不变，即社会对于何为文明用语，何为禁忌语有着明确的规定，这些规定大部分是随俗，由大多数人在使用语言时的集体趋势决定，也有些是由处于权力顶层的少数人通过某种方式制定并发布。普通公民遵从这些禁忌语的规定，并将之传给下一代。在这个过程中，家长处于拥有权力的地位，[①]通过教授、引导、鼓励、奖励和惩罚来培养孩子的用语习惯，而儿童在这一过程中处于无权地位。他既不能决定什么不能说，即禁忌语的内涵，也不能决定自己是否遵循这一限制性规定。于是儿童在成长的过程中逐渐丧失了这部分的言语自由。但是总有一些时刻禁忌语的规定被暂时打破，例如在阅读包含粪便禁忌语的文字时。这种语言接触（嬉戏）具有一种打破禁忌的快感，因为他们在成长的过程中意识到一部分词语是被禁止的，当他们有机会来使用（或是阅读）的时候就会有一种打破禁忌的快感，这给他们以脱离成人控制的感觉，一种解放的自由感。这种与禁忌语的嬉戏在成人看来具有颠覆性的力量：这些与粪便有关的文

---

① 无论在哪个层次，禁忌语总是涉及处于不同权力地位的人。它从社会大部分人/有权阶级传递到每一个相对而言处于无权地位的个人，再从个人（这时个人又处于有权地位）传给其子女（处于无权地位）。

字使儿童暂时脱离他们的控制,打破了"成人制定规范并进行控制/儿童必须服从"的权力结构,因此被删去。说到底,儿童文学最终还是"成人的文学",它是成人所写,成人编辑,在经过成人审阅认为适合儿童阅读之后得到许可出版的。在流通渠道上它受成人的控制:到底一本书是出现在教室里,还是书店,还是路边的书报亭,是由成人决定的。不同的流通渠道决定了不同的读者群体。即便是到了读者手中,阅读的时间也是成人控制的,这就决定了一本书是作为教材,还是阅读材料,还是闲暇时间的消遣阅读,阅读的时间和场合则决定了儿童的阅读策略以及效果,成人在这些方面的决定,使他们得以控制文本在儿童手里能达到他们想要的最终效果。对语言禁忌的打破,无疑不在其中。

此外,包含禁忌语的文字可以具有一种诙谐的效果,引发读者的笑声。格列佛在小人国每天排出的粪便要用好几大车来装,还有他用小便浇灭了皇宫的大火,除了逗人发笑之外,这两个例子体现了人类对自身动物本能的控制的无力感:尽管格列佛觉得每天的排便非常尴尬,但是他却无可奈何。这是一种对人类骄傲的讽刺,它和后面第三卷对科学院的讽刺在本质上是一样的:随着社会文明的进步和科学的发展,自信心的过度膨胀使人们错以为对任何东西都拥有绝对的控制权,这种骄傲是作为牧师的斯威夫特所极力批评的。因此格列佛的尴尬的排便使我们在笑声中接受了这样一个事实:总有些事物,包括我们自身,是不可能完全受控制的。

2.4 政治审查导致的删除

除此之外,19世纪改编版出现的一个新变化是部分涉及政治讽刺的段落被删除。①这三个版本涉及政治讽刺的删节如下：

1）第三卷第三章第十三段至第十七段讲的是飞岛国发生的群众暴动，在贝顿版和劳特利奇版中均被删除。

2）第三卷第六章第十二段讲兰敦人如何捕风捉影，通过随意附会词义来陷害别人。在成人版本中，多数学者认为最能体现斯威夫特原稿的福克纳版一共给了 17 个用某个词指代另一个词（即通信密码）的例子（福克纳版 243），莫特版给了 14 个例子（删掉了枢密院、上院议员、皇帝这 3 个例子，Part III, p. 92）。②在儿童版本中，劳特利奇版有 13 个，在莫特版的基础又减掉了贵族委员会的例子（劳特利奇版 252）。而在贝顿版中则有 14 个，比劳特利奇版多了参议院这个例子（贝顿版 221）。

3）第三卷第六章第十三段讲的是如何去陷害别人。这一段在劳特利奇版中被删除了后半部分，在贝顿版中都得以保留（劳特利奇版 221）

4）第三卷第八章第四段段末的一部分，讲现在的贵族如果上溯几代的话也不过是些小人物，这部分在贝顿版中保留（贝顿版 231），在劳特利奇版中被删除（劳特利奇版 262）。

5）第四卷第六章第十段是介绍王国首相的，在贝顿版中未变（贝顿版 309），在劳特利奇版加入了 25 行的内容（劳特利奇版 348—

---

① 之所以说是新变化，是因为在 18 世纪，斯·金版和莫特版相比没有出现政治原因引起的删节。而到了 19 世纪，儿童版本和莫特版相比出现了这种情况。

② 斯威夫特没有面对面地把小说的原稿交给出版商莫特，而是采取了间接的方式，并且在手稿上也没有留下真名。莫特是较为谨慎的，他并没有原封不动地将手稿出版，而是做出了一些修改。斯威夫特不满莫特做出的修改，认为损害了原意，后来福克纳在 1735 年出版了一个更接近原稿的版本。因此莫特版比福克纳版要保守一些。反映在这里就是福克纳版给出了 17 个例子，而莫特版删掉了 3 个。参见 P. J. DeGategno, and R. J. Stubblefield, *Critical Companion to Jonathan Swift: a Literary Reference to His Life and Works*, New York: Facts On File, 2006, p. 130.

349),大意是先赞美了一下女王,然后说女王非常英明,从来不将权力集中在一个或是少数大臣的手中,但是欧洲有些国家的首相则不是这样,由于君主贪图享乐,王国的权力渐渐集中到首相一个人身上。这带来了许多问题。这样大幅度的添加内容是极为少见的。

  19世纪英国的审查制度比18世纪更严格,欧洲其他国家总体来说也是如此。这种趋势的变化有着多方面的原因。首先,法国大革命使欧洲各国充满恐慌,人民以暴动推翻皇权的统治并以自由之名实行了民主制,随后的血腥屠杀也使各国心悸不已。虽然英国历史上的内战也把国王送上了断头台,但是它在程度和影响等方面远远不能和法国大革命相比。因此从19世纪初开始,欧洲各国对内都加强了控制,英国在1815年取消了公共集会和人身保护令,虽然后来恢复了,但是需要加强对民众的控制这一认识却没有改变。其次,随着初级义务教育的普及,国内文盲率大为降低,民众文化水平提高,阅读成为老百姓生活的一部分。随着各种媒介的迅速发展,政府也越来越认识到审查的必要性。前面所说的对报纸征收的印花税就是一例。除此之外,各国还加强了审查方面的立法,据罗伯特·贾斯汀·哥尔德施泰因的研究,各国花费了大量的时间、精力和人员来控制媒体。在西班牙,仅从1810到1853的43年间就出台了15部关于出版的法律。[①]不仅如此,针对不同的读者群,出版审查也有不同的尺度。一般来说,面向下层人民的出版物和教育方面的出版物比面向受过较高程度教育的精英阶层的出版物受到更为严格的审查。[②]出版审查关注的主要是思想

---

① Robert Justin Goldstein, *The War for the Public Mind*, p. 13.
② Ibid., p. 9.

和政治层面,在《格列佛游记》中的反映就是对指涉政治的段落进行删节。

2.5 小结

19世纪这两个版本的宽容程度是有差别的,贝顿版最为宽容,许多段落得到了全部或是部分保留,有的还专门配上了插图;劳特利奇版较为谨慎,删节较前者为多,且删节更加彻底。

这两个版本和18世纪的斯·金版在改编策略上截然不同。前者主要在内容层面上进行操控,以删为主,少数地方添加了一些内容,对语言没有改动。而斯·金版对故事情节几乎没有做过任何删节,故事内容极为完整,但是从微观的遣词造句来看,斯·金版又可以说是一个改动比较大的版本,它经常对莫特版的文字进行词语替换,语序调整,有时还辅以简写。造成这两个世纪的儿童版本的改编差异的原因是多方面的,我们不能简单用审查尺度越来越严格来概括所有的原因。最深层的原因是阶级情况的变化,18世纪早期上层阶级占社会的主流,对文化和观念具有绝对的控制力量,19世纪中产阶级成为社会的中流砥柱,其价值观和文化成为主流。阶级结构的变化导致社会在对待性的态度、文明语言的品位、教材选编的标准和理念上产生了巨大的差异。同时,教育的发展和儿童观念的变化构成了另外一个重要的方面,对改编也有重要影响。

对不同时期儿童版本的改编策略进行比较是一个概括性的工作,归纳得出的差异和风格特点从整体上来说是适用的。但是,就像我们很难用宏大的历史叙事来代替所有的历史事实一样,这些概括也存在一些例外。例如,卡罗利德斯曾经指出,《格列佛游记》在青少年和儿童版中经常被删节的一个场景是格列佛在小人国时士兵们列队从他的双腿之间走过,他们抬起头偷偷看他破了许多洞的裤子。①这一场景因被认为儿童不宜经常被删掉,但是在贝顿版和劳特利奇版中却作为书的扉页彩图出现。这种不约而同的做法可能是因为这一幕实在太经典了,有很好的诙谐幽默的效果,因此得以保存并且得到突出。

---

① Nicholas J. Karolides, *Banned Books: Literature Opressed on Political Grounds*, New York: Facts On File, 2006, p. 208.

第三章　儿童版与教育理念

　　儿童文学从诞生之初就以教育功能为首要任务，或者说至少也是居于娱乐性之下的第二位。本章所指的教育理念，采用的是比较宽泛的教育概念，即将对儿童的观念、导向等都纳入教育范围之内，而不仅仅局限于显性的知识教育，因此本章所讨论的改编内容既包括了对过分追求经济利益的节制和对家庭观念的强化这样的主题性改编，也包括了添加的知识教育。改编分析针对《鲁滨孙飘流记》的儿童版展开，因为这部小说的内容比起《格列佛游记》更容易容纳出于教育目的的改编，而孤岛上的一系列经历也更容易吸引孩子们的兴趣而使他们更容易接受这些改编内容。

第一节　18世纪斯托克代尔版《鲁滨孙飘流记》的教育性改编

1.1　《鲁滨孙飘流记》儿童版对经济个人主义的弱化

在笛福的笔下，鲁滨孙的大多数行为都是由经济利益驱动的。第一次航海时他还什么都不懂，而第二次出海就开始以贸易盈利为目的了。第一次航海结束，他在伦敦闲逛，既不愿意马上回家，又找不到别的事情可做。这时他结识了一位几内亚船主，后者愿意带他出海贩卖点货物。在还没有具体讲这次出海之前，作为第一人称回顾性叙述者的鲁滨孙以后来更为成熟的眼光，先发表了一段评论："总算运气，我在伦敦居然碰到了好人；对于我这样的放荡无知的青年人，这实在是不常有的事。魔鬼对于这种人照例是一有机会便要替他安排下陷阱，但是这一次却不然。"(徐霞村译 11)"好人""运气"在这里没有反讽的语气，应该按照正常的意思来理解。这句话体现了叙述者回顾视角的价值判断。追忆往事的叙述者鲁滨孙，在他后来一系列冒险经历的基础上，拥有更为成熟的心理和价值判断能力，他对这次航海的评价是相当肯定的。那么，他为什么说这个船长是好人，为什么说这次航海不是魔鬼安排的陷阱呢？他马上交代了："这次航行使我既成了一个海员，又成了一个商人……我把它(这次出海所得的金沙)在伦敦换掉，差不多换了三百英镑。这回的成功使我更加野心勃勃，因而也使我的一生完全断送。"(徐霞村译 12)这句话表明了鲁滨孙的判断标准，那就是经济利益。因为这次航行使他赚了一笔钱，而没有像之前的航行那样使他身无分文。尽管他也无不矛盾地承认，这次航海把他的一生完全断送,但在回忆这段往事时,他还是毫不犹豫地肯定了这次航海。①从表面上看,他似乎是在后悔当时离家出海的种种不该(忤逆了父亲的意愿),但他价值判断的最终标准还是经济利益。在笛福的笔下,传统家庭观念和经济利益往往是冲突的,而鲁滨孙(包括笛福)最终还是选择站在了经济利益这一边。

与笛福的小说对经济利益至上的强调完全不同的是,对经济利益的追求在儿童版本中被最小化了。这体现在以下几个方面。

第一,在笛福的原作中,鲁滨孙在上岛之前的经历,都是以经济收益来衡量的,包括上文提到的他通过贸易赚了三百英镑,以六十个西班牙金币将佐立卖掉,巴西种植园的收益,以及他决定参加贩奴等。

在儿童版中,卡姆佩按照卢梭的意见对荒岛之外的情节进行了简化处理,通过航海获利的情节都被删去了,而保留下来的两次航海经历都没有再涉及经济利益,而是与宗教信仰有关。

第二,在笛福的原作中,上岛之后,由于远离人类社会,无法进行商品交换,鲁滨孙的经济动机不是那么明显,但这时体现出一种极强的对物的占有欲,而且他的劳动明显是功利性的。他偶尔也有娱乐和放松,但仅占极小一部分。②他乐此不疲地历数自己的物品,这种对个人物品的详细记载发生过多次,包括他从船上搬运东西,建造房屋和仓库,动手制作陶器和其他工具等,就更不用说非常富有商业特色的簿记了。

---

① 笛福通过一个双重否定表明了他日后对这次出海的看法:"魔鬼对于这种人照例是一有机会便要替他安排下陷阱,但是这一次却不然。"(徐霞村译 11) 在他看来,这次出海不是陷阱,而是帮他成功获得了第一桶金。提供这个机会的船主是他有"运气"才遇到的"好人"。

② 这和清教徒对娱乐的严厉态度是一致的。

在儿童版中,虽然鲁滨孙上岛之后也体现出对物品的高度重视,但其出发点和动机却完全不同。在笛福的作品中,鲁滨孙身上体现出强烈的对物品占有的欲望,而在儿童版中体现出来的却是一种生存意识,即在一无所有的情况下物品和工具对于生存的极端重要性。这也是为何卡姆佩对原作进行了改动,删除了小说中很早就出现的沉船(船上有不少物品)的原因。这强调了他自己动手解决生存问题的能力。这一版中,鲁滨孙最初的生活更为悲惨。由于上岛时缺乏补给,对环境也不熟悉,他找不到东西吃,就靠喝水填饱肚子。在原作中,尽管鲁滨孙在岛上最初的生活也比较艰难,但还过得去,而儿童版则把他的生活降到更低的水平,凸显了教育意义。

这种生存意识来自卢梭对孤独环境所具有的教育意义的强调。他认为孤独的环境能够培养人的独立精神,并且有助于培养不受他人和社会影响的判断力。卢梭还认为:"让孩子从生活和实践的切身体验中,通过感官的感受去获得他所需要的知识。他主张采用实物教学和直观教学的方法,反对抽象的死啃书本。"[①]因此在儿童版中,鲁滨孙在极端恶劣的情况下为了生存,必须发挥自己的主观能动性,最大限度地调动自己的智慧、技巧、体力和耐心。结果是他不仅活了下来,还制造出各种各样的工具让自己的生活更加方便。卡姆佩设定了岛上一无所有的环境,这迫使鲁滨孙不得不去想办法解决食物和工具的问题。这种为环境所迫的情况在儿童版中更为显著。因此,儿童版对"necessity"有着明显的强调。儿童版中,"necessity"的这种用法出现了 8 次,而在原作中仅出现

[①] 卢梭:《爱弥尔》,李平沤译,北京:商务印书馆,第 2 页。

了2次。①

　　在儿童版中，工具的意义不在于被占有，即一种对物的崇拜，而纯粹以实用为目的，希望儿童读者能够重视手工和体力劳动，养成勤劳的美德，并注意在劳动过程中开发智力，因此儿童版的工具具有完全不同的性质和意义。笛福笔下的鲁滨孙不吝啬劳动，但他的劳动也仅停留在能足够维持生活的地步。他建造不同的仓库，烧制陶器，都是为了满足具体的需要，其行为完全是由需求所驱动的。而卡姆佩笔下的鲁滨孙，尽管在第一卷里没有得到来自文明社会的物质帮助，完全从零开始，但他却打造了更为齐全的工具：他自己烧制砖块砌墙，用石灰石做浆，做熏肉，做耙子、铅锤等等。最有意思的是，他将屋子的一个角落称为"发明角"②，这是对劳动智慧的点睛性的评语。儿童版的工具数目远远超过了笛福原作的工具数目，这不仅是数量上的差别，而且是动机的不同。

　　除了实用性的劳动之外，卡姆佩的儿童版还融入了审美性劳动，从而使鲁滨孙的活动超越了实用目的。鲁滨孙在第一次坐独木舟出海试图前往美洲大陆未果之后，开始美化自己的家园，除了能吃的谷物和菜之外，他还种植了一些观赏性的植物，开辟了花园，在花园里修了小路，星期五对此表示不解。而作为叙述者的比林斯利先生对此表示肯定，他说："亲爱的孩子们，这就是艺术的自然发展。当人们还处在只考虑生存和安全问题的状态下，他们不会想到装饰身边的物品，或是其他将人和动物区分开的快乐；但一

---

① 由于缺少 Taylor 的第一版的电子版，对笛福的原作的全文搜索以牛津大学出版社的世界名著版的电子版（Daniel Defoe, *Robinson Crusoe*, Ed. Thomas Keymer, Oxford: Oxford University Press, 2007 年）为准。对斯托克代尔版的搜索以谷歌图书提供的该版的 epub 文件为准。

② 卡姆佩的德文英译版用的是"scheming corner"（伯恩版 201），而法文英译版是"studying corner"（斯托克代尔版 140）。

旦他们衣食无忧又很安全,他们就开始考虑如何将有用的和好看的结合起来,建筑、雕刻、绘画,以及我们今天所说的其他的艺术,就是这样逐渐出现的。"(斯托克代尔版 259)这无疑是对原作的经济个人主义的一种超越。这是商人出身的笛福笔下所没有的,只有在儿童版中才能找到。瓦特在评价笛福的原作时说过,"克鲁梭看到他的任何地方的田产都只是为其经营成果高兴得仰天大笑,而无暇注意它们也构成了一种景色。"[1]

第三,对待金钱的看法不同。笛福的作品体现出一种典型的商人对钱财的看法,它几乎就是人生的目的。鲁滨孙从船上搬运货物时看到了许多钱币,他大声说:"你这废物!你现在还有什么用处呢?你现在对于我连粪土都不如。"(徐霞村译 41)但他转念一想,还是把它们拿走了。这无疑是对他之前"粪土"一词的绝妙讽刺。在他离开海岛时,他也没有忘记把这笔钱带走。在回到英国后,他捉襟见肘,之后想起了自己的种植园,不知道是否能从这个渠道弄到钱。鲁滨孙不厌其烦地用了 3 整页的篇幅来讲述他在荒岛时巴西种植园出现的波折(而他讲自己的家庭却只用了 2 段话),因为这在他心目中是再重要不过的事情。最后,当鲁滨孙看到身旁的所有财富时,他"心里的激动简直难以形容"(徐霞村译 221)。

儿童版对金钱的看法完全不同。这体现在以下两个方面:

1) 笛福的原作中"英镑"一词一共出现了 11 次,他津津乐道于盘算自己有多少货物和钱财。而与此形成鲜明对比的是,儿童版中从来没有提到过金钱数额。

2) 在笛福的原作中,他从船上拿了那笔钱,在离开海岛时带走

---

[1] 伊恩·P. 瓦特:《小说的兴起》,高原、董红钧译,北京:生活·读书·新知三联书店,1992 年,第 73 页。

了,据为己有。而儿童版中,鲁滨孙在发现这艘沉船上的物品后,作为叙述者的父亲和作为受述者的孩子们之间就"无主之物可不可拿?"开展了对话和讨论。他们的结论是:沉船上的物品,可以拿走。但当物品的主人出现时,必须归还。(斯托克代尔版 277)鲁滨孙发现船上还有金沙和钻石,他虽然将这笔财富拿走了,而且还为自己最初没有发现并拿走它们责怪自己,但他的目的不是为自己谋利,而是为他人着想:尽管他自己用不着,但以后如果他能够遇到失主,可以将财富归还,这将是一件极大的好事。(斯托克代尔版 288)故事在末尾也没有忘记交代鲁滨孙在离开荒岛后想方设法将这笔财富归还给了失主。果不其然,两位失主由于船只失事,货物丢失,经济上濒临破产。鲁滨孙的诚实挽救了他们,他们对鲁滨孙表示深深的感激。虽然这里讲的还是钱财,但事情的性质却发生了变化。它不再体现鲁滨孙的商人气质,而是展示了他高尚的品德。

第四,结局不同。这体现了原作和儿童版本质的差异。笛福的小说以鲁滨孙发财致富结尾,他的经济和社会地位得到了极大的提高,成为岛上新殖民地的主人,他的自尊得到了极大的满足,和刚刚离家出走时已不可同日而语。他膨胀的自尊背后是他的经济活动和实力。他离岛之后的经历,如上文所说,构成了他的致富神话,对中产阶级的读者具有强烈的吸引力。而且它的影响绝不仅限于中产阶级读者,对儿童读者也产生了一定影响。萨拉·特里默夫人就提到过有两个男孩因为鲁莽地模仿鲁滨孙的例子离家出走,他们的母亲无法承受孩子未归的痛苦,郁郁而终。①

---

① 转引自 Andrew O'Malley, "Crusoe at Home: Coding Domesticity in Children's Editions of *Robinson Crusoe*", *Journal for Eighteenth-Century Studies* 29.3 (2006): 337。

如上所述，笛福的小说中经济个人主义对传统家庭观念造成了威胁，经济利益战胜了人际关系的纽带，使个人远离传统家庭关系，从家庭的一名成员转变成社会中的独立经济个体。鲁滨孙的故事之所以具有魅力，是因为故事的主人公在经济个人主义的指导下，以自己的勤劳、节俭和理性的计算成功致富，提高了自己的社会地位。这个故事具有可效仿性，它可能发生在鲁滨孙身上，也可能发生在一个普通读者身上。鲁滨孙的经济成功是他的致富神话的根本所在，也是他作为叙述者不断在回顾性视角中为自己当年的行为进行辩护的参照点。对成人读者而言，这并不是什么大不了的事情。按照伊安·瓦特对18世纪英国小说读者群体的调查，小说的主要阅读群体包括家庭主妇、仆人和学徒。当时的仆人和学徒都是主人家庭的一分子，和主人住在一起。他们往往在年纪较小时就离开自己的家庭出来工作。对他们来说，为了经济利益离家是很正常的事情。

鲁滨孙事业上的成功是以忤逆父亲的意愿离家出走为前提的，这是该小说对家庭观念的威胁所在。特里默夫人提到的两个男孩就是这种威胁的典型例子。与成年读者相比，未成年的孩子更为冲动，考虑事情也不够理性和成熟，他们很容易被鲁滨孙的故事所吸引，不加思考地模仿鲁滨孙的行为。在笛福的原作中，鲁滨孙离家之后有过数次奇异的冒险经历，他被海盗俘虏过，[①]后来又依靠自己的勇气和智慧逃了出来，还得到了一个小跟班；他到过神奇的非洲海岸，猎杀过奇怪的动物；他在岛上自由自在，无拘无束（这对处在父母的严厉管制下的孩子，尤其是男孩，是一种令人向

[①] 这让人想起18世纪英国读者对犯罪文学的浓厚兴趣。而且小说中的海盗除了俘虏了鲁滨孙他们外，也没有对他们做出别的很伤天害理的事情。这类故事对男孩子有种特殊的魅力。

往的生活);而他自己动手制作各种工具,也可以视作某种消遣活动。① 在未成年读者看来,不管鲁滨孙以前犯了什么错误,他最后神气活现地回到了家乡,做起了绅士,比他父亲当年许诺的生活还要滋润,这就行了。不管鲁滨孙多少次反思自己不该不听父亲的话,都比不上结尾中他的巨大成功来得有说服力。孩子是天生的实用主义者,笛福的小说从开头到结尾都充满了强大的诱惑力。笔者认为,这些有趣的冒险和小说的结尾共同构成了危险的(甚至是致命的,如特里默夫人提到的例子)的诱惑。这都是儿童版需要剔除的危险因素。

在笛福的笔下,鲁滨孙回家仅仅是小说结尾一个无足轻重的部分,它的出现是鲁滨孙返回文明社会的一个副产品,而具有决定意义的是鲁滨孙在经济上的成功。因此卡姆佩非常有道理地逆转了小说的结尾。最大的改变在于鲁滨孙回家之时(包括回家之后)身无分文,从而丧失了在笛福笔下的经济上的诱惑力。他的船在靠岸时触礁沉没,他很幸运地逃了出来,但除了雨伞和狗之外,所有的财物都丢失了。而他回家之后,也没有一个巴西种植园可以提供一大笔财富供他炫耀。他的父亲是中间商,希望儿子能够继承他的产业,但鲁滨孙"早已习惯了享受手工劳动带来的快乐,决定要做一名木匠"②(斯托克代尔版 360)。他就这样朴实地生活了下去,尽管没有什么钱,但岛上的生活却让他明白了平静的内心才

---

① Ian Watt, "Robinson Crusoe as a Myth", *Essays in Criticism* 1.2 (1951): 102.
② 笛福在他的小说中一直没有交代鲁滨孙父亲具体的职业,儿童版交代了父亲是中间商,鲁滨孙选择了当木匠。中间商在当时可算比较富裕的中产阶级。笔者认为,儿童版在这里通过对比父子俩的职业,有意突出了鲁滨孙对金钱毫不在意的态度。

是最重要的。①叙述者比林斯利在这里说:"也许是上帝希望这样(鲁滨孙的船触礁,他丢失了所有财物),以免一些行事鲁莽的年轻人被财富照花了眼睛,希望能像鲁滨孙那样环游世界之后带着无意间得来的财宝回家。"(斯托克代尔版 358)这不仅是比林斯利的话,也是其作者卡姆佩的真诚告白,是对那些满怀着"冒险—致富"梦想的小读者的谆谆告诫。从篇幅比例看,卡姆佩的改编版的结局完全是围绕着家展开的。鲁滨孙在经济上既不成功,他对此也毫不在意,而叙述者对此也不愿意花笔墨去谈论。从情节看,在笛福的原作中,鲁滨孙回家时他的父母和其他家人都已经过世了,只剩下两个妹妹和侄儿。家庭成员的退场象征了传统家庭观念的式微。而在卡姆佩改编版的结尾,鲁滨孙回家时,他的父亲还健在,还上演了感人的父子相认的一幕。不仅如此,鲁滨孙体现出对父亲的孝顺和周到的考虑。快到家时听说母亲已经过世,他没有马上继续往家里赶,而是先派人回家报信,因为"要是不先这样准备一番的话,可怜的父亲也许会因为承受不了巨大的喜悦而去世"(斯托克代尔版 359)。这种孝顺的考虑是原作中没有的。在原作中,占主导地位的经济个人主义在卡姆佩的改编版中被减弱甚至是取消,而被边缘化的传统家庭观念得到了极大的强化。

1.2 《鲁滨孙飘流记》儿童版对家庭观念的强化

在笛福的原作中,宗教信仰和经济个人主义都要求主人公离开家庭,远离传统的家庭关系纽带,追求自己的信仰和经济地位。

---

① 与此形成鲜明对比的是,笛福笔下的鲁滨孙最不能忍受的是这种平静的生活,无论是内在还是外在的。当年他就是希望能见识外面的世界而离家,在这部小说的续集(*The Farther Adventures of Robinson Crusoe*)中,鲁滨孙在家没有待多久,就不能忍受这种波澜不惊的生活而再次出门了。

鲁滨孙最后回家时对父母的过世也没有流露出丝毫的悲伤。

这样一种冷漠的家庭观念是儿童版所不能接受的。儿童版首先要考虑的是故事的教育功能。因此，原作中被边缘化的家庭观念在改编版中被放在了较为中心的位置，这体现在以下几个方面：

第一，突出鲁滨孙对父母的思念。在笛福的小说中，鲁滨孙私自离家，他的船刚刚出河口，遇到了风浪，他浑身不舒服，这时"双亲的规劝，我父亲的眼泪，我母亲的哀求，都重新涌现到我的头脑里。"（徐霞村译 4）具有讽刺意义的是，尽管他如此之快地开始思念他的父母，但这也是全书唯一的一次。尽管后来他也想起过父母，但只是后悔不该对父亲的话置若罔闻，却从来没有出于亲情而思念过父母。相比之下，儿童版中鲁滨孙相当频繁地思念他的父母，这出现在斯托克代尔版的第 19，22，24，31，46，52，80，96－98，115，122，144，158，174，256，345 页，共计 15 次。他对父母的思念主要有 4 种表现形式：1）后悔当初不听父母的意见，贸然离家，这肯定让他们非常伤心；2）后悔当初离家，否则现在不至于生活在这样糟糕的环境里；3）梦见父母（提到 2 次）；4）想象如果能够回家和父母团聚，将是多么欢乐的场景。有三点是值得我们注意的。1）笛福的原作中也提到过后悔，但从来没想到离家会让父母伤心。原作中的后悔是从"我"的角度出发的，因为"我"受到了惩罚才开始后悔。而儿童版是以"他们"（即鲁滨孙的父母）的角度出发，鲁滨孙的行为让"他们"伤心，这使鲁滨孙后悔，而且上面的第一种思念出现在第二种思念之前。这些都体现了更强的家庭观念。2）尽管只有两次提到鲁滨孙梦见父母（斯托克代尔版 15，122），但是这两次都说"正如他经常那样（as usual）"，所以实际次数还远远不止两次。3）除了直接交代鲁滨孙非常思念父母之外，还让叙述者比林斯利先生就孝顺这个话题讲了一番大道理。比林斯利先生说不论任何种族,上帝都在他们的心中埋下了孝顺的种子。如果有人对他的父母表示出无动于衷,并给他们带来无穷的烦恼的话,绝不可与这样的人相处,躲避这种人就要像躲避害虫一样,上帝一定会惩罚他们的。(斯托克代尔版 256)卡姆佩通过比林斯利这个充满权威的叙述者之口,将孝顺从鲁滨孙个人经历的教训提高到了普遍的道德准则的高度。

第二,儿童版中构建了完美的家长形象和温情的家庭气氛。讲故事的行为发生在比林斯利的家里。比林斯利先生讲故事,几个孩子听故事(此外还有两位比林斯利家的朋友)。比林斯利在讲故事的同时还体现出了一个父亲对孩子们的关心、温情,以及对孩子们的教育(知识和道德)的重视。他经常停下故事,给孩子们讲解其中的地理和生物知识,告诉孩子们美洲在什么地方,面包树长得什么样子,还拿出实物来展示给大家看。此外,比林斯利太太也经常出场,她有时对故事的进程表示关心,附和几句,有时以俏皮的方式提醒孩子们该停下来吃饭了。她说:"孩子们,我想现在我们该朝向晚餐的小岛启航了。"(斯托克代尔版 27)她还经常参与比林斯利先生对孩子们的道德教育。当孩子们对鲁滨孙猎杀的动物表示同情时,她以反问的方式提出问题:"上帝不是允许我们在类似的情况下猎杀动物来填饱肚子吗?"(斯托克代尔版 72),然后把这个话题交给了父亲来继续。尽管比林斯利先生的主要功能是讲述鲁滨孙的故事,但在此过程中夫妻俩还树立起了完美的父母形象:父亲是一家之主,是家里的权威,这体现在他对家中事务的控制(例如他决定并向孩子们公布他们的旅游将推迟)上,同时也象征性地体现在他对鲁滨孙故事的绝对控制(只有他知道故事的内容,连比林斯利太太都不清楚,她只能和孩子们一起听故事),以及他对故事主人公行为的道德判断上(他通过直接评论、组织讨论、情景带入①等方式对孩子进行道德教育）。② 比林斯利太太一方面表现得对孩子们很关心、和蔼，同时绝不侵犯父亲的权威领域，她在道德讨论中总是引导出问题，然后就把话语权交给父亲；她最典型的责任是厨房（小说中她对晚餐的提醒密集地出现在第26，39，40页，然后是第250页）。总之，比林斯利先生和太太很符合传统的对父母角色的定义。在讲述鲁滨孙故事的进程中，强化这些家长的形象，有助于宣扬传统家庭关系，烘托出热闹、温情的家庭氛围，这和鲁滨孙孤零零的荒岛生活形成鲜明对比，提醒读者违背父母意愿，离开家庭的悲惨后果。

第三，结局对家的处理完全不同。原作中，回家在结尾中并不重要，更重要的是鲁滨孙经济的成功和社会地位的提高。改编版中，回家是结尾最显著的内容，而且卡姆佩还有意让鲁滨孙的船出事，让他一无所有地上了岸，强调他最大的收获是勤奋和信仰，而非金钱。这一点在本章第一节1.1部分最后一段已详细分析过，这里不再赘述。

除了对笛福的小说原有的主题进行必要的变动外，儿童版还添加了大量知识教育和道德教育，这一点标题讲得很清楚："新鲁滨孙·克罗索的有益而又有趣的历史"。寓教于乐是卡姆佩的改编目标，他在德文英译版的前言中写道："首先，我打算要好好招待我的小读者们……因为他们在高兴的时候最乐于接受有益的教诲……其

---

① 即：假设是你遇到类似的情况，会怎么做？
② 同时，比林斯利先生对家庭（尤其是家里的孩子们）的良好控制和他讲述的故事里的鲁滨孙的父亲对鲁滨孙无力的管束形成对比。比林斯利先生在故事一开头说得很清楚："孩子们，我和你们的母亲都很爱你们，但是正是因为这样，我们让你们每天做事，教给你们东西，因为我们知道这是让你们成才和快乐的最佳途径。但是鲁滨孙的父母却不是这么做的。他们纵容他去做任何想做的事情，而鲁滨孙喜欢玩耍而不是劳动或是学习，他们就让他从早玩到晚。"（斯托克代尔版14）

次,我计划在叙述(这构成了这本书的基础)的过程中尽可能多地加入基本知识和观念……再次,我打算时不时地尽可能加入基本的自然科学知识……最后,也是最重要的,就是我改变了鲁滨孙的一些冒险故事,使之尽可能方便道德和宗教的教育。这样一来,我可能不得不自己创造一些情节,而远离了原作。"(伯恩版 iv-v)比林斯利在讲故事时就讲解了许多自然科学知识,包括美洲的位置、地图的用法、一年的月份,等等。斯托克代尔版的知识教育偏重于地理和植物,这是受了时代的影响。地理大发现之后欧洲人普遍对地理知识很感兴趣。地理发现也带来了大量的新物种。书中提到的土豆,就是英国人 1586 年从南美带回英国的,到了 17 世纪已经成为爱尔兰的主要粮食作物,并开始在欧洲普及。至于为道德教育而改变的情节,最典型的一处就是让鲁滨孙在没有沉船上物资的帮助下开始他的荒岛生活,从而创造出一个真正与世隔绝的环境。除此之外,还包括对何时可以猎杀动物、眼前利益和长远利益如何选择、吃人是否正义、如何拒绝物质享受的诱惑、如何使自己变得坚强、为防卫杀人是否正义、失物是否要归还失主等话题的讨论。尽管改编者声称自己是在合适的情况下插入对美德的灌输,但与 19 世纪和 20 世纪初的儿童版相比,还是显得说教意味更直接、浓厚。这是儿童文学在早期的突出特点。

1.3 叙事结构改编的教育功能

笛福的原作是作品主人公鲁滨孙以叙述者的身份和回顾性的视角讲述的,他写下了自己当年的种种经历。而斯托克代尔版则采用了中国盒子式的嵌套叙述重述了鲁滨孙的故事。位于最上层的是一个非人格化的异故事叙述者讲述比林斯利一家的故事。这个框架型叙述者在开篇交代了比林斯利一家的情况,告诉读者比林斯利先生是如何开始讲鲁滨孙的故事的。在这一层中,发生的事件不仅有比林斯利先生给孩子们讲鲁滨孙的故事(这构成了小说的主体部分),还有一些其他的事件:比林斯利先生在讲故事的过程中不时穿插知识教育和道德教育,他和孩子们的对话和讨论(既包括对鲁滨孙故事情节的讨论,也包括一些家庭事件,例如全家去旅游),以及比林斯利太太提醒孩子们吃饭和她参与讨论故事的行为。这些都是通过框架型叙述者叙述出来的。

位于这一叙述层之下的是比林斯利先生对鲁滨孙的故事的讲述。比林斯利先生既是上一层中的人物,又是这一层的异故事叙述者。从时间上看,他和鲁滨孙相隔了50年;从地点上看,比林斯利一家住在崔肯南,鲁滨孙家在爱克西特。他在讲述鲁滨孙的故事时,有时对其行为直接发表评论,有时不直接表达自己的观点,而是通过发问并组织孩子们讨论的方式引导他们得出正确的判断。

与原作相比,斯托克代尔版的叙述结构的变化主要体现在两个方面:叙述者和叙述层次。笛福的原作采取的是第一人称叙述模式,鲁滨孙作为叙述者,有时在经历视角和回顾性视角之间转换。由于大部分采用了经历视角,因此读者可以更加身临其境地和鲁滨孙一起体验故事中激动人心的冒险情节,例如他航海中经历风浪、万念俱灰的绝望,患疟疾时的痛苦,第一次在沙滩上看见人类的脚印时的恐惧,等等。第一人称经历视角有效地拉近了人物叙述者与读者之间的距离,引发读者的同情。鲁滨孙得意扬扬地历数自己的物品和财富,不正是期待着读者的赞扬和肯定吗?鲁滨孙是一个通过个人努力奋斗而成功的范例,他的经济活动帮助他提高了自己的社会地位。鲁滨孙与小说中其他人物的对话,以及他作为叙述者和读者进行的交流,都流露出一种在英国的社会阶层流动性①的环境中一个努力向上攀爬的人渴望的对自我身份的认定。叙述者鲁滨孙在文中流露出的对读者的肯定的期待,某种程度上也是笛福的心理写照。他们都属于奋斗的中产阶级,信奉理性和勤劳,希望通过孜孜不倦的劳动提升自己的地位。第一人称的叙述者可以很好地达到这一目的。通过开放自己的人生经历、记忆和感情,他邀请读者体验他的人生,感受他的思绪,这有利于读者对他做出肯定的评价。

斯托克代尔版有两个叙述者:最上层的非人格化叙述者,以及作为鲁滨孙故事的叙述者的比林斯利先生。最上层的叙述者起到的作用较为有限,它提供了讲(鲁滨孙的)故事的框架和氛围,笔者这里仅考虑比林斯利先生的作用。斯托克代尔版把原作的故事人物叙述者变成了异故事叙述者,其目的和笛福的恰恰相反:笛福采用人物叙述者,意在拉近与读者之间的距离,增加读者的同情和认同感;斯托克代尔版的异故事叙述力图维持一个公正客观的道德判断和审美的距离,此外,还有着其他的教育功能。

第一,异故事叙述使读者在理解鲁滨孙的故事时保持一个较远的距离,让他们在把握人物行为时更为客观公正,从而避免了对鲁滨孙的盲目认同和模仿,这是斯托克代尔版的一个重要考虑因素。如上所述,笛福的原作具有疏远传统家庭观念的潜力,它鼓励为个人的经济利益而疏远家庭关系的行为,将经济利益置于家庭观念之上,这是儿童版需要尽量避免或修正的。斯托克代尔版通过将第一人称叙述者改成嵌套叙述结构中的一个人物作为异故事叙述者来讲述鲁滨孙的故事,从而疏远了读者与鲁滨孙的距离,减少了认同的可能,并通过插入对鲁滨孙行为的道德评价来引导读

---

① Roy Porter, *English Society in the Eighteenth Century*, p. 65.

者该如何把握和理解这一角色,从而避免了对鲁滨孙的盲目认同。马特·埃林在分析卡姆佩对感伤文学的批判时也指出,卡姆佩的改编版建构了一个文学作品,试图从内容和形式上避免当时的拜物主义。他试图使想象和欲望与劳动活动联系起来,并控制读者与有缺陷的主人公的认同。①为了同一目的而采取的其他的手段还包括对结局的修改(让鲁滨孙身无分文地回了家)。这都是为了避免出现特里默夫人所提到的不幸的例子。

第二,异故事叙述者的身份使比林斯利先生具有公正性、客观性和即时性,树立了他的道德权威,方便他进行评论和说教。笛福的原作中,大部分情节是以经历视角叙述的,也就是说,观察事件的是一个十九岁到二十多岁的年轻人,他的思考还不够成熟,见识不够丰富,判断也时而出现偏差。而且,由于是经历视角,读者经常和他一起经历一些错误的想法,而且可能要到相当晚的时候才能认识到错在什么地方。②而比林斯利是一位成年男性,家道还不错,还是几个孩子的父亲,他在见识、智力、道德上的水平显然要高于笛福原作的叙述者。而且他对鲁滨孙的评论都是非常及时的。比如,鲁滨孙在离家时,他就马上指出,这样做是不对的,违背了孩子对父母的义务。(斯托克代尔版 16)

第三,比林斯利先生作为异故事叙述者,与原作中同样作为叙述者的鲁滨孙相比,他们的叙述行为存在时间/知识和动机上的差异,这也是由改编版的教育目的决定的。比林斯利先生生活的年代比鲁滨孙晚了 50 年(时间差距),他具备很多鲁滨孙所不知道的

---

① Matt Erlin, "Book Fetish: Joachim Heinrich Campe and the Commodification of Literature", *Seminar* 42.4 (2006): 364.

② 笛福在这部小说中的回顾性视角的使用是非常克制的。这导致了鲁滨孙许多想法的错误之处要等到事情过去一段时间才得到揭示。

知识(知识差距)。例如,鲁滨孙在荒岛上发现了土豆,他不知道是否能够利用,也不知道应该如何利用。后来还是偶然的机会他把土豆放到火里烤熟了,才发现很好吃。比林斯利就马上接着插了一句:"鲁滨孙也许从来没有见过它(土豆)。至少是没有见过长在地里的土豆是什么样子。因为他生活在50年前,那时土豆在英国的许多地方还不像今天那么常见。"(斯托克代尔版70)这就是时间差距导致的知识差距。而且,鲁滨孙是一个实用主义者,尽管小说包含了许多知识,但那并非是该小说的主要目的,而是作者在描写鲁滨孙的经历时的有机组成部分。斯托克代尔版则有着很明确的知识教育的目的,它在原作的基础之上又添加了大量的知识,而且这种提供知识的方式和笛福原作包含知识的方式是不同的。譬如,比林斯利抓住讲故事的契机,插入了几段与鲁滨孙故事没有直接关联的话,单独讲解了故事中涉及的"知识点",包括给孩子们讲述美洲的自然地理条件、面包树、食人族、雨季和旱季等。这样一来,斯托克代尔版的叙事就不如笛福的原作那么紧凑,而是较为松散。有时为了教育的需要会插入好几页的知识讲解,甚至故意中断比林斯利先生的叙事行为。例如,在第九个晚上,他不加任何解释地就停止了鲁滨孙的故事,随后好几个晚上都没有讲。孩子们心里痒痒的,可是谁也没有勇气去问父亲这是怎么回事。后来终于有孩子可怜巴巴地问了,父亲只是说:"我自有道理。"(斯托克代尔版117)又过了几天,他向孩子们解释说,这种做法是为了让他们学会耐心和克制欲望。人不可能无止境地满足自己的所有欲望,所以要学会克制。孩子们陷入了思考,后来表示同意。因此,尽管它们都包含知识,但笛福原作中的知识是叙事的有机组成部分,是讲故事的副产品,而斯托克代尔版的知识讲解部分在某种程度上独立于鲁滨孙的故事情节,是整个小说的主要目的之一。

第四，斯托克代尔版中的异故事叙述者和几个（孩子）受述者的声音结合起来，这种对话形式更容易进行道德教育。笛福原作中叙述者的道德说教往往单独成段，出现得相当频繁，且很容易因其过于外露的说教语气而招致读者的反感。而斯托克代尔版的异故事叙述者将道德说教变成了父亲和孩子们的对话，从而将本来游离在鲁滨孙故事之外的评论融入上一层的对话中。父亲的道德说教不再直接针对读者，而是针对他的孩子们，读者仅仅是从旁观者的角度"读"到了父亲的说教，这种说教方式更间接，也更容易被接受。例如，比林斯利在讲到鲁滨孙没有听父母的话，受到了同伴的蛊惑，决定出海去普利茅斯时，卡姆佩没有让比林斯利先生直接在这段话后面告诉孩子们这样做是不对的，而是让其中的一个孩子理查德喊道："我不喜欢这个鲁滨孙。"父亲紧接着问："为什么呢？"他说："因为他不应该在没有经过父母同意的情况下做出这种事情。""非常正确，理查德。鲁滨孙这里的行为非常鲁莽、愚蠢，我们应该为他的愚蠢而可怜他。但是，感谢上帝，如今像他这样愚蠢，不知道自己对父母的义务的孩子并不多。"（斯托克代尔版 16）父亲在这里没有自顾自地加上对鲁滨孙的评价，而是非常明智地抓住了孩子的现场反应，通过追问和鼓励的方式引出孩子对这种行为的思考，并以孩子们能接受的简单的方式将其抽象并上升为孩子对父母的义务，巧妙地教育了孩子们。这种方式显然比第一人称叙述者直接跳出来对读者讲一番大道理要更容易被人接受。[①]此外，多个不对等的人物声音的共存有利于树立起比林斯利先生

[①] 当然，这种方法的说教语气也比较明显，但比起笛福的原作要好一些。更为隐秘而含蓄的做法就是像奥斯丁那样，将评论变成人物的话语，从人物的口里说出来。这样，叙述者就变得更为中性，容易被接受。参见苏珊·S.兰瑟：《虚构的权威——女性作家与叙述声音》，黄必康译，北京：北京大学出版社，2002年，第83页。

的叙述和道德权威。与笛福的原作中单一的叙述声音相比,斯托克代尔版存在丰富的不同人物的对话,既有比林斯利夫妇这两位家长的声音,又有一群孩子的声音,还有两位家庭朋友的声音。家长的声音和孩子的声音在认知、道德和智力水平上的不对等,一方面突出了家长的权威地位,另一方面在进行道德教育时也更容易引出话题,树立批评的靶子。多声音的共存,丰富了小说的内容,活跃了叙述的气氛,方便了道德的教导,树立了家长的权威,这是和笛福的原作不同的地方。

斯托克代尔版的嵌套叙述层次和处于下一层的异故事叙述相得益彰,我们需要把叙述层次和叙述者类型结合起来考虑其效果。卡姆佩最主要的改动就是把笛福的自传式小说改编成对话体小说,①把鲁滨孙的故事嵌入充满了家庭氛围的亲子对话之中。在框架叙事层里,比林斯利讲故事之外的行为不仅丰富了故事内容,而且对儿童版的家庭主题具有烘托作用。这些行为刻画了父母和孩子们之间温情、友好、礼貌的亲情关系,突出了比林斯利先生为人父母的性格特点。从叙事层之间的关系看,上一叙事层充满亲情的家庭氛围,与下一叙事层中鲁滨孙独处荒岛、思念父母的氛围形成鲜明对比,有利于宣扬家庭氛围的美好,强化家庭观念。两层的叙事结构不仅有利于形成对比,宣扬家庭观念,还可以有效地拉远读者与鲁滨孙的审美距离,避免认同和盲目的模仿。

---

① 这种对话体裁被称为"familiar dialogue",是洛克的指导式教育模型(model of supervisory education)在儿童读物领域的一个体现,这一体裁在 18 世纪晚期极为流行,如 Mrs. Lovechild, *Rational Sport*; *In Dialogues Passing Among the Children of a Family*, London: J. Marshall, 1783; Mrs. Lovechild, *School Dialogues*, *for Boys. Being an Attempt to Convey Instruction Insensibly to Their Tender Minds*, *and Instill the Love of Virtue*, London: J. Marshall, 1783. 参见 Andrew O'Malley, "Acting Out Crusoe: Pedagogy and Performance in Eighteenth-Century Children's Literature", *The Lion and the Unicorn* 32.2 (2009): 131。

第二节 18世纪基促版的教育性改编

基促版的改写非常全面、彻底。它大幅度削减了篇幅,而且插图占了全书1/3到1/2的篇幅,因此它对原作的文字和情节都做了较大程度的精简。在主题上,它的改编策略相当鲜明:它强化了家庭、工作和宗教主题,弱化了经济主题。而且基促版受到了18世纪卡姆佩版的较大影响,这主要体现在对从沉船上搬取物品和结尾的改编上。

2.1 基促版的家庭主题

基促版对家庭主题的加强主要体现在三个方面:开头、思念父母、结尾。这一版的开头与原作有着明显的不同:

①Robinson Crusoe was the son of a respectable merchant in Hull. ②The kindness of his parents had made his life very happy. ③His heart was not a bad one, but his love of idleness and his thoughtlessness gave his good parents a great deal of anxiety. ④Instead of working and learning his lessons, in order to become a clever man when he grew up, his chief pleasure was to idle about the quays. ⑤Whenever he did take a book in his hand, his thoughts were always wandering away to the forest of masts in the harbour. ⑥His one idea was to go to sea and to make long journeys into distant countries; chiefly because he hoped, by this means, to evade the necessity for working and doing his duty. (基促版1)

第 1 句和其他版本一样都是介绍鲁滨孙的家庭出身。但从第 3 句起就开始有了较大改动。第 3 句首先对鲁滨孙作了小小的辩护,不管他后来做出什么样的事情,他的本质并不坏。这样的说法和 1887 年的沃恩版是类似的,都尽力为鲁滨孙开脱他后来离家的"原罪"。这种人物形象的转变在 19 世纪是很普遍的。这一做法受到了卢梭和浪漫主义关于儿童天真无邪的形象和救赎能力的观点的影响。① 随后交代鲁滨孙游手好闲,做事欠考虑,让他的父母很担心。第 2 句和第 3 句都是在描写鲁滨孙和父母之间的关系:第 2 句交代父母对他的好,第 3 句则是讲他们之间存在的问题。第 4—6 句是具体谈鲁滨孙身上到底存在什么样的问题使他的父母非常担心。从这个角度来看,基促版的开头关注的不是鲁滨孙本人如何,而是鲁滨孙和父母之间的关系,从而使故事在一开头就有很强烈的家庭意识,这与原作中将焦点放在鲁滨孙本人身上是完全不同的。而且第 4—6 句带有强烈的教育色彩。第 4 句中的"lessons","clever","grew up"都是父母在教育孩子时的常用词,而且"lessons"是其他儿童版中从未出现过的。第 5 句进一步说明鲁滨孙不爱学习,他只要一拿起书就开小差。这就更偏离了儿童版讲鲁滨孙故事的传统模式,而把学习提到了一个较为重要的地位。

叙述者在表述鲁滨孙的父亲对他的劝说时用了两种引语。首先出现的是间接引语。鲁滨孙的父亲告诉他要先学门手艺,然后他们就不会再反对他的意愿了。然后出现的是直接引语:

---

① 参见 Ann Alston,*The Family in English Children's Literature*,London & New York:Routledge,2008,p. 28。

If, however, you do, ungratefully, quit your parents, contrary to their expressed wish, you will cause them to die of grief. We have already lost two sons and you are the last child left to us. It is your duty to be a comfort and a support to us in our old age. You know that I am no longer strong and hearty.（基促版 2）

两种引语出现的先后顺序是按照情节发展的时间顺序，这是叙述者没有改变的。但叙述者采用不同的引语模式表述鲁滨孙父亲的话，这体现了改编者的态度倾向。与间接引语相比，直接引语显得更为直接，有更高的可信度和亲切感，更容易拉近说话人和读者的心理距离，对读者施加影响。因此，叙述者采用直接引语来说明父亲说鲁滨孙离开家是多么的不对，这体现了叙述者和改编者对鲁滨孙的批评态度和强烈的家庭意识。而且在这段直接引语中叙述者的一系列用词也强化了这一效果。第一句中有两处插入语，用逗号隔开。频繁出现的插入语使句子的阅读速度变慢，让读者用更长的时间来阅读这句话，从而更能引起读者对插入部分的重视。第二处插入语之前用了"you do"的强调句型，随后跟上"ungrateful"这一较强的贬义词，之后又用了"quit"一词，这三个词的强调和并置达到了很强的效果。"quit"就明显比"leave"或其他表示离开的动词更为有力和绝情。父亲用强烈的动词和强调句型表明了对鲁滨孙的想法的强烈遣责，因为鲁滨孙的意愿"完全违背"（contrary）了他们的想法，而且是在他们已经把自己的想法表达得很清楚的情况下（"expressed wish"）鲁滨孙还要选择这样做。让这一遣责到达顶点的是句尾的动词"cause them to die of grief"，这要比开头第 2 句"gave his good parents a great deal of anxiety"

严重得多。改编之后的故事开头中,叙述的重点也从介绍鲁滨孙的个人情况,转移到了介绍他的家庭情况和家庭关系,而且父亲对鲁滨孙的想法进行了更严肃的批判,同时也体现了叙述者的批评态度。这样一来体现出更为强烈的家庭观念,也能够更好地引导读者对鲁滨孙的行为做出道德判断,从而避免了笛福原作可能出现的误导读者的情况。它还突出了家庭成员不仅仅具有权利(例如鲁滨孙享受父母对他的好,以及为他提供的教育),还对家庭负有责任:孝顺和赡养父母。在笛福原作中,他唯一需要负责的是对自己,而他和其他人之间似乎仅仅是一种利益关系。他从未提到自己对家庭负有何种责任,而在基促版开头中,"duty"频频出现。

　　家庭观念增强的另一体现是鲁滨孙对父母的思念。原作仅有1次提到他的思念,即他第一次遇到风浪时。在基促版中思念出现了多次。他在岛上听到山羊叫声时想起了家。他对这只受伤的羊细心照顾,后来它变得非常温驯。而原作对山羊的处理大不一样。鲁滨孙在日记中记载,12月27日他打死了一只小山羊,又把另一只打瘸了,用绳子牵了回来,对它细心照顾,使它活了下来。原作中的羊是鲁滨孙打瘸的,他打羊是为了满足自己的食物需求,后来对羊的照顾也是出于同样的目的。而基促版中鲁滨孙发现羊的时候,它是自己摔瘸的,鲁滨孙听到它的叫声想起了家,他后来对羊的照顾不是因为实际生活需要,因为这只羊根本无法满足他的食物需求。故事很快提到,鲁滨孙觉得有必要想办法抓一些野山羊回来以解决食物的问题。因此他在这里照顾羊的行为只是寄托了他对家的思念,与食物需求无关。在荒岛这样一个毫无人烟的地方,能够让他想起家的羊无疑是一种精神上的慰藉。另外比较典型的还有鲁滨孙生病时想起了母亲以前对他的悉心照顾,还有他独自过圣诞节时想念以前全家人一起过节。

基促版的结尾同样也体现了更强的家庭观念。它采用了和卡姆佩版一样的结尾：父亲尚在，鲁滨孙请人提前回家通知父亲他的到来。它同样只字不提巴西种植园和任何经济活动，而是完全围绕家庭展开。①这一章的标题也十分鲜明地点出了这一点——"At Home Again"，这和哈里斯版十分相似。

对理想家庭观念的宣扬可以说是儿童文学的"常量"。②无论是 18 世纪的卡姆佩版及其衍生版本，还是本章讨论的 19 世纪的儿童版，家庭主题从来都处在中心位置。安·奥尔斯顿（Ann Alston）在分析 20 世纪儿童文学中的家庭观念的一番话在这里也适用："我们常常被告知，在过去的两个世纪以来，尤其是在最近的 50 年里，家庭生活经历了翻天覆地的变化。离婚率高涨，混合家庭司空见惯，父母亲经常不在家……但是，尽管如此，儿童文学对家庭的描绘仍然是非常传统的。"③

2.2　基促版的工作主题

无论是笛福的原作还是儿童版本，都非常强调劳动和工作的重要性。如第一章分析 18 世纪卡姆佩版时提到的，原作中鲁滨孙是个非常勤劳的人，他不放弃任何空闲的时间来生产粮食，制作工具，让自己的生活更加舒适和富足。笛福笔下的鲁滨孙的勤劳品质是他清教伦理的一部分。清教徒强调要勤俭，鲁滨孙就是这种道德提倡的范例。因此，原作中鲁滨孙尽管勤劳，但其意义却不在

---

①　基促版不仅结尾和卡姆佩版基本一致，在其他方面也受到这一版本的影响，这体现在它同样取消了鲁滨孙从沉船上搬运物品的情节。卡姆佩版这样做是为了贯彻卢梭的提议，把荒岛变成一个彻底的与世隔绝的环境，从而锻炼主人公独立的人格和动手能力。这一做法带有很强的教育目的，在这本小说的儿童版改编中是比较独特的。
②　至少在 20 世纪以前的儿童文学是如此。
③　Ann Alston, *The Family in English Children's Literature*, p. 1.

自身，而是在于勤劳是清教伦理和资本主义精神的要求。卡姆佩版中，劳动具有教育意义而不是经济意义，卡姆佩希望通过刻画鲁滨孙劳动场景的有趣之处来影响小读者，引导他们养成勤劳的习惯。而且劳动还可以启发智慧，鲁滨孙就是在制造工具的劳动过程中变得越来越心灵手巧，他将屋子的一角称为"发明角"，就是对此的点睛之笔。劳动还可以具有审美功能，鲁滨孙在岛上种植观赏性植物，开辟花园，从而使他的劳动超越了原作中的实用功能而上升为审美教育的层次。因此，卡姆佩版将笛福原作中并不具备自身突出意义的劳动独立出来，赋予其独特的教育意义。基促版对工作也有特别强调，但这一主题又和卡姆佩版的劳动主题有着明显的差异。

对清教徒来说，工作既是他们物质生活的保证和提高社会地位的实际动力，也是精神上强有力的支柱。工作是清教徒的天职，从事某种工作意味着他们顺从了上帝的旨意，而在工作和事业上有成则被视为上帝垂恩的标志。但是，18世纪的儿童版还没有特别明显地体现出这一点：工作仅仅是道德教育的一部分，和其他教育内容没有高下之分。而19世纪儿童版在故事的开头和结尾对工作给予的强调足以让工作上升为小说主题的一部分，甚至鲁滨孙回英国安享晚年时，他给孩子们讲故事所宣扬的教训也简化到只有两点：慎重考虑和好好工作。19世纪儿童版的这种做法和维多利亚社会对工作的态度是一致的。鲁滨孙给孩子们总结的教训和大文豪托马斯·曼的父亲的遗嘱颇有共通之处："他（托马斯·曼）务必不可忘记祈祷、尊重母亲、勤奋工作。"[①]而托马斯·卡莱尔也

---

① 彼得·盖伊：《施尼兹勒的世纪：中产阶级文化的形成，1815—1914》，梁永安译，北京：北京大学出版社，2006年，第231页。

对工作做了许多庄严的论述,他把对工作的膜拜推到了极致:"有某种不明朗的自我意识蒙眬地住在我们里面,只有通过工作,我们才能把它转化为明朗和清晰可辨。工作是一面镜子,可以让灵魂第一次看见自己天生的轮廓。因此,应该把'认识你自己'这句愚蠢而不可能办到的格言改成'认识你胜任什么工作',因为这才是庶几可以实现的。"① 彼得·盖伊也提到,维多利亚的许多父母都把懒散视为十恶不赦的大罪,这和基促版的开头和结尾密集的对"idleness"的批判是完全一致的。

故事开头反复强调劳动和工作的重要性,并对鲁滨孙逃避工作的品性提出了批评。它在开头第3句就说到他的"idleness",并且反复提到这个词和其反义词"work"。第4句说"Instead of working"和"idle about the quays",第6句说"to evade the necessity for working and doing his duty",从而使"idleness"成为全书的关键词之一。这样一来,鲁滨孙的形象发生了很大的变化。原作中的鲁滨孙被一种渴望新奇和冒险的欲望所驱动,这是他自己尚未意识到的内心深处不满现状、不断开拓进取的资产阶级精神,这也是鲁滨孙神话对中产阶级的吸引力所在。而基促版将鲁滨孙降格了,将他变成了一个游手好闲,不愿劳动的反面典型。这一改动是为了故事的教育目的:鲁滨孙后来在环境的变化和上帝的指引下改正了自己的缺点,变得勤劳稳重,最后终于返回了人类社会。创业和冒险神话被改编成成长小说常见的情节模式,成了一个浪子回头的故事。

"idle"和"work"的分布也是耐人寻味的。在开头反复提到"idle"一词,并批评鲁滨孙逃避工作。而在鲁滨孙上岛之后,超过

---

① 彼得·盖伊:《施尼兹勒的世纪:中产阶级文化的形成,1815—1914》,第229页。

2/3 的插图描绘的都是鲁滨孙的劳动场景,故事中再也没有出现"idle"一词。只有在结尾的时候鲁滨孙给孩子们讲述他当年的经历和经验,他才告诫孩子们千万不要"idle"。"idle"在开头和结尾的分布,以及对鲁滨孙在岛上的劳动的描写,使"idle"和"work"形成了鲜明有力的对比,突出了劳动主题。

基促版中父亲和鲁滨孙的对话与其他所有儿童版都不同。其他版本中,父亲对鲁滨孙离家的打算都是反对的,尽管态度有所不同。而基促版是唯一在这个关键问题上松口的版本:父亲明确地表明有可能不反对鲁滨孙离家的计划。他说,鲁滨孙必须先学会一门手艺,然后父母就不会反对他的任何打算了。但是如果他不工作的话,他在这个世界就不可能幸福。[①]这样一来就把工作甚至放到了比家庭更为重要的地位上。第 2 句话带有绝对的语气,不工作的话就不可能幸福。这一改动极大地背离了原作的精神。原作中父亲劝说鲁滨孙的一个重要理由就是中产阶级生活的安定和甜美。他们既不用像下层人民那样辛苦劳作,也不用像上层人士那样被骄奢和野心所烦恼。中产阶级可以什么事情都不用做,却可以过得舒舒服服的。父亲希望鲁滨孙能看到这一点而收起他出海的想法。而基促版却完全否定了原作中无须劳动的观点,明确地提出相反的看法:不工作就不会有幸福。两个版本在这一点上的差异,反映了不同时代背景对工作截然不同的看法。

---

① 说要鲁滨孙学一门手艺并不是非常准确的翻译,原文是"he should first learn some occupation"。

第四章　儿童版与课程标准

前述章节讨论的是儿童文学的一般版本,且多为较早时期的历史文本。本章将批评焦点转向儿童文学在当代的一个重要功能,即作为教育读物的儿童文学改编,特别是在国家课程标准指导之下的改编版,也就是通常所说的课标版名著,以充分探讨儿童文学改编在不同时期、不同图书市场和不同改编目的的风貌。此外,分析对象也从文本转向副文本,旨在充分探讨儿童文学改编的不同组成要素。副文本虽名不够"正",却是作为物质载体的图书的重要组成部分。因此,对副文本的研究可以从另一个侧面折射出儿童文学改编的运作机制。

第一节　美国的共标版读物与儿童文学改编

自20世纪90年代起,世界上许多国家,如英国、美国、韩国等,在教育领域都兴起了改革运动,以应对国际上教育改革运动带来的更高课程标准要求的压力。我国政府于2001年至2010年间在部分省份开展了大规模的教育改革试点工作,并在此基础之上颁布了新的课程标准。而美国也开展了类似的课程标准运动,称为"共同核心州立标准计划"(Common Core State Standards Initiative,CCSSI),简称"共标计划"①,其目的是"确保所有从中学毕业的学生都具备能够将来在大学、工作和生活中走向成功所必备的知识和技能,无论他们在哪里生活和工作"②。

此前,美国教育一直提倡多元化,缺乏全国统一的教学大纲。只有一个国家数学教师委员会标准(National Council of Teachers of Mathematics Standards,简称 NCTM),但这个标准的教学要求比较模糊,而且只是参考性质的,不强求。缺乏大纲导致不少州降低了教学标准以提高学生的考试成绩,这导致全国大范围内学生实际学业水平的下降。按照美国前教育部助理部长戴安·拉维奇的说法:"他们[各州]自己设计几乎可以让所有学生都通过的考试,然后凭借这样的考试来自己给自己的教育工作打分。"③在大学和就业市场产生了许多对此不满的声音,抱怨毕业生水平不足以胜任学术和工作环境。共标运动出现的另一个背景是美国比较教育学研究发现,美国中小学生在世界上的排名十分不理想。根据经济合作和发展组织(Organization for Economic Cooperation and Development,简称 OECD)2015 年的 PISA 测试数据,美国阅读平均分是 498,新加坡是 542,上海是 570;美国数学平均分是 481,新加坡是 573,上海是 613;美国科学平均分是 497,新加坡是 551,中

---

① 本书中按照国内已有译法简称为"共标计划",因此而制定的课程标准简称"共标",相应课外读物版本则简称"共标版"。
② CCSSI 网站:www.corestandards.org。
③ 戴安·拉维奇:《美国学校体制的生与死:论考试和择校对教育的侵蚀》,冯颖译,北京:北京大学出版社,2014 年,第 21 页。

国是 580。①美国的有识之士觉得基础教育已经到了非改不可的地步了。

美国基础教育的改革最早从 1983 年里根政府发表的《国家在危机中》("A Nation at Risk")报告书开始,力图保证美国的教育不落后于其他国家,到 2001 年小布什总统通过《不让一个孩子掉队法案》(No Child Left Behind Act),到奥巴马政府于 2009 年 7 月宣布"冲向卓越"(Race to the Top)计划。2015 年 12 月 10 日,美国总统奥巴马签署了《每一个学生成功法》(Every Student Succeeds Act),取代了《不让一个孩子掉队法案》。这一系列法案的共同目的就是提高美国的基础教育水平,而要想在全国范围内做到这一点,就必须有统一的、高标准的课程标准,这就是"共同核心州立标准计划"的由来。2009 年全国州长协会召集课程标准的专家召开了一场会议,目的是起草一份高水平的、各州共同认可的课程标准来改变当时的局面。随后,在美国的"登峰计划基金"(Race to Top Grants)的激励下,一共有 42 个州以及华盛顿特区在全州范围内采取了这份共同标准。目前,共标包括了英语课和数学课。但共标是一份课程标准而非教学大纲,它规定的是课程结束时应达到的标准水平,而不对具体的教学内容(即知识点)进行规定。对于英语课,共标没有规定教材中的必读书目,②但对文学性课文和信息性课文的比例做出了规定,后者相对于前者的比例正在不断加大。③

---

① 数据来自于 OECD 网站,http://www.oecd.org/pisa/pisa-2015-results-in-focus.pdf.
② 没有哪个州在课程标准里规定一篇要求学生阅读的文学名著,参见戴安·拉维奇:《美国学校体制的生与死》,第 20 页。
③ Lisa Zunshine, "The Secret Life of Fiction", *PMLA* 130 (3): 726.

共标是美国第一次打破各州独自制定课程标准的传统,在美国大范围内实现了课程标准的统一。① 这一教育改革举措给出版行业带来了巨大的商机。与中国由人民教育出版社统一编撰出版教科书的做法不同,② 美国小学到中学的教材一般为各大出版社编撰出版。这样一来,当新的课程标准在各州执行,意味着巨大的教材市场,而不必像以往被林立的各州甚至地区的不同教材标准所分割。而一些教育出版巨头,例如培生集团,既参与共标的起草,又开发共标的教材,有着得天独厚的优势。培生集团几乎垄断了共标教材的绝大部分,以及相应而来的大量试卷的研发。以至于不少人怀疑美国的共标改革被少数利益集团所挟持。③ 此外,美国近几十年的基础教育改革以及联邦政府相应的法案带有向标准化考试靠拢的趋势。④ 小布什通过的《不让一个孩子掉队法案》导致了过去十年全美的测验狂潮,而共标的测验来得更长、难度更高。测验也意味着巨大的商机,这与中国的情况很不一样。中国一般是各地的学校、市级教育局教研室、省教育考试院负责研发不同等级的考试。在一整套命题、印刷、监考、改分、评价的考试完整流程中,基本上不存在盈利行为,带有明显的公益性质。其中投入的最主要的是人力成本,经济成本则主要体现在试卷印刷等物资消耗上,考试对整个教育体系和教学活动来讲造成的经济负担较小。

---

① 其实此前美国也曾出现过统一课程标准的努力,但由于得不到国会的授权,以及一些政治因素的影响,于 1995 年不得不宣告结束。参见戴安·拉维奇:《美国学校体制的生与死》,第 18—20 页。

② 但国内在部分省市也有一些其他版本,如苏教版等。但从全国范围来看,仍然是以人民教育出版社出版的教材为主。

③ 培生集团 2013 年被纽约检察总长判定因"使用非盈利机构资产[指共标]为其盈利机构获利[意指其为共标开发的试卷等教育产品]"而处以罚款 770 万美元。

④ 参见戴安·拉维奇:《美国学校体制的生与死》第二章"灾难!课程标准运动如何演变成了考试运动"。

中小学课本大多数由人民教育出版社出版,印数巨大,单位成本低,定价也基本没有追逐利益。课本版本十分稳定,更新换代相当慎重。课本的印数也是根据在校生的数量控制的,一般的书店只销售教辅资料,教材的发售有着另外的渠道,不存在教材更新换代、版本差异等问题导致的库存量过剩。由于上述这些因素,中国的教材和考试,无论是对学生还是对学校,都没有造成明显的经济压力。而美国则完全不同,全商业化的运作带来的是高昂的经济成本。由于各州可以根据自己的水平和需要选用不同的教材,加上出版社有意频繁对教材进行更新换代,版本众多(这样一来就无法购买旧材料上课),而且美国的教材定价比中国要高昂得多,因此美国的教材成本很高。而考试往往是交给第三方(私人)公司,如培生集团、ETS、CTB、麦格劳-希尔公司等。从小布什的《不让一个孩子掉队法案》到共标带来的更多的测验,消耗了大量的经费。以培生为例,它负责设计大学与职业生涯准备度评量伙伴联盟(PARCC)的首次测验 18000 道试题时就获利 2300 万美元。美国的公立小学不收书本费,由学校提供。昂贵的教材和考试费用看似没有从学生身上收取,但实质上是转嫁到了学校的教育经费里了,从而挤占了美国中小学相当有限的教育投入,导致学校在其他方面的投入(师资、课程、图书和其他资源)明显不足。因此关于共标的反对浪潮也从未间断过。[①]

尽管反对声音不断,但共标仍在稳步推进之中。截至 2016 年,

[①] See Joseph P. Farrell et al, *Rotten to the (Common) Core*: *Public Schooling*, *Standardized Tests*, *and the Surveillance State*, London: Process, 2016; Sol Stern, Peter W. Wood, *Common Core*: *Yea & Nay*, New York: Encounter Books, 2016; Diane Ravitch, *The Death and Life of the Great American School System*: *How Testing and Choice Are Undermining Education*, New York: Basic Books, 2011.

已有42个州和华盛顿特区采用了共标。其中一方面原因是联邦政府、教育界和商界的大力推动,并找来了盖茨基金会注入了一亿七千万美元的资金,另一方面的原因是共标和美国大学考试的紧密衔接。"共同核心州立标准计划"的起草人之一大卫·科尔曼大力推广新的教育标准,他后来接手美国大学理事会,力推美国大学考试(SAT)的改革,而改革的重点之一就是强调新SAT与美国本土的共标的相关性。因此,中小学课程的设计以及教材的选用都会围绕这个标准进行。新SAT的考试内容设计遵循了共标的标准,增强了学生所学与所考之间的联系。学习了符合共标标准的课程,学生就建立起了参加新SAT考试的素质模型。因此可以说,新SAT考试的母体就是共标,二者紧密相关。而另一项权威的美国高考(ACT)也与共标密切相关:ACT虽然出现远较SAT晚,但其权威性不断被大学认可并大有赶超之势。共标在制定过程中在相当程度上借鉴了ACT的理念和衡量标准。[①] ACT在测试学生的学业水平上取得了瞩目的成绩,因此共标在制定过程中很大程度上参考了ACT,而共标的起草人之一大卫·科尔曼随后执掌美国大学理事会,开始对SAT进行改革,在改革中大力强调与共标的衔接。这样一来,共标与全美最具权威性的两个美国入学考试都有了紧密的联系,这无疑对推广共标带来了相当大的助力。

共标的侧重点之一就是强调学生对信息文本的理解、分析和批判能力,这源于共标的目标——培养学生适应未来大学和工作环境。共标的目的之一就是为美国打造更多STEM领域,即科学

---

① ACT曾经声明:"ACT的初衷并非直接衡量学生对共标的掌握情况。但由于ACT的数据、实证研究和科目被共标借用来制定其标准,因此ACT的考试内容与共标的确存在相当的重合之处……共标在部分程度上是基于ACT关于'为大学和职业做准备'的研究数据(实际上,ACT的部分人员也是制定共标的人员)。"

(S)、技术(T)、工程(E)、数学(M)的人才,提升美国的技术实力和人才储备。① 共标对学生所阅读"信息文本"的比例提出了更高要求。它提出,为满足这一要求的变化,学生应显著增加"信息文本"中的"文学非虚构"类材料在阅读中所占的比例。什么样的阅读材料算是"文学非虚构"呢？共标提供的范围包括个人陈述,演讲,关于艺术、文学、生物的专业性强的文章,回忆录,传记,以及历史、科学、技术或经济学方面的作品。丽莎·尊希恩指出,共标的这一倾向基于如下假定:信息文本对学生的阅读理解能力以及未来在大学和工作场合中所需要的能力相比文学文本而言具有更好的培养作用,信息性课文的重要性要高于文学性课文。她认为这是不正确的。文学性课文在扩大词汇量以及对于将来的学业水平有着更大的贡献。②

共标对信息文本的倾斜带来的一个直接后果就是文学作品在美国中小学教材的比例大幅度降低(在高年级尤为明显),以及相应的图书市场上共标版课外读物的缺乏(尤其是文学名著)。这与中国的课标读物的情况几乎恰好相反。中国的语文课程在很大程度上是文学性课程,无论是课文内容的选编、教学大纲规定的知识和能力、课堂教学方法,还是配套的习题,都带有明显的文学赏析性质,并且这种对文学性的强调直接延伸到了课外阅读书目上。第六章提到,在不同长度的新课标课外阅读书目中,文学作品都占了绝对性比重,并且配套的习题也主要以文学性赏析为主。相应地,在中国的语文课程中,信息文本是第二位的。因此,中国的语文课程性质和新课标催生了市面上琳琅满目的新课标版文学读

---

① 参见杨光富:《奥巴马政府 STEM 教育改革述评》,《中小学管理》2014 年第 4 期,第 48—50 页。

② Lisa Zunshine, "The Secret Life of Fiction", p. 728.

物。儿童图书市场上绝大多数的文学名著都是新课标版,与新课标无关的版本很少。美国则恰好相反。共标对文学课程的轻视导致儿童图书市场上文学名著都是以普通儿童版的形式出现,如企鹅版、多佛版、瓢虫版等,但这些版本都没有声称与课程标准有关。由此可见,尽管本书研究的是同一部小说的学校版,但由于中美两国在母语课程和课程标准改革上的巨大差异,中美学校版从出版策划到具体改编都有着明显的不同。

第二节 副文本研究

最早关于副文本的论述出自热奈特,他将其定义为"使文本成为一本书的要素,从而将其推向读者和大众"。副文本是书的一部分,但并非是正文的一部分,这种边缘性的属性使其往往被文学评论家所忽视,但它在阅读过程中起着不可忽视的作用。热奈特说"它不是一个过渡区域,而是一个交易区域"。热奈特有意使用了两个拼写十分相似但意义相去甚远的词来强调副文本的重要地位,意即副文本在某种意义上实现着作者与读者之间的阅读合同和契约,它与读者进行协商,暗示读者应当如何去理解和评价文本中的情节和人物。副文本包括了各式各样的元素,例如序、跋、封面、封底,甚至是文本之外的或者非文本性的元素,如对作者的采访、花絮、DVD 包装盒,等等。热奈特的这一概念最早出现在 1982 年出版的《隐迹稿本》(*Palimpsestes*)一书中,随后在 1987 年的《界限》(*Seuils*)一书中得到进一步的发展。此后,该术语在叙事学界引起了巨大的反响,并很快扩散到包括出版研究、图书历史、媒介研究等更广泛的文学和文化研究圈。它对一直以来被人们所忽视的边缘性文本和非文本元素进行了发掘性的研究,向人们展现了一个崭新的阐释角度。但对副文本的研究进展并不顺利,目前的理论性研究和二十多年前相比并没有取得太大的进步,部分是因为该术语的定义过于宽广。副文本虽然和文本相对,但文本是一个比较单一的概念,界限比较清晰,而副文本包含的种类太杂,既包括序言、附录等紧附文本的文本型元素,又包括访谈、花絮、包装等疏离于文本的非文本性元素。过于宽广的外延意味着缺乏一个统一的内涵,这导致了研究比较散乱。为了厘清这种混乱现象,热奈特进一步将副文本分为书内副文本(peritext)和书外副文本(epitext),但这也未能有效地改变这一困境。相比理论研究的迟缓,近些年的应用研究在不断地发展。不少论文和专著分析了不同媒介、不同种类的副文本,大大丰富了副文本应用的实际范例。它们一般将研究对象限定在某种特定的副文本类型上,从而取得了局部性的进展。加州大学的艾伦·麦克拉肯教授在其研究 iPad 的副文本论文中声辩时指出:"本文无意于将这些新的副文本例子完美地填入热奈特所定下的副文本类型框架中,因为他的框架过于追求理论完美而不太考虑实际操作性。因此,倒不如将热奈特的模型作为分析的指导性原则。"

尽管如此,副文本的意义仍然不可忽视。近些年对其最重要的研究当属 *Neohelicon* 在 2010 年推出的副文本研究专刊,包括了研究不同文类和媒介的 21 篇副文本研究论文(其中甚至包括了一篇研究美国最高法院的论文),以及美国《叙事》期刊在 2013 年推出的副文本和数字叙事的专刊。

在阅读过程中,副文本起着标签的作用,这类似于博物馆陈列品下方的说明性标签,其作用在于帮助读者/观众"正确"理解作品。这里需要特别指出的是,即便是声称作者死亡了的福柯,在他为自己的《词与物——人类科学的考古学》所写的英文版序言中也说到,该序言可以视作使用说明性质的文字,希望读者能够正确理解他的意思。一方面,福柯指出,作品一旦完成,就不再属于作者。但另一方面他又担心自己的作品在读者那里被误解,违背了他的原意。因此,英文版的序言就起到了标签的作用,确保读者能够从正确的角度理解正文的内容。副文本实际上起着两种矛盾性的作用:它一方面为读者正确理解正文提供解释、说明和提示,另一方面,它的这一做法恰恰限制了读者在阐释正文时的多种可能性。这种"官方的""钦定的"阐释从作者、出版社、译者,或者是受邀写序的名人那里获得权威,从而形成一个"包裹"着作品的阐释框架。世界上从来没有"裸露"的作品,它一定处于某种包裹、包装之中,这种包裹、包装就是副文本。副文本也常常被揭露、怀疑,甚至是被有经验的读者或专家批判,但在教育读物中这一情况少有发生。这时读者更多地会选择与作者、编辑、改编者、译者站在同一阵营。一方面这与教育读物特殊的读者群体的心智水平和阅读经历有关,另一方面也与教育读物的教育功能有关。从这个意义讲,教育读物的副文本能够将副文本的标签功能发挥到最大。

对于童书来说,副文本占据着非常显眼的位置,很容易吸引读者的注意力。而且,正文的改编之处较为庞杂、分散,且更为隐蔽,而副文本并非来自原著,而是由改编者添加的,因此能更直接、方便地揭示改编者的改编宗旨、态度和其他考虑。拿起一本书的时候,读者最先接触到的是副文本而非正文,它们塑造了读者对于书本的第一印象,这一印象很容易伴随着阅读过程一直持续下去,并影响读者对于正文的阐释。对于课标读物这类教育类图书而言,副文本还有着特殊的意义:教育类图书大多数是为了提高成绩,其应试目的是由改编者添加的副文本部分来完成的,而不是由原作完成的。原作起的更多的是学习材料的作用。副文本包括了书末附带的习题、评析等内容,这部分内容往往是作为图书消费者的家长和孩子们在考虑是否购买图书时的重要依据。因此,在某种意义上,副文本抛开了原作而与读者直接沟通,它直接表明了改编者的意图。而且,当有同一原作的不同版本可供选择的时候,原作是同质化的,习题等副文本则具有相当的区分性,它对读者产生的印象直接影响其是否会被购买。

第三节 作为副文本的《鲁滨孙飘流记》习题

其实,由于教育传统不同,中国才是课标读物的大国,而美国由于共标推行很晚而且阻碍重重,因此图书市场上共标版文学名著很少,市面上唯一可见的是石拱公司(Stone Arc)于 2015 年出版的《鲁滨孙飘流记》。该书是一部图画小说,封面显著地标明了"根据共标编撰"(Common Core Aligned),表明了其共标版的身份(以下简称石拱版)。封底特别为习题部分出题人凯蒂·莫南博士做了宣传。莫南博士现为北佛罗里达大学研究读写能力的副教授,她是读写能力和图画小说的专家,出版过好几部专著。她的专著《教低龄读者阅读漫画和图画小说》封底的宣传性文字展示了她对于课程标准的研究:"莫南博士的基于课程标准的课程和策略让最小的儿童读者也能够学会阅读漫画和图画小说!本书中所使用的例子包括多文化模型以及推荐阅读书单。"[①]这句话体现出莫南博士对共标和推荐阅读书单的熟稔。

石拱版的书末习题分为两个部分。第一部分是"依据共标要

---

① Dr. Monnin, *Teaching Early Reader Comics and Graphic Novels*, Gainesville, FL: Maupin House Publisher, back cover, 2011.

求的阅读题",第二部分是"依据共标要求的写作题"。这些语句对于共标权威性的强调与中国新课标版对于新课标的强调如出一辙。第一部分的阅读题如下:

1. 在鲁滨孙登上那艘后来沉没的船之前他是做什么的?("仔细阅读,判断文本的字面意思,并试着从中得出推论:引用文本来证明你从文本中得出的结论。")

2. 描述最终摧毁了鲁滨孙的船的那场暴风雨,并描述鲁滨孙如何从中幸存了下来。("根据上下文解释相关字词的含义,确定它们的字面意思、专业意思和比喻义,并分析字词的选用如何传达了意思和语气。")

3. 鲁滨孙在荒岛上的那些年有了什么样的变化?举出他在外貌、性格和眼界上的五个例子。("分析小说情节的进展中人物、时间和想法如何发展并相互影响。")(第68页,引号和斜体为原文所有)

这些问题与中国的新课标版在关注点和切入角度上大相径庭。中国新课标版的习题往往将这部小说分成三个部分来进行提问,即上岛之前、岛上经历和离岛之后,鲁滨孙在荒岛上的经历是关注的重点,同时也是小说情节的中心和其他两个部分的情节纽带。而石拱版的提问方式则展现了另一种理解小说的角度,很明显,它将那场暴风雨作为了小说的中心,以此将小说分为暴风雨前、暴风雨事件和暴风雨之后。这种提问方式暗示学生以这样的结构方式来理解小说情节和人物,它削弱了鲁滨孙的违抗父命出海和之后在荒岛上苦难经历的神罚式的道德关联,而将关注的重点投向了鲁滨孙如何在暴风雨中幸存这一历险事件。这样一来降低了读者将主人公违抗父命出海与荒岛上的苦难生活联系在一起的阐释可能,意味着对小说的伦理解读的可能性减小了。不仅如此,这一暗示在紧随其后的括号内的提示中得到了增强。中国新课标版的习题提示大多以情节内容和主题思想为主,文学性更强,而美国石拱版的提示则是以文本细读和字词训练为主,体现出更强的方法论导向和文字训练导向。它要求读者不放过每一个词,并对词的掌握提出了具体要求,包括确定字面意思、挖掘隐含意思、做出推论、引证和得出结论这一整套的从微观到宏观的流程。这样一来,文字训练和文本细读成为石拱版出题的重点,这与共标提出的"阅读的第一原则是读者要能够从文本中得出推论"①的要求是一致的,而括号文本采用的斜体和引号这两种形式手段则进一步强调了读者在回答题目时要按照这一要求进行。此外,引号还带来了一种即时性和在场性,似乎其内容直接来自于课堂上老师的口头要求,从而进一步增强了题目和要求的权威性。

试比较中国的河北少年儿童出版社新课标版《鲁滨逊漂流记》(以下简称河北版)的习题:

1. 鲁滨逊的父母为什么不同意他出海?
2. 鲁滨逊从荒岛回来后变得一穷二白了吗?为什么?
3. 鲁滨逊在荒岛上主要靠什么生活?他是怎么做的?
4. 鲁滨逊是如何离开荒岛,回到英国的?

河北版的习题设计体现出语文教学中明显的道德教育倾向。第一

---

① Rachel L. Wadham and Jonathan W. Ostenson, *Integrating Young Adult Literature Through the Common Core Standards*, Santa Barbara, CA: Libraries, 2013, p. 195.

个问题涉及鲁滨孙(河北版中为"鲁滨逊")与父母之间的矛盾。需要特别注意的是,尽管小说的主人公和叙述者都是鲁滨孙,但是第一题却是以鲁滨孙父母作为主语来提问的,这与其他三个问题都以鲁滨孙为主语进行提问有着很大的不同。从内容上讲,它完全可以改成"鲁滨孙为什么不顾父母的反对而出海?"。字面意思虽然一样,但角度和重点却完全不同。以鲁滨孙的父母作为主语进行提问,微妙地传达了出题人/改编者站在鲁滨孙父母的立场。不管怎样,违背父母的意愿是不对的,这表达了出题人对这件事情的态度。此外,如果以鲁滨孙作为句子的主语,不可避免地需要考虑用哪个动词作为谓语与宾语"父母的反对"搭配,例如"不顾""违背",等等,但这些词都不可避免地含有否定之意,不可能找到一个褒义的动词同时又能恰当地和后面的"父母的反对"搭配。简言之,无论怎么选词,以鲁滨孙作为问句的主语不可避免地会将其置于一个明显的被否定和批判的地位,这与新课标版一般将鲁滨孙作为英雄式主人公的改编做法相矛盾。因此,以鲁滨孙父母作为句子主语能够在表明对此事的否定态度和维护主人公英雄形象之间尽可能做出妥协。第二个问题则涉及《鲁滨逊漂流记》改编中的另一个道德问题——金钱崇拜,这在小说的结尾部分尤为明显。金钱崇拜在本书前三章已有详述。它无疑是中国的新课标版需要尽力避免和改正的,这也是第二个问题出现的原因,但出于对原著忠实的原则又不能完全改变情节。笛福原作的结尾有24页,其中与家庭有关的文字只有两段。河北版则将结尾缩短至3页,并大幅度提高了与家庭相关的文字比例,且将对一系列以挣钱为目的的商业活动的描述弱化了。不仅如此,河北版还在具体的文字表述上下了不少功夫。原作中当鲁滨孙听说自己的巴西种植园还在的消息之后高兴地晕了过去:"Nay after that, I continu'd very ill, and was so some Hours, 'till a Physician being sent for, and something of the real Cause of my Illness being known, he order'd me to be let Blood; after which, I had Relief, and grew well."①河北版将其改成了:"突如其来的信息使我失去了理性,后来我请医生为我放了点儿血,才渐渐恢复过来。"(第129页)"失去了理性"轻而易举地让文本对鲁滨孙的欣喜之情带上了一丝批评的意味,从而表明了改编者对于过度沉迷于金钱的批判态度。河北版的四个问题中前两个都与道德寓意有关,表明了其改编的道德教育倾向。这与石拱版削弱从道德角度阐释文本的努力恰好相反。

石拱版的第三个问题则走出了对文本局部细节的关注,转为要求读者对宏观意思进行把握。但这一阅读理解要求也和前两个问题一样是分步骤进行的,不是一蹴而就的。它的问题排序从最具体的外貌方面开始,进而是性格,最后上升到对鲁滨孙的眼界/世界观的把握。莫南博士设计的这些题目尽可能地保持了中立的价值观,因此,这里虽然对鲁滨孙的价值观和世界观进行了提问,但提问的措辞却并不表露任何肯定或者否定的态度。

第二部分的写作题同样包含三个问题:

1. 一个人在荒岛上应当如何求生?借助多种资源(因特网、图书馆,或是老师),写出你在荒岛上应当如何求生。("从各种文本和电子资源中查找相关资料,评价每种资源的可靠程度,将你所查到的资源应用到你的回答中,并注意避免抄袭。")

2. 如果你和星期五是朋友,被困在本书中的这个荒岛上,

---

① Daniel Defoe, *Robinson Crusoe*, Oxford World's Classics, p. 239.

请写出你们俩在岛上会有什么样的活动。("从文学作品或是事实性文字中寻找证据来支撑你的分析、思考和研究。")

3. 你认为鲁滨孙在岛上最大的挑战是什么？用几段话说明一下。("写下真实或是想象的叙事文字，要使用有效的修辞方法，要有精心安排的细节和情节结构。")(第69页)

这些问题与第一部分的阅读题在能力和重点上又有所不同。阅读题完全是基于文本分析的，强调的是信息的获取、文本证据支撑和逻辑推断。而写作题则要求读者运用他们的想象力，不必一定拘泥于小说的情节内容。第一题是关于荒岛上的求生技能的，第二题关于如何打发荒岛上孤独的时间就给了读者更大的想象空间，第三题则要求读者从具体到抽象进行总结和概括。

总体来说，石拱版的阅读题强调分析能力，写作题则强调对各种资源的查找运用能力、想象性写作以及对写作结构的安排。这两个部分契合了共标关于阅读和写作的要求，主要关注点在于培养语言技能，而对道德教育不太关注。石拱版没有像中国的新课标版那样明显的对主人公的英雄化改编，也没有暗示读者应该从主人公身上学习什么。

共标版的习题设计反映了共标的理念。与中国的语文新课标对道德教育、主题思想和修辞手法的教学强调所不同的是，美国的共标的关注点更多是在语言层面：

1. 分析文本的字面意思以及从中得出的推论，并引用文本证据来支撑你的分析。

2. 分析文本的中心思想并解释它是如何通过细节来完成的；对文本内容进行总结，但要避免个人的主观判断。

3. 描述小说或者戏剧的情节是如何在一系列的事件中逐渐展开的,以及随着情节走向结局的同时人物如何做出回应或是发生转变。①

共标体现的是分析性的阅读方式,这一亚里士多德式的对文本的结构性阐释方式在共标各年级的要求中多次出现,例如对二年级的要求是"理解文本中的人物、情景设定和情节"②,对三年级的要求是"比较同一作家关于同一人物或相似人物的不同小说中的主题、情景设定和情节的异同"③,以及六、七、八年级的要求。相比之下,中国的小学语文新课标把重点放在修辞手法、意象、人物性格、价值观上。美国的共标是一种步骤性的要求,它对于阅读的整套流程,从读者接触单个字词到最后完成对全文的主题概括,每一步骤都提出了具体要求,可以说是一种形成性的指南,强调阅读的方法性和步骤性。中国的小学语文新课标则更注重阅读的结果,它不关注阅读的过程和步骤是如何完成的,而是对阅读理解的重点内容提出要求,而且它的教学重点带有文学性的倾向,关注修辞手法、意境和美感。单就阅读训练的要求而论,美国的共标设计得更具可操作性和可考察性,在这点上中国的新课标还有进一步提高的空间。

对课程标准设计的这些区别的讨论不能止步于仅仅列举上述不同要求及其体现出的不同指导原则和倾向,我们应该更进一步探寻形成不同课程标准的深层原因。笔者认为,虽然是教育领域

---

① "Common Core State Standards Initiative", *English Language Art Standards* (http://www.corestandards.org/ELA-Literacy [accessed 16 July 2016]), p. 36.
② "CCSSI", *English Language Art Standards*, p. 11.
③ Ibid., p. 12.

的课程标准,但它实际上深受中美两国文学审美传统的影响。语文课程,拆开为"语"和"文"。"语"指语言,而"文"非"文字",应为"文章"和"文学"之意。我国的语文教学带有强烈的文学教学性质。从语文课本选录的课文性质来看,也是以四大文学体裁为主,即小说、诗歌、戏剧、散文,实际上,戏剧由于长度和其他原因篇数很少,所以语文课文最多的是散文、诗歌、小说,依次递减。在课堂实践中,散文和诗歌的教学十分强调对于意境的赏析,小说则强调对于人物性格和主题的理解。所谓的信息性文本(informational text)在我国语文课本中很少,而在美国课本中十分常见,以加州四年级麦格劳-希尔公司出版的 Treasures 系列教材为例,包括历史文本、杂志文章、非虚构文本、历书、电子百科全书、书信、在线文章、新闻、说明,等等,这反映了美国共标对于信息性文本的高度重视。中国的文学传统是文以载道,文章并非以自身为最终目的,而只是表达意义的工具。因此,语文教学虽然选录了大量的文学性作品作为课文,但最终的教育指向是文章的"道",即文章背后的道理、思想、世界观,这也说明了为何新课标版读物的习题常就作品的中心思想或者主人公身上的可贵品质来提问,这正契合了新课标对于语文课程的首要目的的要求,即对学生进行道德、思想和世界观的教育。另外一个社会性原因就是编撰此类读物的编辑和改编者都是中文系毕业,受到过良好的中国文学的专业训练,因此文学性和文学的功能性也就自然地延伸进了新课标读物中。而美国这类图书的编辑往往在大学受到的是教育学和读写能力教学的专业训练而非英语文学专业出身,他们对于教学法和课程标准非常熟稔,自然能够更好地贯彻共标对语言能力培养的强调,而他们编撰的图书也自然在侧重点上与中国同类图书有所不同。

美国共标对分析性阅读、结构性和方法性的强调可以说是来自于亚里士多德派对于文学形式的强调和新批评的传统。新批评将文学作品视为自给自足的个体，提倡从语言层面对其进行细读，把握字、词、句和字里行间的意思，分析作品的矛盾、反讽等方面，这与共标对语言训练的强调十分契合。尽管新批评对于当今的文学批评界来说早已过时，但新批评对语言分析的侧重和细读传统的影响却远远超越了它作为文学批评流派的影响范围。蕾切尔·沃德姆和乔纳森·厄斯滕森在《在共同核心标准中融入青少年文学》一书中也指出，共标的设计者明显接受了新批评对于形式分析的强调。①共标的原则理念在很大程度上是新批评式的，而且新批评对于字词能力和运用语言能力的强调也十分有利于共标实现其为将来大学学业和工作培养学生能力的务实目标。

综上所述，习题作为一种特殊的副文本几乎为教育类图书所特有。它因课程标准和要求而生，在这个独特的文本领域，改编者/出题人与读者的关系更多的是强调认可其权威性而非鼓励创造性阅读。作为副文本的习题鲜明地传递了出版商和改编者等人的改编态度和策略。它正是以这种方式将自身和文本并置在一起成为整本书的一部分，从而完成了该书的教育功能。

---

① Rachel L. Wadham, and Jonathan W. Ostenson, *Integrating Young Adult Literature Through the Common Core Standards*, p. 21.

第五章　认知叙事学视域下的儿童文学改编

儿童文学研究的蓬勃发展充分吸收了文学研究乃至其他领域的研究方法和视角,因此在社会科学和人文科学大行其道的认知研究自然也是其积极借鉴的对象。本章采用尊希恩提出的以思维理论为切入点的认知叙事学,对儿童文学改编进行了探讨性分析。近年来,在儿童文学类的国际 A&HCI 检索的期刊中,也开始有一些采用了这一研究方法的论文,例如罗伯塔·西尔弗的《表征青春期恐惧:思维理论与幻想小说》[1],以及艾丽斯·扎伊拉的《意识的图景:〈亲爱的朱诺〉和〈查托和晚会动物们〉的思维理论解读》等[2]。

---

[1] Roberta Silva, "Representing Adolescent Fears: Theory of Mind and Fantasy Fiction", *International Research in Children's Literature* 6.2 (2013): 161—175.

[2] Alicea Z. R., and J. T. Lysaker, "Landscapes of Consciousness: Reading Theory of Mind in *Dear Juno* and *Chato and the Party Animals*", *Childrens Literature in Education* 48.3 (2017): 262—275.

第一节　尊希恩的认知叙事学

认知叙事学是后经典叙事学的重要分支。经典叙事学在发展成为后经典叙事学的过程中,充分吸收了其他学科和研究领域的理论资源,进而发展出女性主义叙事学、认知叙事学、修辞叙事学等分支。其共同特点是将经典叙事学的共同性、规则性术语与各种文学批评语境、社会语境和阅读语境等结合起来,从而使叙事学获得了更加强大的生命力。认知叙事学是叙事学借鉴了认知科学的最新成果发展出来的分支,其基本理论路径是研究经典叙事学的各种要素在认知视角下的新阐释、功能以及机制。但由于认知科学本来就是一个集合式概念,包含了许多异质性内容,出发点和研究兴趣迥异,因此认知叙事学也存在不同的流派,它们的差异不在于对相同的问题有着不同的观点,而是在根本上就研究不同的问题。在这个意义上,尊希恩以思维理论为出发点,她从事的认知叙事学研究受到学者们的广泛关注。她最重要的专著是2006年出版的《为什么我们要读小说?》(*Why We Read Fiction*)。根据"谷歌学术"的统计,至今已引用超过1200次。此外,她在《叙事》《文体》《实质》《美国语言学会会刊》等重要期刊上也频频发文,这充分说明了其学术影响力,以及以思维理论为出发点的认知叙事学的良好应用前景。

思维理论(Theory of Mind,经常缩写为 ToM),又称为"读心"(mind-reading),有时也称为他感(即对他人想法的感知),认知心理学家用其描述我们将他人的行为解释为对应的想法、感情、信念、欲望等思维活动的行为。①举个例子,当我们看见身边的人伸出手去拿杯子,我们脑中立刻浮现的想法是他一定渴了,想喝水。从看见他人的外部行为(伸手拿杯子)到解释为口渴,就是大脑思维理论机制的活动结果。由于人类只可能知道自己内心想法而不可直接获知他人的内心想法,因此存在个体之间交流的必要。但我们也不可能将内心中的所有想法一无巨细地都通过语言形式传递给他人,且这样做效率太过低下。而且语言交流仍然是一个效率相当低下的方式。它需要花费数秒甚至几十秒才能传达一个信息,而我们的思维理论活动是大脑皮层的一个特殊区域,其反应可以在几十毫秒到上百毫秒之内完成。但这一看似毫不费力且极其自然的念头浮现并非像我们想象的那样自然、简单。上例中,我们所看到的其实只是别人伸手拿杯子这个动作,在捕获这一视觉信息之后我们几乎是在同一时间展开了对其进行内部解释的活动,分析其主观原因,那就是他应该口渴了。这一从外部动作观察到对大脑中的动机阐释分析就是所谓的思维理论,它是人类得以社交的前提:正是因为有了他感的能力,我们得以揣摩他人的想法,据此调节自身的行为,以达到与他人进行人际交往的目的。例如,我们在与他人交谈时,总是持续关注他们的面部表情。如果突然发现了一个皱眉的动作,我们很快会揣测,别人是否对自己有意见,或者是对自己所说的内容有什么不满。如果某人丧失了这一机能,将严重影响他与其他人交往的能力。自闭症的患者的读心行为往往都受到了损害,导致他们无法与其他人正常交流。②

---

① Lisa Zunshine, "Theory of Mind and Experimental Representations of Fictional Consciousness", *Narrative* 11.3 (2003): 271.

② Lisa Zunshine, *Why We Read Fiction: Theory of Mind and the Novel*, Columbus: Ohio State University Press, 2006, p. 276.

认知进化心理学家认为,思维理论这一大脑活动机制大概与发生在更新世(180万到1万年前)的大规模神经认知进化是同步的。这一进化是原始人类为了适应群居生活而产生的。正是得益于读心活动的帮助,原始人类得以更好地在个体之间进行大规模、深度的交流。我们的神经回路对于我们人类同胞的存在、行为和感情流露特别敏感。①思维理论研究的是我们对于其他人的思维的感知和处理。尊希恩指出,思维理论对于文学研究的第一个意义就是它使文学成为可能。我们之所以能够将印刷于纸张之上的文字转变为文学,正是得益于我们能够赋予人物以想法、情感和欲望,并积极从文本中寻找线索对人物的下一步行为进行预测。文学作品正是利用了这一点来唤起读者的阅读欲望。思维理论是一个特别活跃的大脑活动机制,它并不区分自己的运作对象是真实的社会人物还是虚拟的小说人物,都同样认真处理对待。正因为如此,阅读小说能够很好满足并训练我们的读心机能,强化我们的读心能力,让我们在社会交往中更加游刃有余。②简言之,尊希恩认为,阅读小说有着很丰厚的认知回报:它刺激并发展了我们的想象能力,使我们得以尝试通过他人的视角看世界。③

对他人内心活动的揣测是思维理论的基本活动方式,而尊希恩对思维理论在文学研究中的运用则是以高层思维理论为基础,也就是思维理论的嵌套形式,可以方便地简化为"我知道你知道我知道"这一基本句型,这也被称之为认知嵌套(nested mental states,或 multi-layered mental states),乔治·布特则将其称为"深

---

① Lisa Zunshine, *Why We Read Fiction: Theory of Mind and the Novel*, p. 277.
② Ibid., p. 10.
③ Ibid., 15.

层主体间性"(deep intersubjectivity)①,尊希恩2012年起开始将其称为"社会认知复杂性"(sociocognitive complexity)②,其实指的都是同一类现象。它由基本的思维理论模式发展而来,体现了人物间复杂的认知活动和状态,映射出主体在他人心目中的返照,并以此为主体提供反馈信息,调整与其他人继续沟通交往的方式。尊希恩的研究起点是三层认知嵌套。她在2007年的论文《为何奥斯丁与众不同?以及为何我们需要认知科学来了解这一点》中提出,奥斯丁是文学史上划时代的作家:在她之前,小说中的认知嵌套基本上是两层,而她是第一位持续使用三层甚至更高层认知嵌套的作家,奥斯丁经常让一位小说人物感知另一位小说人物对他/她(或第三位人物)的想法的感知。③尊希恩借用了布特的观点,探讨认知角度如何让我们能够更好地理解虚构叙事作品与我们的认知适应能力之间的关系,具体来说,就是作家如何在特定的社会文化语境中,尝试新的写作技巧来不断地挑战当时的阅读认知习惯,并最终带来读者的阅读认知习惯的改变和进化。在奥斯丁之前,作家和读者都习惯于两层认知嵌套;而在奥斯丁持续使用这一技巧之后,从19世纪开始,三层认知嵌套成为小说作品中的常态。④但仅仅数出笛福或奥斯丁的小说叙事中存在多少层认知嵌套并非尊希恩的论点指向,而只是一个起点。她真正感兴趣的是,文学史上是否存在小说的认知嵌套层数在整体上增加了一层的时期,并且

---

① George Butte, *I Know That You Know That I Know: Narrating Subjects from Moll Flanders to Marnie*, Columbus: Ohio State University Press, 2004, p. 33.

② 参见 Lisa Zunshine, "Sociocognitive Complexity", *Novel-a Forum on Fiction*, 45.1 (2012): 13—18.

③ Lisa Zunshine, "Why Jane Austen Was Different, and Why We May Need Cognitive Science to See It", *Style* 41.3 (2007): 280.

④ Ibid.

读者能够接受这一认知文体风格的过渡。这背后应该有相应的社会文化原因,包括印刷出版、作家个人生平际遇、愿意尝试新文体风格的读者,等等。①

那么,"我知道你知道我知道"这样看似拗口的多层认知嵌套模式对文学研究来说到底有何意义？尊希恩认为,这与思维理论视野下人们阅读小说的动机有关。既然思维理论是人类社交活动的前提和基础,对其的锻炼无疑有利于提高社交能力,而思维理论又不区分真实的社会运用场景和小说虚拟场景,那么阅读小说也同样可以锻炼人们的思维理论能力。换言之,阅读小说实际上为人们提供了一种训练思维理论的虚拟场所,帮助他们提高社交能力。②照此来看,思维理论的训练越强,小说的阅读快感应该也越大。所以,作为作家应该不断提高小说文本对读者思维理论的训练,而达成这一目的的方案之一就是认知状态叠加,即在一幕场景已经充分描写完毕的基础上,再叠加一层认知状态,从而创造一个具备更高认知嵌套的视角。基于此,尊希恩提出,所谓整个叙事文本的观点,实际上可以认为是具备最高认知嵌套能力的思想主体的观点。在这个意义上,一个人物逐渐成长为小说主角的过程,其实就是不断地与整个叙事文本的观点融合的过程,也就是他的思维理论不断发展的过程。叙事学认为,叙事文本的视角以及观点实际上就是隐含作者的视角及观点。而尊希恩提供了一个更具技术性的方式来考察隐含作者。她所说的最高认知嵌套能力的主体,实际上就是隐含作者。

---

① Lisa Zunshine, "Why Jane Austen Was Different, and Why We May Need Cognitive Science to See It", *Style* 41.3 (2007): 280.

② Lisa Zunshine, "Mind Plus: Sociocognitive Pleasures of Jane Austen's Novels", *Studies in the Literary Imagination* 42.2 (2009): 111.

在随后的一系列论文中,尊希恩继续阐发了以思维理论为理论资源的认知叙事学的主要观点:高层认知嵌套与人物的情感状态有着密切的关系①;认知嵌套层数也是区分不同文类的标志,小说、科学文本、新闻报道有着不同的认知嵌套层数基准②;高层认知嵌套也是通俗文学和严肃文学的区分标志③;具备高层认知嵌套的文学作品对于读者的词汇发展和阅读理解能力大有裨益④;不同人物的不同的认知嵌套能力是小说意识形态话语和阶级构建的重要手段⑤。

第二节 《傲慢与偏见》的儿童版改编

2.1 《傲慢与偏见》中的三层认知嵌套模式及其叙述功能

国内对奥斯丁的主题研究几乎可以用金钱和婚姻这两个关键词概括,而国外的研究基调也相去不远,似乎对其小说的主题已经达成共识。但笔者认为,如果从认知叙事学的角度来重新审视,这部作品还深度凸显了另一个极少被探讨的主题——理解与误解。尽管误解一词并不新鲜,它与小说标题中的"误解"似乎同义,偏见

---

① Lisa Zunshine, "What to Expect When You Pick UP a Graphic Novel", *Sub-Stance* 40.1 (2011): 126.
② Lisa Zunshine, "Approaching Cao Xueqin's The Story of the Stone (*Honglou Meng* 红楼梦) from a Cognitive Perspective", *The Oxford Handbook of Cognitive Literary Studies*, Oxford: Oxford University Press, 2015, p. 178.
③ Ibid, p. 186.
④ 丽萨·詹塞恩:《虚构作品的秘密生活》,《广东外语外贸大学学报》2016 年第 4 期,第 7 页。
⑤ Lisa Zunshine, "Bakhtin, Theory of Mind, and Pedagogy: Cognitive Construction of Social Class", *Eighteenth-Century Fiction* 30.1 (2017): 116—119.

带来误解应是再寻常不过的,但这些解读往往是仅仅从情节出发,较为浅显;实际上,理解与误解是小说的一个全局性主题。

以小说开头为例:

> It is a truth universally acknowledged, that a single man in possession of a good fortune, must be in want of a wife.
>
> However little known the feelings or views of such a man may be on his first entering a neighborhood, this truth is so well fixed in the minds of the surrounding families, that he is considered as the rightful property of some one or other of their daughters. (3)①

从句子的信息主体来看,这两段谈到了两组人,钻石王老五(达西先生)和邻居们。第一段的名言初次提到了单身有钱的男子,第二段由此过渡到他的邻居们。然而,正如第二段被逗号隔开的两个分句一样,达西和他的邻居们也同样有着一条理解上的分割符:第一个分句表明达西的内心想法无人得知(实际上奥斯丁也乐于将他内心的真实想法尽可能藏得久一点,而把对人物内心活动的揭露都放在贝内特先生一家),反正邻居们的主意是已经打定了要把女儿嫁给他。双方内心想法的对比在这里表现得十分对称而强烈:一边是新来的单身有钱人,但奥斯丁用"However little known"的倒装强调了达西本人的想法并不重要,也难以得知;而邻居们的想法则是表露无遗。从认知叙事学的角度来看,这里叙事

---

① 对该小说的英文引用均来自 Jane Austen, *Pride and Prejudice*, Ed. Donald Gray, New York: W. W. Norton, 2001,中文引用来自奥斯丁:《傲慢与偏见》,张玲、张扬译,北京:人民文学出版社,1993年。

聚焦的邻居们的认知停留在一层认知上,即"我打算把女儿嫁给他",而对这个单身有钱男子的想法缺乏了解的兴趣。可以说,误解在小说的开篇之初就已潜伏下来。

开篇的这一组认知对比很快也出现在贝内特先生和他太太身上。夫妻俩一起生活多年,贝内特太太乐于向丈夫唠叨,这是她生活乐趣的一部分,她对于贝内特先生的反应总有自己的一套说辞。而贝内特先生看透了粗浅的贝内特太太,对与妻子交流兴趣寥寥,因为后者那可怜的理解能力实在不是骨子里喜欢讽刺和幽默的贝内特先生的对手。叙述者并没有将贝内特先生和太太的这种沟通困境直截了当地告诉读者,而是在他们的对话中不着痕迹地刻画出来:

> Mr. Bennet replied that he had not.
> ...
> Mr. Bennet made no answer.
> ...
> "You want to tell me, and I have no objection to hearing it."
> This was invitation enough. (3)

显而易见,当贝内特太太兴致勃勃地对他说起新来的单身汉时,贝内特先生连说话的兴致都没有,"不反对"(no objection)这一双重否定更是刻画出他实在被太太的喋喋不休弄得心烦之后的习惯性妥协。不仅如此,贝内特先生对家里的其他人的智力水平和理解能力也并不看好,她说自己的女儿们是"无知的丫头们"(ignorant girls)(4),言语中显示出一种居高临下的智力优越感。叙述者在第一章结尾的评论中也确认了这一点,说他"刁钻古怪,善于谐谑,又能不露声色,还好突发奇想,简直是集敏捷机智于一身了"(3)。这一系列用词大有讲究,最重要的是"敏捷机智",指出了他的思维和理解能力出众。也许正是如此,他说宾利先生可以随便娶他看中的任何一个女儿,但他要特别为伊丽莎白说些好话,因为伊丽莎白"比她那几个姐妹还有点儿伶俐劲儿"(3)。英文原著中叙述者有意对父亲和伊丽莎白用了同一个词"quick"来表示两者的共同之处,①实际上肯定了在这一家人中只有贝内特先生和伊丽莎白的理解力在同一水平,其他人都被划到了另一组。这两组人由于理解能力不同而存在不同程度的交流障碍。从思维理论的角度来看,贝内特先生的认知嵌套能力处于最高层,他能够读懂其他人的想法,而贝内特太太则处于较低的能力层,因此她总是不能理解丈夫的想法,而只能生活在对自己的想法的自我感知的层次,她的话语也总是静态地停留在对自我想法的嵌套中。例如,当贝内特先生不断挑逗她,装作对女儿的婚事毫不关心时,她十分烦躁地说:"我亲爱的贝内特先生,你怎么这么烦人!你要知道,我这是在琢磨着他会娶她们中的哪一个呢。"(My dear Mr. Bennet, how can you be so tiresome! You must know that I am thinking of his marrying one of them.)(3)用思维理论来转述就是:你应该知道我正在想他要愿意娶咱们的哪一个女儿。这样的三层认知嵌套在贝内特太太的身上可以说极为少见,然而,这一处又与其他人物的三层认知嵌套有一个明显的不同。它的最上层是"你应该知道",这是贝内特太太心声的反映,恰恰说明了她不愿意去了解丈夫内心是怎么想的,而是认为丈夫应该知道自己是怎么想的。它不是多层认知嵌

---

① 汉语未能完全体现出这层匠心,分别译为"敏捷机智"和"伶俐"。

套所常见的递归式地揣摩他人心中想法,而是拒绝了如此"复杂"的交流方式,执著于人物自己的想法。说到底,即便表面上采用了三层认知嵌套的话语形式,贝内特太太也仍然停留在两层甚至一层的认知嵌套上,没有能力也没有兴趣与丈夫进行更深层次的交流。既然贝内特太太总是自顾自地言语,难怪贝内特先生在之前说"既是你想告诉我,我岂能不洗耳恭听"(1)。贝内特太太不仅自己不愿意去理解先生的想法,而且还抱怨先生不能理解自己的苦闷:"你不知道我受的这份罪哟"(3)。这一来一回更加勾勒出贝内特太太生活在自己的思想世界里,无法走出来和其他人形成更深层次的交流。从某种意义上来说,这很类似于尊希恩所提到的丧失思维理论能力的人往往患有自闭症的例子。贝内特太太就是一个封闭在自己的想法世界的人,充满偏见,固执,眼界狭窄。第一章末尾叙述者说贝内特太太"遇事不能称心如意的时候,就自以为是神经有毛病"(3),所用的"自以为"(fancy)一词就生动地表达出她生活在自己的想象中这一事实。其实,这一特点也并非是贝内特太太所特有,而是这个小地方的群体特点。夫妻俩的对话与小说开篇第二段对新来的达西和邻居们的对比形成了生动的呼应,两者的相似之处在于其中的一方不管另一方怎么想,都自顾自地停留在自身的想法中,缺乏深层次的交流和互动。奥斯丁于寥寥几笔中传神地描绘出小地方人的固执和偏见,开篇之初就呼应了小说的标题"傲慢与偏见"。所谓偏见,即不顾他人的想法而固执己见,其实从思维理论的角度来看,也可能是缺乏能力/意愿去揣摩对方的想法,缺乏多层的认知嵌套,从而停留在较低层次的认知和社交能力上。

相反,贝内特先生看到了这些,并怀有一种对智力和理解能力低下的哀叹,因此他称自己的女儿都是"又蠢又笨,跟别的女孩儿一样"(3),却偏爱伊丽莎白,因为她相对而言更聪明一些。这点(他认为)和自己相似,都是同类人。而另一类人则是贝内特太太这样的人。当贝内特太太抱怨丈夫总是让她生气,不体贴她的时候,贝内特先生回答道:"你错怪我了,亲爱的。"(3)这里的误会不仅仅是对这一句话的回应,更是对双方共同生活了二十多年的思想生活的概括,也就是第一章末尾叙述者点明的,这么多年时间也没能让妻子摸清楚丈夫性格的底细。"误解"一词的意义超越了上下文的对话和第一章的语境,成为预示着全文主题的关键词:人物如何理解或误解对方。

2.2 企鹅分级版《傲慢与偏见》的改编

企鹅分级版是国际教育巨头培生集团旗下的企鹅出版公司出版的分级读物,旨在通过改编和简化的方式提供充满乐趣的阅读。该版本的《傲慢与偏见》出版于1999年,改编者为伊夫琳·阿特伍德,是五级读物。①

在本章讨论的儿童版中,企鹅分级版是最忠实于原著的一版,这体现在:1)虽然这些儿童版从整体情节上都对原著进行了相当的删减,最终往往都在一百页上下,但从局部文本细节来看,企鹅分级版对原著的改动是最小的,是最能体现奥斯丁写作风格的版本;2)企鹅分级版的改动主要体现在对原著中较难的词汇的替换,但从文体学角度和认知叙事学角度来看,它基本上保留了原著的风貌,没有做大的改动。原著中的一般用词习惯、句法风格、多层认知嵌套,以及较长的从句嵌套等都得到了保留。

---

① 企鹅世界名著分级版将读者群体分为"入门者"+六个级别,其中五级的词汇量是2300个单词。

企鹅分级版对原著进行改动的词汇基本上是用法和意义过于老旧或者较难的词汇，替换后的词汇都是现代英语或者较简单词汇，如："universally"→"generally"，"let"→"rented"，"delighted"→"pleased"，"tiresome"→"annoying"，"design"→"intention"，"occasion"→"reason"，"consent"→"agreement"，"ignorant"→"empty-headed"，"quick"→"intelligent"，"vex"→"annoying"，"in want of"→"in search of"，等等。

值得注意的是，企鹅分级版基本上保留了第一章第二段第一句，仅仅略加改动，而其他版本都删除了这一句："正是因为这个真情实理家喻户晓深入人心，这种人一搬到什么地方，尽管他的感觉见解如何街坊四邻毫不了解，他就被人当成了自己这个或那个女儿一笔应得的财产。"（As soon as such a man moves into a neighbourhood, each of the families that live there will, without any inquiry as to his own feelings on the subject, immediately consider him the rightful property of their daughters.）(1)

试对比原著："However little known the feelings or views of such a man may be on his first entering a neighborhood, this truth is so well fixed in the minds of the surrounding families, that he is considered as the rightful property of some one or other of their daughters."(3)

如上文所述，原著中逗号分开了两组人，一边是新来的有钱单身汉达西，另一边是邻居们，他们之间缺乏沟通。"However little known"和"he is considered"从两边分别突出了交流的缺乏和固执己见。企鹅分级版为了降低阅读难度，对句子的顺序进行了一定的调整，但保留了这一组对比，尽管这是以相对直截了当的方式来传达的："without any inquiry as to his own feelings on the subject"。如此将两者联系了起来,而不像原文那样彻底被逗号分隔成孤立的两个阵营。此外,即便是经过了调整,企鹅版的这一句也尽可能地接近了原著,因而仍然比其他儿童版要难。

类似地,企鹅分级版也保留了贝内特夫人的三层认知嵌套的句子:"You must know that I am thinking of his marrying one of them"。

2.3 卡里克版《傲慢与偏见》的改编

卡里克版(Calico illustrated edition)由总部位于美国明尼苏达的 ABDO 出版社的子公司魔法马车出版,ABDO 公司是一家专门从事从幼儿园到高中的教育图书的出版社,而本书讨论的这一版本是"卡里克世界名著插图版系列"中的一部,由简·菲尔茨改编,埃里克·斯科特·费希尔配图,2012 年出版。

卡里克版对原著进行了大刀阔斧的改编,它对原著的删减比较明显,对较难理解的句子进行了改写,另外还添加了不少语句,向读者介绍了一些与情节相关的 18 世纪英国习俗,而且对不少词语也进行了改动。

最明显的删减体现在小说开篇贝内特太太的开场白。原著中她先是抛出了内瑟菲德庄园最终被租出去了这一新闻,希望能够引起丈夫的注意,可惜丈夫对她的话头没什么反应,她只好自顾自地往下接着说,租下这一庄园的正好是一个有钱的单身汉,是嫁女儿最好的目标。此时贝内特先生仍然(故意)没有领会过来。这让贝内特太太倍感无趣。也许是考虑到这种比较绕圈子的开场白的内在逻辑难以被儿童读者抓住,卡里克版砍掉了前面的绕圈子,让贝内特太太直接切入主题:

卡里克版："You <u>must</u> visit Netherfield Park to meet Mr. Bingley," Mrs. Bennet announced to her husband. "He must <u>marry</u> one of our girls."(4)（下画线为笔者所加，下同）

原著："My dear Mr. Bennet," said his lady to him one day, "have you heard that Netherfield Park is let at last?"

……

"Design! Nonsense, how can you talk so! But it is very likely that he <u>may</u> fall in love with one of them, and therefore you <u>must</u> visit him as soon as he comes."(3)

首先，卡里克版中贝内特太太也不绕弯子了，去掉了有人租下来内瑟菲德庄园这个话头，开口就是命令式语气让丈夫去拜访这个新来的有钱单身汉，连续两个"must"情态动词表明了她对此事的看重和坚定，同时也刻画出她对丈夫颐指气使的态度。其次，情态动词有了变化。原著中贝内特太太还是比较客观地说达西说不定会喜欢上自己的女儿，而改编版中则改成了坚定的语气词"must"，更加自以为是，更加可笑。最后，话语的逻辑顺序发生了重要变化。原著中贝内特太太的第一句话是回应贝内特先生的嘲讽，说这个单身汉来这儿的目的就是为了娶他们的女儿，贝内特太太的语气随之一转，说这也不是不可能啊，说不定就看重哪一个女儿了呢，于是要求丈夫"一定"要去拜访他，好制造机会。这里从不定语气的单身汉可能看上女儿这个话题，自然地过渡到推导的结果：为了让他看上自己的女儿，丈夫一定要去拜访这个单身汉。贝内特太太虽然一心扑在女儿的婚事上，但话语仍然很有逻辑，看法也还客观，而改编版改变了语序，把命令丈夫拜访单身汉放在前面，接着说这个单身汉必须得娶自己的女儿，显得她十分可笑，想法幼稚，颐指气使。原著中本应在此之前的贝内特先生对单身汉来这里的目的的嘲讽也推迟到了这句话之后,恰好形成对此句的讽刺。而贝内特太太对这句讽刺不以为然,继续以很肯定的语气说:"But he is certain to fall in love with one of them"(4)。可见,卡里克版中贝内特太太的形象更加极端,显得更加可笑,沉浸在自己的美梦中。就连原著中"You must know that I am thinking of his marrying one of them"这样的伪三层认知嵌套也不再出现,贝内特太太更加沉浸在自己的低层次甚至零层认知嵌套的想法世界里,只对自己的想法有所感知,而不去积极揣摩他人的想法,更不用说反思他人对自己的看法。她的深层主体间性的能力进一步弱化,几乎不具备和其他人深层交流的能力,成为更加固执己见的人。

卡里克版顺着这条路线进一步对贝内特太太的形象进行了处理。当贝内特先生最后透露了自己已经拜访过宾利先生的时候,原著中是这么描述的:"The astonishment of the ladies was just what he wished; that of Mrs. Bennet perhaps surpassing the rest"(6)。贝内特先生特意隐藏了自己已经拜访过宾利先生这一事实,而选择在捉弄了妻女之后才故作不经意间透露出来,这也符合第一章末尾总结的他的讽刺性的幽默性格。而卡里克版则改为:

"I wish you had told me before I visited him," Mr. Bennet said with a smile. "Now you must meet him. It's only proper."

The girls squealed with joy and Mrs. Bennet scolded her husband for teasing her. (5)

贝内特先生的笑容是改编版添加上去的,原著中丝毫未提,可以想象原著的场景应该是贝内特先生绷着脸说完这句话之后全家人充满了吃惊和欢笑,而卡里克版刻画的则是一个笑着说的贝内特先生,他的冷幽默被热处理了。更重要的是,这里只提到女儿们高兴地尖叫,原本比女儿们更激动、更吃惊的贝内特太太却没有被提及她的兴奋,只说到她为了掩饰自己而责怪丈夫故意捉弄她。若只是从情节内容的角度来看,这里似乎只是有所简化,但从认知叙事学的角度可以看到贝内特先生和太太之间的深层主体间性活动被减少和降级了,两人缺乏深层次的交流。

第三章里贝内特家的女儿们打听宾利先生的情况这一情节也再次说明了卡里克版对读者的思维理论能力要求的降低。原作中是这么描述她们的:

> They were at last obliged to accept the second-hand intelligence of their neighbour Lady Lucas. Her report was highly favourable. Sir William had been delighted with him. He was quite young, wonderfully handsome, extremely agreeable, and to crown the whole, he meant to be at the next assembly with a large party. Nothing could be more delightful!(7)

由于贝内特先生无论如何都不肯告诉她们他对宾利先生的印象,着急的女儿们只好从邻居卢卡斯太太那里打听,而她对宾利先生的印象非常好。原著这里用句号断开,随后用两个单独的句子来转述卢卡斯太太的印象。值得注意的是,上文的关注点是宾利先生,卢卡斯太太的评论显然也是以宾利先生为关注焦点,而且"Her report was highly favourable"以简单的肯定句式也肯定了这一印象,但接下来的句子却是以卢卡斯太太的丈夫为主语,说他与宾利先生相谈甚欢,接下来的一句话才开始概括宾利先生为人如何。也就是说,这里的被认知主体在从卢卡斯太太的评论过渡到宾利先生的过程中被插入的威廉先生打断了。并且这三句话由两个句号分隔开,成为独立的句子,而不是作为"评论"一词的宾语从句或同位语从句。这就要求读者能够将上文卢卡斯太太将要发表对宾利先生的评论这一信息储存起来,将威廉先生与宾利先生相谈甚欢这一事实进行加工,使之与关注焦点宾利先生联系起来,然后再过渡到以宾利先生为主语的最后一句。由于被间隔,因此对宾利先生的概括这句话与卢卡斯太太的联系被弱化,而使这句话带上了叙述者的声音,似乎不完全是卢卡斯太太一个人的叙述声音。此外,卢卡斯太太和威廉先生这一提法没有共同的姓氏,也为连接各句内容造成了一定的困难。最后一句感叹句是自由间接引语,表达的是贝内特家女儿们的高兴心情。叙述声音和被认知主体的悄然转换对读者的思维理论能力和认知能力提出了一定的要求,这往往是有经验的读者才能做到的。当然,这里还存在另一种阐释可能,就是将"威廉先生很喜欢他"这句话也视为卢卡斯太太的话语内容,但这样阐释并不影响叙述表达弱化了卢卡斯太太到宾利先生之间的联系这一结论。卢卡斯太太本应直接评论宾利先生是个怎么样的人,但却先从丈夫喜欢他开头,然后才讲到宾利先生的为人,仍然使这几句话带上了双重的叙述声音,从而增强了小说文本的复调特点,使叙事文本更加细腻耐读。

相比之下,卡里克版将其改编为:

From talk with the neighbors, they learned Mr. Bingley was young, handsome, and pleasant. Also, he was fond of dancing! (6)

宾利先生的人品成为她们"知道"一词的宾语从句，这是一层的认知嵌套，即她们知道宾利先生是这样的人。这样的结构使得认知难度大为降低，而且接下来的"Also"一词也让两句话联系更加紧密；尽管最后一句仍然是以自由间接引语的形式出现，但有了上句的主语"they"，读者可以轻易猜出这是贝内特家女儿们的心里想法，而不像原著中从宾利为主语过渡到女儿们的自由间接引语经过了一个主体的转换。

认知嵌套的降级在其他地方也有出现。舞会之后，贝内特太太回到家向贝内特先生兴奋地说起舞会，试对比：

原著："Oh! my dear Mr. Bennet," as she entered the room, "... Mr. Bingley thought her quite beautiful, and danced with her twice..." (9)

卡里克版：After the ball, Mrs. Bennet declared her approval of Bingley and her dislike for Darcy. (9)

这是贝内特太太的话语，用思维理论可转写为：贝内特太太认为宾利先生认为简很漂亮。这是两层的认知嵌套，贝内特太太根据简是唯一一位宾利先生晚上请跳了两支舞的女孩子，得出结论：宾利先生很喜欢她。而在卡里克版中，这种带有推理过程的认知嵌套被一步性的结论直接取代了：因为宾利先生表现出喜欢简，因此贝内特太太表示她很看重这个年轻人。认知嵌套从两层降级为零层。尊希恩曾探讨过漫威漫画版的《傲慢与偏见》中的三层认知嵌套降级为两层的情况,①而在卡里克版中,则是将贝内特太太的两层认知嵌套降级为零层。认知嵌套层数越少,对读者的认知要求就越低。卡里克版几乎不要求读者对故事情节独立进行判断和思考,而是将原著中的推理过程和推理线索的文本删掉,直接将结论摆在儿童读者的面前,进一步降低了认知要求。

类似的十分有规律的两层认知嵌套降级为零层在达西身上也发生过。在舞会进行时,宾利劝达西多和当地的女孩子们跳舞,达西的回答如下:

原著:[Darcy's words] "I certainly shall not. <u>You know how I detest it</u>, unless I am particularly acquainted with my partner..."(8)

卡里克版:[Darcy's words] "I shall not dance. <u>I detest dancing</u> with anyone I do not know well..."(8)

原著中达西的话可以用思维理论转写成:你知道我讨厌跳舞。而卡里克版省去最上层的嵌套,不再出现对宾利的想法的认知嵌套,转而直接陈述人物达西的看法。无论是从词汇、语法还是情节内容的角度,这两句话都没有任何难度上的差别。只有从思维理论的角度看,才能发现两者存在认知嵌套层数的差异,因此也就存在读者在阅读时的认知难度。艾伦·帕尔默曾经深刻地指出,所有对小说的阅读实际上就是对心理活动的阅读。②因此这样的两层认知嵌套降级的情况不应该被视为偶然,而是卡里克版降低阅读难

---

① 参见 Lisa Zunshine, "What to Expect When You Pick UP a Graphic Novel", *SubStance* 40.1(2011): 114—134.

② 转引自 Lisa Zunshine, "Style Brings in Mental States", *Style* 45.2 (2011): 349.

度的一个标志,尽管改编者未必有意为之。

2.4 马鞍版的改编

马鞍教育出版公司是一家 1982 年成立于美国加州的家族企业,[①]以教育类图书为主要业务,旗下细分为低幼读物、特殊教育、课标补充读物、经典改编读物等。本节探讨经典改编读物,正如网站对这一系列所做的说明那样,插图版经典系列专门针对那些不愿意阅读过于艰深的经典原著的孩子,将其改编为更具可读性的版本。[②]这类经典原著被描述成"high-low"著作,即高兴趣,低可读性,而改编的目的就是要提高可读性。换言之,本系列的目的在于提高经典作品的可读性,使之容易被儿童读者接受。

马鞍版为了提高可读性,从叙述话语和信息的角度对原文做了大量的改动。例如在小说开篇第三段贝内特太太对丈夫开口说话之前,编者添加了这个句子:"Mrs. Bennet had heard the nearby estate, Netherfield Park, had just been rented. She was very eager to tell her husband."(5) 原著中读者是从贝内特太太的话语中逐渐猜测拼凑出庄园被人租下这条消息。而在改编版中,叙述者直接将贝内特太太听到这条消息的内容进行了直截了当的报道,从而方便了读者的理解。不仅如此,叙述者还直接进入贝内特太太的内心,告诉读者她十分激动,想告诉丈夫这个好消息。叙述者从外部行为直接进入,过渡到人物的内心活动,如果只从叙事学的角度来看,这是一个叙述视角从外部到内部的转换。而如果从认知

---

① 该公司英文名为 Saddleback Educational Publishing,但英文中"saddleback"是多义词,有以下意思:1. 鞍或鞍形物;2. 黑背鸥;3. 北海豹 4. 一种毛毛虫。由于该公司的图标是一本翻开平放的书的侧面,笔者认为形似马鞍,故取第一义,译为马鞍教育出版公司。

② http://www.sdlback.com/hi-lo-books.

叙事学的角度来看,它的显著意义在于,读者在原著中需要从贝内特太太的话语和行为这些外部因素进行思维理论的活动,猜测其内心想法。也就是说,在这个阅读过程中读者存在读心/他感的活动。而在改编版中,由于叙事者已经明确地告诉读者贝内特太太的内心想法,因此,读者的这一认知活动就不再存在了,从而降低了对读者的认知要求,节省了读者在阅读过程中的认知资源。而根据尊希恩在多篇文章中所表达的观点,恰恰是三层甚至更多的认知嵌套,可以视为高水平文学作品的一个标志,这点将它们与通俗文学作品区分开来。①可以说,对读者思维理论能力的锻炼贯穿于对文学名著的阅读过程之中,从而形成了文学名著独特的阅读教育功能。越是文学名著,越是能够显著地锻炼读者的思维理论能力,提高他们通过上下文语境推测字、词、句的意思的能力,积极扩大词汇量,并最终提高社会交往能力。②而降低认知嵌套层数会显著地降低作品的阅读难度,这正是马鞍版的读者群体定位,即不难推测那些不愿意直接阅读文学名著原著的孩子们的思维理论能力和阅读动机都不太高。

更为典型的认知嵌套层数的降级仍然发生在贝内特太太的那句三层认知嵌套的句子中:"You must know what I am thinking. Perhaps he will marry one of them."(6)原句可以转写为:你应该知道我在想他愿意娶咱们的一个女儿就好了。改编版把这句话拆成两句,从而把一句完整的三层认知嵌套砍成了一句两层认知嵌套和一句零层认知嵌套。分开来处理之后,句子就好理解得多。嵌套层数越少,句子就越容易理解。这样来看高层认知嵌套类似

---

① Lisa Zunshine,"Approaching Cao Xueqin's *The Story of the Stone*(*Honglou Meng* 红楼梦)from a Cognitive Perspective",p. 186.
② Ibid.

于积木,可以拆成更小更简单的部件。让读者感到很困惑的多层认知嵌套都可以用分拆的办法逐一理解。因此这里采用的拆句的方式也是降低认知阅读理解难度的典型手段。可见,处理多层认知嵌套有两种办法,一是把它拆成几个零件句子,每句话的认知嵌套层数就降低了。第二种办法就是去掉最高的认知嵌套层,例如上述卡里克版中达西说讨厌跳舞的例子。

第三节 《汤姆·琼斯》的儿童版改编

《汤姆·琼斯》是18世纪英国作家亨利·菲尔丁的杰作。主人公琼斯与苏菲亚历经波折,最后琼斯身世大白,并娶了苏菲亚。琼斯是个真诚、憨直但又不乏人性弱点的小伙子,而女主人公苏菲亚则要完美得多。按照尊希恩在《思维叠加》一文中的观点,当主人公头脑不是那么灵活聪明的时候,叠加的思想往往是叙述者的;而如果主人公本人很聪明,那么主人公则具备最高的认知嵌套层数。① 这部小说则与尊希恩的观点不同。它尽管有着一个非常人格化的元叙述者,但元叙述者的三层甚至更高层认知嵌套并不多见。琼斯也极少有多层认知嵌套的情况,而小说中的女性人物则常有多层认知嵌套。笔者认为,在这部小说中,不同的认知嵌套能力更多地反映了不同性别角色的特点。

由于《汤姆·琼斯》的儿童版比较少见,笔者只找到了企鹅分级版,因此这里以该版为例展开分析。

---

① Lisa Zunshine, "Mind Plus: Sociocognitive Pleasures of Jane Austen's Novels", *Studies in the Literary Imagination* 42.2 (2009): 105.

3.1 《汤姆·琼斯》中的三层认知嵌套模式及其叙述功能

苏菲亚在和她姑妈争论到底该不该把她嫁给勋爵时,她的姑妈说:"对于取得我的欢心,你并不怎么在意。可是我也不会因为这种考虑而改变主张。"……"我相信你也晓得我是多么坚决。"(974)①用思维理论可改写为:苏菲亚的姑妈知道苏菲亚不在意是否能取得她的欢心。这是典型的三层认知嵌套,考量的是两个女人对彼此的看法。姑妈用类似于"我知道你知道我知道"这样直截了当的简洁短句来表达自己对苏菲亚的强烈不满:她已经劝说苏菲亚相当长时间了,但后者就是不听。类似地,苏菲亚不久也回嘴道:"如果我注定非嫁一个不可的话,那我还宁愿为了讨我爹的欢心而牺牲自己呢!"(977)这句话可以转述成:我(苏菲亚)知道我牺牲自己的行为会让我爹感到高兴。苏菲亚有意用与姑妈一样的句型,但却更换了第二层的认知主体,即从让姑妈欢心改成了让她父亲欢心,有力地回应了姑妈的劝说,表达了自己坚定的决心。两个女人互相用三层认知嵌套试图说服对方,其实在某种程度上也是体现了人类社会中比较普遍认同的女性更擅长交流沟通的看法。对此,姑妈最后只能让步,她嚷道:"苏菲,你晓得我是疼爱你的,所以我什么也不会拒绝你。"(977)双方基于三层认知嵌套的相互理解恰恰构成了苏菲亚说服姑妈的依仗,可以说,对高层认知嵌套的运用在这里达到了高潮,认知嵌套这种话语认知形式本身成了小说内容的一部分。

小说中不同性别角色的话语交流模式有着很大的差别,男性

---

① 对该书英文版的引用均来自 Henry Fielding, *The History of Tom Jones*, London: Penguin, 1985,中文版的引用均来自亨利·菲尔丁:《古典与现实的结合:弃儿汤姆·琼斯的历史》(上、下),萧乾、李从弼译,西安:太白文艺出版社,2008年。下同。

人物的三层认知嵌套交流的目的与女性的迥异。苏菲亚和姑妈两人在不断理解对方的意思的基础上尝试说服对方,双方同时使用的多层认知嵌套体现了她们的相互理解和斗智斗勇不断深入和递进的过程,最终以苏菲亚"就这样借着一些运用得恰到好处的恭维,为自己赢得了些许宁静,至少把这不祥的日子拖延过去了。"(978)相比之下,男性人物的话语交流则缺乏这样的相互理解,更多的是一种争斗的场所,体现了双方权力地位的差异。例如,当奥尔华绥先生盘问道林关于琼斯受人陷害时:"'不,先生,'道林嚷道,'我绝不愿意你认为我犯下了教唆人去做伪证的罪过。'"(1045)这里表达的是道林强烈的意志,是一种申辩式的语气,而不是双方的理解不断加深。不仅如此,奥尔华绥在与其他男性人物对话时也出现了类似的情况。例如他对魏斯顿先生说:"老街坊,你没有权力坚持要她这么同意。"(1055)用思维理论来转述就是:"我认为你没有权力坚持要苏菲亚同意嫁给汤姆。"这里的三层认知嵌套表达的与其说是一种想法,不如说是一种强硬的态度,因为魏斯顿先生也正打算行使父亲的强权来迫使苏菲亚同意此事。对比不难发现,这些例子体现了不同类型的三层认知嵌套话语模式在小说的叙述过程中起到的凸显性别角色的功能。

3.2 企鹅分级版《汤姆·琼斯》的改编

在上文对《傲慢与偏见》的改编版的分析中已经指出,企鹅分级版对原著相当忠实,不仅体现在内容上,更体现在文体风格上,它也是对原著的三层认知嵌套保留最多最完好的版本。相比之下,卡里克版几乎无一例外地都进行了降级处理,不仅将三层认知嵌套降为了两层,甚至也有不少两层认知嵌套降为了一层。在对《汤姆·琼斯》的改编中,企鹅分级版也是同样处理的。

上例奥尔华绥对魏斯顿先生说的"老街坊,你没有权力坚持要她这么同意"(1055)这句话在企鹅分级版得到了完全的保留,而女性角色的对话(例如苏菲亚和姑妈的对话)不但没有简化,反而改编得更加复杂,试比较:

原著:…[her aunt] agreed that a little distant behaviour might not be improper to so forward a lover. (792)

企鹅分级版:Mrs Western did agree that Sophia might be a little cool to Lord Fellamar, and Sophia hoped she could now persuade him that it was useless to pursue her. (80)

改编有两处。首先,改编版的第一句比原著更容易理解,因为它加上了冷淡这一动作的逻辑主语,从而补全了认知嵌套涉及的所有主体,而原著实际上是省略了这一主体的。其次是改编版加上的第二句话。原著和改编版的第一句话只有两层认知嵌套,而改编版加上去的这句话却更为复杂,用思维理论可以转述成:苏菲亚希望自己能够劝服费拉玛勋爵认为追求自己是毫无用处的。这是典型的三层嵌套,体现了苏菲亚希望自己能够改变另一个人物的想法的想法。对于儿童读者来说,要想理解这一句话需要充分理解上下文的情节内容,将回环式的认知嵌套梳理清楚。费拉玛勋爵之前抱有追求苏菲亚的想法,苏菲亚并不喜欢这个人,希望能够让他改变原先的这一想法。改编版一般是简化原著,尤其对于篇幅比较长的原著来说尤为如此。牛津世界文学经典版的《汤姆·琼斯》已经达到900多页的篇幅,企鹅分级版的改编势必时刻考虑简化原著,才能维持自身100页的篇幅。在这种情况下,任何添加都必须是十分必要才会予以考虑的,而且此处添加的句子实际上还增加了小说文本的思维理论难度,那么,添加的目的何在?原著这段对话以姑妈的这番态度结尾,而企鹅分级版添加了这句话之后,结尾重心就从姑妈的态度转移到苏菲亚的心愿上来。对费拉玛勋爵冷淡处理并非苏菲亚的终极目的,她是想通过这样做来让他死了这条心。苏菲亚和琼斯才是这部小说的主人公,而不是苏菲亚的姑妈。因此对话结束于姑妈的态度实际上仍然给读者留出了认知推理的进一步要求,才能充分回答这一段对话的意义。而企鹅分级版将这步推理直接通过描述苏菲亚的心情表述出来,可以说是通过增加了局部文本认知嵌套难度的办法降低了整个情节内容的理解难度,以小幅度地增加文体风格难度为代价降低了情节内容的理解难度。

类似的做法还发生在叙述者描写沃特尔太太爱上了琼斯这一情节上:

原著:Mrs Waters had, in truth, not only a good opinion of our hero, but a very great affection for him. To speak out boldly at once, she was in love …(454)

企鹅分级版:In fact she had fallen in love with Tom, and she wanted him to know it. How could she show him?(48)

原著叙述者用了貌似更加委婉的方式吐露了沃特尔太太爱上了琼斯这件事情。叙述者先说沃特尔太太对他的看法很好,然后进一步说这是一种喜爱之情,最后说,干脆直说了吧,她爱上他了。小说以一种幽默的方式层层递进。改编版由于处于不同的时代背景,有着不同的阅读期待和阅读节奏,即便对儿童读者也可以直截了当地说沃特尔太太爱上了琼斯。不仅如此,改编版添加了一些细节，将沃特尔太太的爱体现得更为急迫：她不仅爱上了琼斯，还想让他知道。叙述者用自由间接引语的方式将她内心的焦虑直接表达出来。如果从认知叙事学的角度来看，这处改动就更加生动了。相比之下，原著的引文和企鹅分级版的第一句并无太大差异，都是异故事叙述者披露人物的内心想法，且都没有认知嵌套的情况。这种对事实的直接报道比较类似于尊希恩所说的新闻报道中的认知嵌套模式，停留在零到一层。但改编版的第二句就有很典型的三层的认知嵌套了：沃特尔太太<u>想让</u>琼斯<u>知道</u>她<u>爱上</u>了他。相比原著比较简单的叙述层次和认知嵌套模式，企鹅分级版进行了添加，通过复杂的三层认知嵌套的思维模式，生动地表达了人物的复杂心理，沃特尔太太不仅爱上了琼斯，而且苦恼如何让琼斯知道这一点，好让两人之间的感情能够更进一步。考虑到原著的时代和改编版对原著的基本忠实原则，不适合让沃特尔太太用现代女性更加大胆的方式直接开口宣布这一点，而只能让琼斯掌握最后的主动权，因此沃特尔太太能做的就只能是尽可能地暗示。这里的多层认知嵌套表现出女性受制于社会习俗的复杂焦虑的心理。从另一方面来讲，这也和改编版对主人公的性格拔高的惯例有关。由于儿童文学往往还不同程度地肩负着道德教育的功能，会更加关注主人公的道德水平和形象问题。虽然受制于原著的情节，不可能把琼斯的所有缺点都抹杀掉，但可以尽可能为琼斯的鲁莽和容易与其他女性发生纠葛的缺点开脱。这里越是突出沃特尔太太的焦虑，将两个人发生感情纠葛的起因放到沃特尔太太身上，就越是能凸显出琼斯在这件事情上的被动性，从而为他开脱。因此，这里添加的深层认知嵌套是为小说的主人公性格刻画服务的，更深层的动机则来自于儿童文学改编的道德教育功能。

第六章　比较文学视野下的儿童文学改编

除绪论和结语外，本书主体部分分为六章，第一至第三章主要对《鲁滨孙飘流记》和《格列佛游记》从不同主题的角度进行了历时性改编，旨在揭示儿童文学改编中一些最本质的要素的历史性流变。第四至第六章主要是从最新的研究方法入手，旨在运用副文本研究、消费文化、课标研究以及认知研究等最新理论资源对儿童文学改编开展分析，研究文本也有所扩大，包括了奥斯丁和菲尔丁的名著改编。这些较新的研究方法正好与第一至第三章较为成熟的主题和叙事研究形成互补。第四章分析了美国的课程标准和文学传统对儿童文学改编的影响，本章则在比较文学的视野下，对比研究中国的文学传统和课程标准对儿童文学改编的影响，聚焦于不同国别文化对《鲁滨孙飘流记》的改编差异，从而揭示儿童文学改编的文化差异和跨文化实践，在更广阔的文化语境中探寻其变量与不变量。

第一节　中国的新课标读物和儿童文学改编

教育部自 2001 年开始对我国部分省份和地区进行了义务教育阶段的新的课程标准试点工作,并于 2011 年在试点工作的基础上颁发了《义务教育课程标准》,这一标准通常被称为"新课标"。与旧课标相比,新课标的"新"首要体现在对语文课程的定位上。以往大纲对语文课的定位是从语言的角度,强调其工具性和知识性,新大纲强调语文课程是语言和文化的综合体,提出"语文是最重要的交际工具,是人类文化的重要组成部分。工具性与人文性的统一,是语文课程的基本特点。"[①]在新课标颁发的第二年,《光明日报》邀请了各学科课程标准修订组的核心成员对于新课标的精神进行了解读和点评,提出:"语文课程中的渗透学科课程标准是国家意志的体现,世界各国都对母语教育课程是否体现主流意识形态给予了特别的关注。本次《义务教育语文课程标准》的修订,强化了社会主义核心价值体系的思想导向。"[②]小学语文新课标对阅读提出了更高要求,并在附录 2 中,给出了关于课外阅读的以下指导意见:

> 《义务教育语文课程标准》要求学生 9 年课外阅读总量达到 400 万字以上,阅读材料包括适合学生阅读的各类图书和报刊。对此提出如下建议:
> ……
> 长篇文学名著,如吴承恩《西游记》,施耐庵《水浒传》,老

[①] 中华人民共和国教育部:《义务教育语文课程标准》,北京:北京师范大学出版社,2011 年,第 2 页。

[②] 《专家解读新课标修订内容:语文课程变在哪?》,《光明日报》2012 年 2 月 15 日。

舍《骆驼祥子》，罗广斌、杨益言《红岩》，笛福《鲁滨逊漂流记》，斯威夫特《格列佛游记》，夏洛蒂·勃朗特《简·爱》，高尔基《童年》，奥斯特洛夫斯基《钢铁是怎样炼成的》等。

《义务教育语文课程标准》中给出的九部长篇文学作品的例子值得注意。九部作品里包括了四部中国作品（其中两部为四大名著之一）和五部外国作品，而这五部外国作品中有三部是英国作品，两部俄国作品。考虑到中国与俄国（尤其是苏联）的历史关系以及这两部俄国作品的革命性，三部英国作品在这里十分显眼，没有任何其他国家的长篇文学名著得以入选。而这三部英国作品也并非是广泛覆盖而是相当有挑选性的：两部是18世纪的冒险小说，另一部是在中国人气极高的《简·爱》。就名气而论，在中国似乎没有任何其他的外国小说可以与《简·爱》相提并论。因此，两部英国冒险小说的入选说明了它们具备中国教育界相当看好的品质，正如小学语文新课标修订课程组召集人温儒敏教授指出的："语文课程在语文基本能力培养的过程中，必然要注重优秀文化对学生的熏染，学生的情感、态度、价值观，以及道德修养、审美情趣得到提升，良好的个性和健全的人格得到培养。"①以上两部小说在培养学生价值观方面的作用决定了它们得以入选这份短短的推荐书单，也决定了它们的改编方向。

新课标所带来的巨大市场潜力很快被各出版社所关注并付诸实施，这无疑是竞争激烈的教育图书市场上的绝好广告。很快市场上就出现了几十种不同版本的《鲁滨逊漂流记》，它们无一例外地在封面的醒目位置标上了"小学语文新课标推荐书目"的字样，

---

① 《专家解读新课标修订内容：语文课程变在哪？》，《光明日报》2012年2月15日。

甚至不少版本将"推荐"换成了"必读"。陕西师范大学出版社的该系列就在封面上既标出了"教育部推荐书目",又在旁边标出了"中小学生必读丛书"。严格来说,这样的标注是准确的,按照新课标的提法它们的确是"推荐书目",而标注的"必读"也并没有说是教育部的必读书目。但消费者又有多少人如此细心去推敲这份文字背后的游戏呢?而且将"小学语文新课标"换成"教育部",虽然在主体上也是正确的,但这份权威性又大大提升了,更好地推销了自身。此外,新课标给出的长篇文学名著仅仅是举例性的,而非是一份完整的清单,因此榜上有名的这仅有的九部作品的重要性更是不言而喻。倾向于商业推销的教育图书大都在最后几页或是封底位置印上了"完整版"的"小学语文新课标推荐书目"。除了新课标真正推荐过的九部作品外,各大出版社都对这份书目进行了补充,凑齐了一整份书单,从而使这套新课标课外阅读系列变成了厚厚的套装本,将课标读物的利润最大化。在这份绝佳的赢利机会面前,就连一向定位在学术、专业技术、人文社科和大学教材的大学出版社也无法继续淡定,从二线的延边大学出版社、陕西师范大学出版社,到相当学术化的南京大学出版社,都推出了自己的新课标读物系列,并将其他常见的文学名著都收进了这份权威的书单里,新课标读物由此成为教育图书市场上最大的课外阅读系列,一枝独秀,长久不衰。

本书挑选了不同出版社的新课标课外阅读版(以下简称新课标版)《鲁滨逊漂流记》,通过分析其对笛福原作做出的改编,试图探讨国内出版社如何将这部18世纪英国冒险小说改编成符合国内教育需求的读物。本书不打算采用常用的翻译研究所用到的归化/异化的研究角度,而是致力于探讨意识形态考虑、教育需求和图书市场营销策略等因素对改编的影响。这里对新课标版的界定是,在图书封面或其他显眼地方印有"语文新课标"或类似字样(尽管在"必读"还是"推荐阅读"上不同出版社的用词有所出入)。对新课标版的选择尽可能涵盖不同类型的出版社。基于以上两点,共挑选了 6 个不同版本,列表如下:

新课标版《鲁滨逊漂流记》各版本

	出版社	是否有插图	是否有前言或导论	是否有评论	是否有习题	是否有读后感	定价（元）
1	北京教育出版社	√	√	√	×	√	10
2	商务印书馆	×	√	√	√	√	14.8
3	南京大学出版社	×	×	×	√	×	12
4	河北少年儿童出版社	√	×	×	×	×	16.9
5	黄山书社	√	√	×	×	×	12.5
6	浙江文艺出版社	×	×	×	√	×	16

第二节 中国课标和中国改编:不一样的鲁滨孙

中国是教育大国,历来重视教育,而且对各阶段的教育都相当重视。我国图书市场中教辅图书占据了相当的份额。自新课标颁布以来,从商业出版社到学术出版社,从综合性出版社到童书出版社,都纷纷推出了各自的新课标读物,因此,我国的新课标版世界名著版本众多,琳琅满目。但众多的版本在推陈出新的同时,也包含了许多相似的改编之处,体现了我国儿童文学改编的一些内在规律性。

2.1 北京教育出版社版(北教版)

北京教育出版社成立于 1983 年,隶属于北京出版社出版集团。

该出版集团是一家具有政府背景的出版社,2005年时占据了10%的市场份额。北京出版社出版集团是1999年国家新闻出版署批准的向现代企业转型的七家出版社之一。

北教版《鲁滨孙漂流记》是插图版,配有拼音标注。封底有4名教学名师的推荐,其中包括了特级教师、小学校长等。值得一提的是,在本书所讨论的6个版本中,北教版的定价是最低的,并在封面用醒目的方式标识了"超值价10元",这一营销方式在6个版本中也是绝无仅有的。尽管定价最低,但北教版的装帧绝不寒碜,封面厚实,设计用心,而且它也是少数的内页用厚实的纸张配上彩色插图和彩印文字的版本。

北教版导读写道:"《鲁滨孙漂流记》被誉为英国文学史上第一部长篇小说,同时也是一部情节曲折、引人入胜的探险小说。它用朴实的语言为我们讲述了这样一个故事:鲁滨孙出生于英国一个比较富裕的家庭,他自幼酷爱冒险,十九岁时不顾父母反对,毅然踏上了漫漫航海征程。"导读页的这句话不仅概括了故事情节,而且其中"毅然"一词带有明显的褒义,表明改编者对鲁滨孙出海这一行为是持有肯定态度的,尽管鲁滨孙是在违抗父母的命令的情况下出海的。这点和原作大为不同:原作中鲁滨孙在表层文本上对自己违抗父命出海一直抱有后悔的态度,他将日后多次遭遇风浪的经历以及在荒岛上的不幸归结为上帝对自己的惩罚。这样一来,读者在接触鲁滨孙故事的正文之前,就从改编者这里获取了一个提示:鲁滨孙的出海是值得肯定的行为。这将影响读者对之后情节的理解和阐释。而且,"毅然"是语文阅读和写作中的一个高频词,学生对这样的词汇是很敏感的,他们善于通过捕捉这样的词汇来猜测阅读题出题人的态度。

导读的这一效果在第一章末尾的"阅读心得"部分得到了进一步的强化:"从鲁滨孙身上,我们懂得人应该树立远大的理想和抱负,并且一步一步朝着自己的目标前进。"(导读第 2 页)从导读的"毅然"到这里的学习鲁滨孙的宝贵品质,其中蕴含的改编者对此的肯定和嘉许之意无疑是加强了。原作中鲁滨孙对出海的渴望带有一种本能的冲动,仿佛这是他的天性一样。在小说的 18 世纪背景里,接受父亲的遗产和安排的职业安定下来,做一个有地产的绅士,这才是稳重和符合社会期待的行为。即便鲁滨孙父亲本人早年到处奔波经商,但当他积累起财富之后,晚年也是买了一块地定居下来,而不像鲁滨孙这样,抛开安定的生活而选择了出海奔波。相比之下,北教版的阅读心得则将鲁滨孙的行为解释为带有远大的理想和抱负,从而将其正面化了,这里无疑带有明显的改编,将小读者的理解导向一个不同的阐释方向。更重要的是,在这点上中国的改编明显体现出与国外文学评论家的主流意见的不同之处。许多西方学者将鲁滨孙违抗父命出海视为他的原罪,并认为这是小说的主题之一。很明显,这一行为在道德层面是需要加以批判的,而北教版的导言和书中评论则将其变成了值得学习的榜样,其行为背后包含的是远大的理想和抱负,这无疑是逆转了对鲁滨孙故事的阐释。

对鲁滨孙故事的阐释方向的有意逆转并非是某个出版社随意的、偶然性的行为,其背后是中国的教育体系对世界名著的使用方式和习惯。小学语文新课标指出,语文课程"致力于……为学生形成正确的世界观、人生观、价值观,形成良好个性和健全人格打下基础"①。尽管西方评论家为笛福本人到底有何种写作意图以及该如何阐释文本而争论不休,但中国的教育家和出版社的兴趣不在此,他们关注的是鲁滨孙身上的勤奋和独立奋斗的精神恰好能够为我所用,为学生们上一课生动的德育课。这部小说的道德功能至少在某种程度上说明了为何它能跻身于小学语文新课标所列出的五部小说的清单。有学者注意到,除了苏联小说,语文教材中收录的几乎所有西方作品都是批判社会现实作品,是描写社会阴暗面的。余杰也提到:"中学语文的12本教材中,中国以外的作家所写的作品只占了8%,照理说应当有30%—40%。……除高尔基外,20世纪的外国作家一个也没有,获得诺贝尔文学奖的作家无一人入选。"钱理群将其归类为"60年代'息封灭资'的重要产物"。②而像《鲁滨孙飘流记》这样正面的作品实不多见。

北教版最后一章讲述鲁滨孙回到了荒岛,这里的"阅读心得"也带有明显的中国特色:"他用自己赚的钱又去投资开发孤岛,使得那座孤岛最终成为一座人丁兴旺,充满快乐的幸福岛。鲁滨孙不仅自己变得富有,还带领着其他人勤劳致富,这一点值得大家学习。"(第212页)实际上,这一章几乎没有对原作进行显著改动,但这一评论明显使人想起邓小平先生说的让一部分人先富起来,然后带动剩下的人致富的名言。鲁滨孙的经商头脑无论在西方还是

---

① 中华人民共和国教育部:《义务教育语文课程标准》,第1页。
② 均引自摩罗:《语文教育的弊端及其背后的教育理念(代序)》,孔庆东、摩罗、余杰主编:《审视中学语文教育:世纪末的尴尬》,汕头:汕头大学出版社,1999年,第15页。

在中国都为人称道,但富有之后带动其他人勤劳致富则是中国教育家为其加上的弦外之音,让鲁滨孙除了具备勤劳和独立的品质之外,还多了不含私心、乐于助人的可贵品质。

2.2 商务印书馆版(商务版)

商务印书馆是当之无愧的老字号,最有名望的出版社之一。商务版的封底有这样一句话:"商务印书馆与北京大学并称为中国文化的双子星。"这句话点出了商务印书馆在中国独特的历史和文化地位,读者自然也期待着,商务印书馆出的书应当是文化精品,带有浓浓的书卷气,不是那些市场上心急气躁图短利的流行图书可比的。

在标题和作者的下方标注着"最新课标必读名著·励志版"。在所有的版本中,其他版都是"新课标"或者"教育部必读书目",从而将自己和教育部新颁布的小学语文新课标的紧密关系凸显出来。而唯独商务版对自己的标注是"最新课标"。"最新课标"与"新课标"实际上有着相当的差异。在现在的教育图书市场语境下,后者是特指的、唯一性的;而前者包含着一种不太在乎、无所谓的态度;不管教育指导政策怎么变,反正我是最新的就行了。这样一来它实际上部分脱离了"新课标"的"纯净"队伍。而"励志版"这一特立独行的标语也进一步点明了这一版多少有点不伦不类的身份:它既想站在教辅读物这一阵营,又似乎不完全志在这里。这点从封底紧接着"中国文化双子星"的第二段可以显露出来:"此次出版的中外名著大系——'最新课标必读名著·励志版',便以开启民智、昌明教育为宗旨,为青少年铸就成长之旅,打开励志之门,使名著回归人生成长之导师的本意。"这番宣言更多的是将此系列导向商务印书馆在近代的辉煌,"开启民智""昌明"等词语不禁让人联想起五四运动时期,而非 21 世纪教育部的新课标中显露的更加贴近时代步伐的气息。

商务版的封面采用了一系列的标语和名言来强调阅读的重要性。封面左上角有两段文字。最上面是"选择决定成长,阅读决定人生"。其下是引用朱永新并带有签名的一句话:"一个民族的精神境界取决于这个民族的阅读水平。"在中间位置还有另外一句类似的话:"一个国家的国民阅读水平决定着这个国家社会发展的文明程度。"恰好是把朱永新的话换了个句式又说了一遍。整个封面的所有元素都指向一个共同的关键词"阅读"。封面设计得非常简洁,重点突出。

商务版书末的"知识考点"包括三种题型:填空题、选择题和简答题。前两种题型考查故事细节,例如鲁滨孙在船触礁后找到的有用物品,在荒岛上的第一只宠物,在荒岛上做小船的时间等,推动学生不是只读故事梗概而是去认真细读小说。简答题要求学生对鲁滨孙的经历进行概括,指引他们对主人公的品质进行总结。这些问题往往集中在鲁滨孙的勤劳和独立的品格上,揭示了改编者理解这部小说的着眼点以及该小说在当前中国的教育价值。改编者将教育体系所看重的鲁滨孙的这些品格抽离出来,通过提问的方式加以凸显和强化,达到道德教育的目的。而在这个过程中,鲁滨孙的其他品质则被选择性地忽视了。尤其值得注意的是,鲁滨孙当初离家显然违抗了父亲的命令,这在"百善孝为先"的中国传统语境中看起来是完全不可饶恕的行为,也被其勤劳和独立的正面品质所遮盖,这充分说明了教育实践的设计性和选择性。它并非试图以中立的方式看待文本,而是根据自身的目的性选择所需要的文本部分,并有意忽视剩下的,甚至可能是矛盾或相冲突的其他文本部分。习题部分之前有一个"延伸阅读"的部分,包括了本书名言、相关名言、作者名片、人物名片等内容。人物名片是这样总结主人公鲁滨孙的："鲁滨孙不甘于像父辈那样平庸地过一辈子，一心向往着充满冒险与挑战的海外生活，于是毅然舍弃安逸舒适的生活，私自离家出海航行，去实现遨游世界的梦想。……鲁滨孙的所作所为显示了一个硬汉子的坚毅性格和英雄本色，体现了资产阶级上升时期的创造精神和开拓精神。"（第 212 页）句尾的总结尤其值得注意。这一略显老旧的概括并非是商务版所特有的。实际上，几乎所有新课标版对鲁滨孙的总结都有类似的话语。

这句话最早出现于 1959 年人民文学出版社版的《鲁滨孙飘流记》的前言里。钱理群指出，这一看法是受到了当时苏联的影响，认为从文艺复兴时期到 19 世纪的西方文学史是值得学习的，因为资本主义处在上升时期，是进步的。这一时期的文学顶峰是批判现实主义，对上层阶级的腐败进行了揭露，表达了对下层人民的同情。从 19 世纪末到 20 世纪的西方文学在日丹诺夫看来是完全反动的。[①] 尽管这一看法的根源早已被人们遗忘，但这种看法却顽强地坚持了下来，并对语文教育体系影响深远。一个直接的影响就是许多中国学生知道 20 世纪以前的西方文学名著，而对 20 世纪的西方文学名著则知之甚少（至少不是从语文教材中得知的）。而且这一想法仍然在影响今天的语文教学模式，分析一部作品的第一步骤往往是指出其阶级属性，这几乎对作品的鉴赏具有决定性的作用。上海师范大学的薛毅教授曾经举过这样一个例子：

在一次师范生的课堂上，一名同学问道："那种文学教育

[①] 摩罗：《语文教育的弊端及其背后的教育理念（代序）》，孔庆东、摩罗、余杰主编：《审视中学语文教育：世纪末的尴尬》，第 15 页。

模式,我们很早就不相信了,教我们的老师真的相信它吗?"我回答道:"我不知道到底还有多少人相信它。但是,你们尽管不相信,还得听课,复习,参加考试。不要以为你不信就没事了,最多浪费一点时间,千万不要小瞧话语的力量,你习惯了一种话语表达方式,尽管不信,它还是会占有你的思维。我看,可以试一试,假定现在没有任何压力,请你们写出自己对《祝福》的理解,然后你们自己看看,肯定还会有许多许多自己也不相信的套话、空话、废话。"一个学生很悲哀地对我说:"就是,我只会这样写,要不然,我就写不出来。"这就是话语的力量。教师也一样,不一定相信,但是被这套话语支配了几十年,习惯了,要不然不知道该怎么讲。于是,不一定相信的仍然在讲,不一定相信的仍然在听。这套话语就一直会传播下去,没完没了。它的弊害早在十几年前就有很多人发现了,它与思想学术界发展的差距也有将近 20 年。也就是说,将近 20 年的时间它几乎没有变化,却延续至今。①

我们离薛毅说这些话的时候又过了将近 20 年,但这套话语仍然没有什么变化。这套话语,这种语文教学方式,它的问题不在于其可信度,而在于它排挤了其他的、更有活力、更值得推荐的语文教学模式。语文教育,与 20 世纪 90 年代语文教育大讨论时的情况相比,似乎并没有发生太大的变化。

2.3 南京大学出版社版(南大版)

南京大学出版社定位在学术书籍,很少出版中小学教辅类图

---

① 薛毅:《文学教育的悲哀》,孔庆东、摩罗、余杰主编:《审视中学语文教育:世纪末的尴尬》,第 56—57 页。

书,在市面上的所有新课标读物中也是独树一帜。

南大版的封面设计与其他版本截然不同。其他版本都是尽可能地还原一种18世纪英国的风貌,尽管忠实程度有所不同,但传达的这种信息是一样的。而南大版的封面插图则抹去了时间信息,配上主人公脚下的礁石和背后的大海背景,没有城堡,没有荒岛,没有火枪,也没有18世纪英国特色的服装,给人以一种无年代的沧桑感。

南大版与商务馆的一个重要差异在于改编之后对鲁滨孙违抗父命出海的态度。商务馆将其视为具有理想和抱负的毅然举动,而南大版在这点上较为忠实于原文和西方评论传统,将其视为违背道德义务的不孝行为。它在文中将出海远游的想法贬称为"邪念"(第8页),试比较:

商务版:我被父亲的话深深打动了。真的,我又不是木头人,听了这样的话怎么会不感动呢?我决定听从父亲的意愿,不再想出海的事,安心留在家里。可是,天啊!只过了几天,才短短几天,我就把自己下的决心丢到脑后去了。(第3页)

南大版：我为这次谈话深受感动，真的，谁听了这样的话会无动于衷呢？我决心把出海远游的事抛到九霄云外，再不去想它了。可是，才过了几天，我那出海远游的邪念又回来了！（第7—8页）

可以看到，两版上下文其他的语句译法差别不大，但最后对出海想法的称呼明显表现出截然不同的态度。南大版的这一态度在全文中保持了高度的一致，包括在封底的作品简介中也有意避开了这一情节不谈，而选择从触礁时间作为故事梗概的开始："小说讲述了一位海难的幸存者鲁滨逊在一个偏僻荒凉的热带小岛上度过28年的故事。"但实际上，南大版保留了原作完整的情节，正文是从鲁滨逊的出生开始讲起，而并非开篇就是鲁滨逊的船遇难触礁。也就是说，故事梗概有意忽略了该书正文中重要的开头部分。两个版本对同一行为的态度差异的背后其实是同样的动机。它们都出于教育目的的需要而凸显了鲁滨孙的正面品质，都强调他的勤劳和独立，只不过在对待鲁滨孙出海的行为上产生了实际操作上的分歧。商务版在统一的美化主人公的大前提下对鲁滨孙出海行为进行了一定的重塑和扭曲，将其视为有理想、有抱负的毅然举动，而南大版的改编则更忠实于原文，因此保留了故事层面对出海行为的否定态度，并同样出于肯定主人公正面品质的考虑而选择在某些地方（如封底）对此避而不谈。在最后的人物总结中，南大版将鲁滨逊描述成善良的、正直的，有意思的是，西方评论家很少有如此看法，最典型的是詹姆斯·乔伊斯，他评论说鲁滨孙具有一种"无意识的残忍"①。这或许反映了我们的语文教育,尤其是阅读训练,存在的一种道德教育导向。道德先行,当人物具有某种正面品质的时候,比如鲁滨孙身上毫无疑问的勤劳和独立,命题人往往将这一品质发散,给他加上许多其他的正面品质,尽管这些新的品质可能在文本中缺乏足够佐证,例如鲁滨孙的善良。这样一来,各种导读版、新课标版等带有明显教育功能的版本(与单纯的中译本相区别)给一些西方名著加上了各种各样的误读甚至偏见。

不仅是鲁滨孙被英雄化了,就连他父亲的形象也发生了变化。在笛福的原作中,他父亲想劝他去过中产阶级的舒适生活,而南大版则是这样解释的:"我出生时,父亲年纪已经很大了,就把成龙成凤的希望全寄托在他的小儿子——我身上了。"(第 7 页)笛福笔下的父亲带有那个时期典型的中产阶级发家的特点:自己通过经商致富,最后买块地,过起了绅士的生活。给长子留下遗产,其他的儿子则是帮他选择一个好的职业让他以后能够自己谋生。这大抵就是当时父母对孩子的人生规划。而成龙成凤这个词则带有典型的中国特色,体现了中国人对自己下一代寄予的厚望,希望他们能实现自己未能实现的梦想。读到这里,我们不由得感觉这个父亲带上了一丝中国的气质。

南大版对故事正文做出了一个重要改动。它将故事分成上、下两部分,每一部分都以引子开头,引子的叙述者不再是原作中的鲁滨逊本人,而是受他帮助的当初那个船长的妻子。老太太在第一个引子中先讲述了自己丈夫遇难的不幸经历,然后告诉读者她很幸运地得到了一位名叫鲁滨逊的小伙子的帮助。鲁滨逊找到了

---

① James Joyce, "Daniel Defoe", in *Robinson Crusoe: An Authoritative Text, Context, Criticism*, Ed. Michael Shinagel, New York: W. W. Norton, 1994, p. 323.

她,给她讲述了这二十多年的经历,老太太当时把鲁滨逊讲的都记录了下来。随后正文的主要情节就是鲁滨逊讲述的内容(可视为老太太对鲁滨逊故事的直接转述),直到鲁滨逊从荒岛上逃生。第一部分就此结束,在第二部分的引子里,老太太说鲁滨逊后来又不断有新的历险,并且每次都和她分享,于是她都一一记录下来。这样,第二部分就是鲁滨逊之后的历险。这样一来,整个小说就变成了老太太听鲁滨逊讲述自己的历险故事,老太太成了小说的框架叙述者。从第一个引子起,老太太就用"刚毅""谦逊""真诚""好人"等词汇来形容鲁滨逊。框架叙述往往具备较强的叙述权威,让读者在开始接触鲁滨逊的故事之前就形成了对其相当正面的第一印象,从而在不知不觉中引导读者从这些方面去理解鲁滨逊。这种叙事策略对于低年级的小学生来说具有相当实用的指引作用,他们可以更方便地抽离出鲁滨逊的正面品质,当鲁滨逊作为故事叙述者的时候,不方便对自己大吹大擂,而有老太太这样一位旁观者身份的叙述者则不然。这些抽离出来的品质正好是书末的习题所要考察的内容。

2.4 其他版本

河北少年儿童出版社版、黄山书社版、浙江文艺出版社版的《鲁滨逊漂流记》在改编方式上非常接近,故在此一并讨论。

河北少年儿童出版社版是装帧最精美的,全书都是彩页印刷,并注音以方便低年级学生阅读。它的习题部分干脆叫作"必备知识点模拟测试"。通过"必备"强调其重要性,通过"模拟测试"强调其针对性和实用价值,从而增强了潜在读者的购买欲望。

黄山书社版同样配有大量插图,单色印刷。它没有配备习题部分,但提供了一个导读性质的前言,对鲁滨逊进行了这样的评价:"父亲希望他满足现状,留在家乡。他不听规劝,舍弃安逸舒适的生活,冒险出海经商。"(前言第2页)这个评价态度模棱两可:"规劝"一词带有一定的褒义,流露出对鲁滨逊不听规劝的否定态度。但紧跟其后的"安逸舒适"带有一定的贬义,舍弃这种生活让我们不禁想起来商务版中的"毅然"一词。这几个词的褒贬程度较轻,接近中性,而且有一定的冲突,显露出评论本身的较为保守的指导态度。

浙江文艺出版社版则是所有版本中最朴实的一版。封面几乎是单色印刷,设计简洁到了极致的地步,仅包含了最基本的书名、作者、出版社以及"语文新课标必读丛书"字样,此外就是极小的一幅插图。封面的其他部分都是留白,而不像其他版本那样布满了各式各样的宣传性文字。正文也是同样的朴实,它的纸张单薄,发黄,和其他新课标版的纸张的手感完全不同。文字排版密实,看起来比较费眼,而不像其他版为了方便阅读而采用较大的字号和行距。正文内页没有任何的插图或评论。唯一能体现其新课标版身份的是书末的导读和习题,这些部分流露出对主人公的明显的正面肯定的态度。在第4题("请你用简洁的语言写出这部小说的内容提要")和第6题("选择'鲁滨逊'和'礼拜五'其中任何一个人进行评析")的参考答案中,两次出现了对鲁滨逊当初出海行为的正面肯定:"表现了鲁滨逊敢于冒险,勇于追求自由自在、无拘无束的生活的性格"(第281页)。"敢于冒险"和"勇于追求"在其他版本中也有类似的话语,但"无拘无束"则大大超过了其他版本对鲁滨逊的肯定程度。从这点来说,浙江文艺出版社版的改编是态度最鲜明的,同时,这也是唯一给出了习题出题人的版本。①

　　以上三个版本都没有对小说的正文进行显著改动,这是它们和前三个版本不同的地方。前三版都在正文的章节之后加入了评论,从而在极大程度上持续性地介入了读者的阅读过程,而南大版甚至对整个故事的叙事结构进行了改动,加入了老太太作为框架叙述者。可以认为,这三个版本属于改编程度较小的,其改编主要体现在附录里。在此有必要对评论进行一下细分。新课标版的评论可分为章内评论和书末(书前)评论。附于每章之后的评论属于正文内改编,虽然严格来讲它并不属于正文的一部分,而仍然属于副文本的范畴,但从阅读的实际效果和过程来讲,它们和正文的故事文本在印刷层面上混合在一起,从而被编织进了正文的结构。它们不断跳出来与读者进行交流,对阅读提供指导,其目的是确保读者的理解始终保持在"正确"的方向上。而附录部分的评论(也可能是在前言部分)有两种形式,它可能以对小说或人物的直接评论的形式出现,属于学生读者的识记范围;也可能以题目的形式出现,通过有导向性的提问或以参考答案的方式来指引学生进行"正确"的文本阐释。这两种不同形式的评论代表了改编者不同层次、不同力度的阅读介入和指导。

　　以上讨论的六个版本尽管来自不同出版社,但它们揭示了中国的教育工作者和出版社如何将文学名著运用到语文课外阅读的一些共同之处。这一整套流程,从《鲁滨逊漂流记》被选入教育部的推荐书目,到出版社对小说的改编目的和策略,到学生在实际过程中如何完成对新课标版名著的阅读,最后到考试中如何考察学

---

① 该版习题的出题人为蔡少军,曾任杭州高级中学语文教师、浙江省教育厅教研室中学语文教研员、浙江省青年教师中学语文教学研究会秘书长、浙江省语言学会中等学校语言教育专业委员会副秘书长、杭州师范学院中文系特聘教师。

生对世界名著的阅读情况,体现了中国如何将这一部世界名著运用到自己的教育体系中,为我们自己的语文教育、道德教育和意识形态教育所用。

《小学语文课程标准》列出了语文课程的十大总体目标:

1. 在语文学习过程中,培养爱国主义、集体主义、社会主义思想道德和健康的审美情趣,发展个性,培养创新精神和合作精神,逐步形成积极的人生态度和正确的世界观、价值观。

2. 认识中华文化的丰厚博大,汲取民族文化智慧。关心当代文化生活,尊重多样文化,吸收人类优秀文化的营养,提高文化品位。

3. 培育热爱祖国语言文字的情感,增强学习语文的自信心,养成良好的语文学习习惯,初步掌握学习语文的基本方法。[1]

……

需要看到的是,尽管语文课程属于语言课程,但其首要目标不是语言技能,而是意识形态教育和道德教育。这说明了语文课程在整个学校教育体系中的特殊教育意义:它肩负着正确的意识形态、价值观和道德观的教育重任。其他课程都是知识性的,唯独语文教育首先是政治的、道德的。随着中华民族的日益崛起,中国经济的不断发展,这一任务将会变得更加重要。良好的国民素质教育是民族文明的基础,这是近些年高考改革中调整语文成绩权重的重要考虑。因此,语文课程中的知识类内容目标就成为第三目

---

[1] 中华人民共和国教育部:《义务教育语文课程标准》,第6页。

标。这解释了为何西方文学作品在语文课本中的比例较低，同时也说明了为何笛福的这部小说在众多的西方文学名著中脱颖而出成为推荐书单中为数不多的外国小说：既然语文课程（也包括课外阅读篇目）首先需要考虑能否培养学生正确的、健康的社会主义道德观，而《鲁滨逊漂流记》的主人公在勤劳和独立方面如此突出，那么它的入选也就理所当然了。如上所述，语文课程中包括的西方文学作品以批判现实主义为主，那么两相比较，一边是揭露西方资本主义的腐败和阴暗面，另一边则是包含充满正能量的主人公，无疑后者更适合作为培养健康道德观的材料。

　　一旦变成了推荐甚至指定阅读书目，小说就不可避免地被改编了。勤劳和独立这两个品质就成了最显要的主题，占据了决定性的地位，压倒甚至掩盖了原作中本来存在的其他因素。詹姆斯·乔伊斯所说的"无意识的残忍"变成了新课标版中的"善良"的鲁滨逊，这个形容词几乎凭空出现在所有的中国新课标版对主人公的评价中。鲁滨逊的个性中原先存在的不同特点甚至是矛盾被剔除，留下的是一个完全正面的主人公，一个新的鲁滨逊，勤劳和独立成为其首要品格，并产生了扩散效应，催生了一系列在原作中微不可察甚至本不存在的正面品质，例如善良、乐于助人。这样一来，英国作家笛福笔下的鲁滨逊就完成了转变，成为中国新课标版中的典范式的主人公。

第三节　中国消费文化语境中的儿童文学改编

　　作为现代社会的文化产品，儿童图书不可避免地打上了当今商品社会的深深烙印。尽管宣扬理想化、纯真化的童趣世界是绝大多数儿童图书的特色，但这一看似自然化、普遍化的想象仍然是具有历史性和文化性的产物。儿童图书首先是商品,是出版社在考虑市场行情和读者期待的情况下对特定文本进行商业投资的产物,商品市场的逻辑不可避免地贯彻其始终,图书也因此属于当今消费文化。因此,在分析新课标版《鲁滨逊漂流记》时就必须对其消费文化特征进行探讨。

尽管有着这样或那样的争议,但在全球化的浪潮下和市场经济的深入发展下,当前的中国社会已经开始具有消费社会的特征。消费社会的概念最初是由法国马克思主义日常生活批判学派创始人列斐伏尔提出来的。他在《现代世界中的日常生活》(1968年)中指出,现代社会是一个被流行文化和消费体系所全面操控的社会,新资本主义发展和统治的中心已经从生产转向消费,消费成为社会的首要控制力量。①情境主义国际代表人物居伊·德波又进一步提出,资本主义社会已经从以生产为核心的商品社会发展为以意向和幻觉占统治地位的"景观社会"(Society of the Spectacle)。商品的使用价值走向没落,而意向价值成为人们购买和消费的深层动机,景观社会实质上就是意向统治一切的社会,人们的生活内涵和意义被掏空,无法接触到真实存在,而是生活在伪情境和伪欲望之中。②让·鲍德里亚进一步发展了列斐伏尔的消费社会理论,用符号学改写了马克思主义的"商品拜物教"和美国制度经济学的奠基人凡勃伦提出的"炫耀消费",提出商品消费已经不再是一种纯粹的经济行为,而更多的是一种意识形态,一种审美的意识形态。对商品的消费不仅是对文化意义的消费,而且是对文化差异以至于社会结构差异的消费。他认为消费社会的发展前景十分黯淡,

---

① 转引自刘怀玉、伍丹:《消费主义批判:从大众神话到景观社会——以巴尔特、列斐伏尔、德波为线索》,《江西社会科学》2009年第7期,第50页。
② 同上书,第53—54页。

对各种符号价值的无休止繁殖、堆积、扩散表现出恐惧与绝望。①消费主义理论十分深刻地指出了西方资本主义社会发展到目前阶段的社会特征和内在文化矛盾,对理论学界具有深远的影响。但也要看到,消费主义理论是以西方发达资本主义社会为考察对象提出来的,具有一定的特殊性,其理论能否放之四海而皆准还需要各国学者的检验、反思和修正。我国是社会主义国家,在一系列基本社会属性上与西方发达资本主义国家有着本质的差异,因此采用消费主义理论考察我国的实践就更应该抱着批判的态度审慎对待。但我们又不能对现代社会的消费文化视若不见,尤其是在中国积极投身于全球化浪潮的情况下,商品市场和资本市场与国际接轨,更让中国的消费文化有着自身的特点,正是在这个意义上,采用消费文化理论对新课标版读物进行考察具有理论上的深刻性。

  国内对于消费主义的研究既有纯理论性的研究和批判,例如南京大学张一兵教授为鲍德里亚《消费社会》中译本所做的序,以及他对鲍氏理论的批判专著《反鲍德里亚》,在书中他指出鲍氏理论有不少地方"是看走了眼的学术戏法","随意的主观断想"②,建立在"自主性的逻辑臂膀"之上③;也有采用消费主义的实践,对外国文学进行深度解读的精彩之作,如北京大学周小仪教授的《唯美主义与消费文化》,在书中他提出了唯美主义既是当时对于商品文化和小市民气质的反叛,但同时又悖论式地迎合了商品文化的浪潮。同时也不乏将消费主义理论应用于中国的实际情况的研究,

---

 ① 周小仪:《唯美主义与消费文化》,北京:北京大学出版社,2002年,第16—19页。
 ② 张一兵:《反鲍德里亚:一个后现代学术神话的祛序》,北京:商务印书馆,2009年,第54页。
 ③ 同上书,第105页。

文学方面可见管宁的《消费文化与文学叙事》[①]对中国的先锋小说、青春写作、时尚文化生产进行的卓有成见的考察,邱江宁在《明清江南消费文化与文体演变研究》一书中对明清时期消费文化对文学文体的影响进行的研究[②];媒介研究可见广东外语外贸大学外国文学文化研究中心的研究成果《中国消费文化观念的媒介呈现研究》[③],它将《人民日报》《读者》、湖南卫视、新浪网等报纸、杂志、电视和网络媒体中的消费文化内容进行了定性和定量分析;社会研究可见纪秋发的《中国社会消费主义现象简析》[④],该书对消费主义在中国出现的原因以及传媒的消费主义倾向进行了思考。总之,在消费主义研究的浪潮中,中国学者已经敏锐地注意到中国社会的消费主义现象,并在积极借鉴西方理论资源的同时针对中国自身的国情进行了深入的思考。中国社会的消费文化及其对社会生活、经济活动、商业行为、人际关系、个人心理的巨大影响已经是不争的事实。因此,采用消费文化理论对新课标版读物进行考察有着实践上的必要性。

儿童图书属于文化商品,以盈利为首要目的,其策划、编辑、出版、发行乃至流通、被阅读,无不受到消费文化的影响。本节对新课标版的消费文化分析将从两个方面展开:一是消费文化影响图书策划和出版、消费渠道、读者群体等消费过程要素,二是消费文化影响图书商品的本身,包括包装、设计、故事情节、小说文体等文本要素,由此探讨消费文化与新课标版读物之间的相互影响。

---

① 管宁:《消费文化与文学叙事》,福州:鹭江出版社,2007年。
② 邱江宁:《明清江南消费文化与文体演变研究》,上海:上海三联书店,2009年。
③ 董雅丽、杨魁:《中国消费文化观念的媒介呈现研究》,北京:人民出版社,2015年。
④ 纪秋发:《中国社会消费主义现象简析》,北京:北京理工大学出版社,2015年。

3.1　图书策划出版

任何图书,包括新课标版读物,其出现都离不开图书市场这个大背景。中国当前的纸质图书市场繁荣的态势是有目共睹的。在今天电子图书(如 kindle 电子书)、网络图书等新图书媒介的冲击下,纸质图书市场并没有丢失太多江山,而是顽强地挺过了冲击并继续繁荣发展,可以说绝非偶然。当当网以卖图书起家,经历了一个绝好的发展时期,随后京东网也加入图书的电商市场分一杯羹。然而在 2005 年前后图书市场迎来了一个低谷,导致当当、京东等销售图书的电商纷纷转而寻求多元化的产品策略以扭转不利局面。十多年过去了,图书市场走出了低谷状态迎来了又一个发展的春天,这和中国的消费市场的变化有着密切的关系。

首先是随着经济的发展和人民群众的购买力提高,图书价格的上涨幅度相对较小,因此人们在购买时不再像以往那么精打细算。另外,电商逢年过节的优惠券和返券也十分给力。图书不同于其他商品,其他的商品促销往往存在先临时提价然后再打折促销的做法,实际上是欺骗了消费者。图书商品是定价销售,它的折扣是真真实实、无法作假的。因此图书产品的优惠促销活动有着其他产品不可比拟的诱惑性。其次,当前的图书消费群体对于文化投资比较看重,在经济实力上升的情况下,舍得花钱给孩子进行文化投资。许多孩子都有自己的书柜,这在过去是极为少见的。给孩子买书成为长期的、有计划的、大批量的行为,尤其是当京东等电商在"双十一"期间推行的图书满单减额活动,更使得购买图书具有批量性和可预见性。最后,在手机、平板电脑等电子屏幕充斥的年代,对其损害视力的宣传也非常到位,许多家长为了保护孩子的视力严格限制孩子使用电子产品,而代之以购买纸质图书。

图书市场的繁荣其实隐含的是更为激烈的竞争。因此,图书策划十分关键。在教育类图书市场中,教辅类图书最为畅销,图书与校内课程的贴近程度和有效性在很大程度上决定了图书的销量。那么,打着"教育部推荐书目""语文新课标指定阅读书目"等旗号的图书的畅销也是显而易见的事了。但值得做文章的地方也就在这里:教育部语文新课标文件只是象征性地给出了几个例子,而出版社又不愿意放弃这一巨大商机,仅仅出版作为范例的那几部作品,而是要追求最大的利润。因此,如何扩充新课标的阅读书单,使之既能够尽可能长一些、全一些,又能够比较贴合新课标的精神而不至于为了追求多出书导致"狗尾续貂",就成为考量策划和编辑人员的题目。这样的一份出版社"自行"给出的阅读书目的选择,乃至不同出版社的书单的差异,往往折射出消费文化的影响。

首先我们需要对参与了出版新课标推荐书目的出版社有个大概了解。笔者从京东网、当当网和卓越网这三个大众最常购买图书的网站上根据销量排序进行了大致调查,这些出版社从性质上可以大概分为:儿童类出版社(如河北少年儿童出版社)、综合类出版社(如黄山书社)、文艺类出版社(如浙江文艺出版社)、大学类出版社(如南京大学出版社)。①

从长度来看,黄山书社、北京教育出版社等的书单是最长的,基本上在100本左右。第二类如河北少年儿童出版社,有30本,浙江文艺出版社的小学阶段的书单是18本。而最少的则是商务印书馆的:虽然商务版《鲁滨孙飘流记》在其他方面和其他新课标版并

---

① 当然,现在图书繁多,这里的分类仅供大致了解,并非穷尽式列举,存在遗漏的可能。

无太大区别，同样具有比较浓厚的广告气息，但它是唯一没有在书中提供整套丛书书单广告的版本。这可以说是非常少见的，甚至是独一无二的情况。笔者揣测，这也许与商务印书馆高端学术和文化定位有关，它所受到的市场和消费主义的影响相对较小。

书目的数字还仅仅是较为表层的，更具备说服力的是书单的构成。无论是长书单还是短书单，尽管都自称依据新课标，但各个出版社的书单组成却大相径庭。

以长书单为例。黄山书社的书单共133本，排版上分为了三栏，国外文学名著占据了第一栏共50本左右，这些名著绝大多数是儿童文学经典，如《爱丽丝漫游奇境记》《金银岛》《绿野仙踪》等，童话和冒险小说占据了主流。第二栏由《老子》《庄子》《增广贤文》《唐诗三百首》《西游记》等儒家经典、古典诗集和小说名著构成，还有几本现当代散文。第三栏则是以休闲类作品为主，其典型代表是《歇后语》《脑筋急转弯》《中国未解之谜》等。总体来说，黄山书社的书单的重心分布在外国儿童文学名著、中国文学名著和休闲益智知识类图书上。第一个重心倾向于满足儿童读者这一特定读者群体的口味爱好，能够从情节上抓住孩子们的阅读兴趣；第二个重心则是满足语文教学的需要，这些古文和诗词虽然在阅读的趣味性上与第一个重心无法相比，但由于是语文课程的文学素养的必备知识，所以老师和家长往往能够保证孩子的阅读；第三个重心则注重休闲性和畅销性，这类图书既受到孩子们的喜欢，读起来饶有趣味，又具有一定的益智性和知识性，结合了孩子们和家长的共同兴趣点。在这份长长的书单里，带有较为明显的政治意识形态教育的书非常少，只有《钢铁是怎样炼成的》，这是直接出现在教育部新课标的推荐书目举例中的作品。

北京教育出版社的书单有70本，从其构成来看，与黄山书社书单的第一个重心和第三个重心有着较高的重合率,但第二个重心则明显减少了书目。中国古典文学作品减少到只包括四大名著,而情节上带有较大吸引力的《杨家将》《封神演义》《聊斋志异》等书一本也无,诗词类只有唐诗而无宋词,但却增加了《声律启蒙》《幼学琼林》《笠翁对韵》四本非常冷门的古代诗律的书,令人百思不得其解。这四本书的内容即便是在中学阶段也很少在语文课程中被提及,更难抓住小学生读者的阅读兴趣。总的来说,与黄山书社的书单相比,它保证了畅销性和休闲性,而忽略了语文课程文学常识的相关书目。

更具特色的是南京大学出版社的"新课标经典名著"。值得一提的是,南京大学出版社针对小学语文新课标共出版了四套必读丛书,其他三套分别是"小学语文新课标必读丛书""素质版·小学语文新课标必读丛书(智慧熊系列)""新课标经典名著(学生版)"。如此高密度地重复出版在整个行业来看也是不多见的。这里由于篇幅所限,仅讨论前两套丛书。"新课标经典名著"系列共100册,与上两套书单相比,存在四个明显的特征。一是外国作品共有80本,占了绝大多数;二是作品兼顾了儿童文学经典和成人文学经典,前者如《爱丽丝漫游奇境记》《水孩子》《骑鹅旅行记》,后者如《傲慢与偏见》《包法利夫人》《羊脂球》《战争与和平》《罪与罚》等,也许后几本小说在小学生读者中未必会受到欢迎;三是未收录儒家经典,上两套书单中的《庄子》等一本也无;四是未收入任何纯休闲类、知识类或是益智类的作品,如前两套书单中的《恐龙百科》等。这几个特征综合起来可以看出该书单的定位,那就是专注于纯文学。这个概念之下既可以包括外国的儿童文学经典和成人文学经典,也可以包括中国的古典文学经典(如《儒林外史》,但排除了现当代散文),但不包括任何文学之外的书籍。考虑到书单100

本书籍的容量,因此可以认为,不存在由于书单过小而简略了部分类别的可能,它的定位相当明确。这个书单是南京大学出版社策划的。南京大学是历史悠久的综合性大学,居 985 高校前列,而且南京大学的文科有着深远的历史和相当的实力,南京大学出版社所出版的书籍也以高水平的人文社科成果为主,理工科书籍并不太多,畅销书籍和小学教辅图书更是少见。可以认为,这份书单鲜明地体现了出版社的特色和市场定位对于图书策划的影响。它反映了在当今消费文化的情境下各出版社差异化经营策略对于图书策划的影响,同时,南京大学出版社跳出其传统的出版领域,涉足中小学教辅图书,出版四套新课标必读丛书,这也标志着在消费文化和市场竞争的影响下人文社科类大学出版社经营理念正在悄然转变。

另一套书单包容性则强得多。它较为少见地将其分成了四辑,每辑 10 本,共 40 本。但实际上,这四辑共 40 本书都是在 2013 年 1 月份出版,因此各辑并无先后之分,其内容构成为我们了解书单的性质和市场定位提供了线索。第一辑包括《安徒生童话》《格林童话》《木偶奇遇记》《伊索寓言》《爱的教育》《名人名言》《唐诗三百首》《雷锋的故事》《歇后语》《成语故事》。前三本是儿童文学经典中的经典,尤其是童话集和寓言集;《唐诗三百首》是中国古代文学经典中流传最广,也是最容易为小学生读者所接收的,可以说是兼顾了教育性和畅销性;《雷锋的故事》带有明显的世界观、人生观教育的目的;最后两本则是畅销类的兼顾知识性和休闲性的作品。可以看到,这份书单尽管极其短小,但与黄山书社的书单在构成上却非常相似,兼顾了儿童文学、语文课程文学常识和休闲性作品,最明显的特色是保证了其畅销性,是一份相当市场化的书单。其他三辑也仍是在作品选编的三个方面互相补充,因此整体性质相当一致。

虽出自同一家出版社,两套书单的定位却相当不同。一份追求纯文学性,在这个前提下中外兼收,雅俗共赏,而另一套则走市场化的路线,短小灵活,在确保畅销性的前提下兼顾教育性、知识性和休闲性。作为图书消费链的第一环的策划都有如此明显的理念差异,对接下来的各个环节必将产生重要影响,而这些策划理念及其差异,无疑深深植根于当今的消费社会。

3.2 传播渠道

中国读者在近十年的图书消费行为上的一个明显变化就是由以往在书店购书转变为绝大多数人在网上购书。据透露,2015 年中国线上图书已达 280 亿元规模。[①]传统书店往往存在铺货少、打折力度小和查找不方便的问题。哪怕是从书店转变成书城(如当前在许多大城市商业区的做法),其空间仍然有限,相对于整个图书市场的丰富产品来说仍然远远不够。像京东这样的电商可以轻而易举地做到销售市面上绝大多数在版的图书,而北京王府井图书大厦的空间仍然远远不够摆放这些图书。另外,在扩大实体书店面积的同时,寻找消费者心中特定的图书的难度将会大大增加,加上往返书店的交通时间,消费者购买图书的时间和人力成本非常高。相比之下,在网站上购书只需要输入书名搜索一下即可,其搜索时间几乎为零。再加上更大的打折力度、便捷的支付方式、迅捷的配送,大大降低了购买图书的人力和金钱成本,因此,对于在生活节奏不断加快的中国大城市的消费群体来说,网上购书成为最主要的购书方式。

---

① http://www.maijia.com/news/article/91409.

电商销售图书对于图书购买和消费行为的影响不仅仅只是改变了图书的购买渠道这样简单。在实体书店购书具有一种类似图书馆阅览的体验,消费者可以对书柜上的排放整齐的图书一览无余,然后根据书脊上的标题取下自己感兴趣的图书,在大致翻阅之后决定是否购买。① 这种时间和空间顺序导致影响消费者心理决策的第一要素是书脊标题:只有当书脊标题成功地引起了消费者的兴趣之后,这本书才有可能进入其视野,成为候选。但书脊标题往往只有短短的一行字加上少量的花边或图案设计。消费者必须在如此少量的信息上做出最初步的选择,这是很容易遗漏"好书"的。这也是实体书店最传统、最常见的空间摆放方式。为了弥补这种方式的不足,实体书店也会同时在书柜之间的空余场地的展示台上水平地展示一些图书供消费者选择。这时图书的封面无须消费者从书柜上单独拿下来就能够进入其视野,因此,相比那些摆放在书柜上的图书,它们能优先进入消费者决策的第一环节,从而大大增加了其被选中的机会。虽然水平摆放图书的数量远远小于在书柜上立式摆放的数量,但对于书商来说这仍然是很值得的。在购买环节,图书的展现方式将影响其随后的消费命运。

在网上书店购买图书时,整个过程的方式又截然不同。一般来说,大多数人先输入某个标题或者关键词,然后根据检索结果逐一打开链接、浏览、考虑,最后做出决定。检索结果页面一般呈网格状的排列,每本书的封面图片都会显示出来,图片下方是书的标题。因此,网上购书第一次做到了对所有图书一视同仁地"图文并茂",而不再仅仅由书脊充当第一环节。这样一来,图书的封面设

---

① 这里仅仅是对这一过程进行一个大致的、最常见的表述,当然也存在各种各样的其他的购书目的,这将导致购书的身体行为和心理活动有所不同。

计比以往更为重要，甚至是第一位的，取代了实体书店时代书脊标题的地位，因为当消费者的眼球对着整个屏幕的搜索结果时，解读最快的将是图片部分而非线性排列的图书标题，后者无论在大脑解码速度还是在占据空间上都远远无法与前者相比。当消费者对图书封面的图片进行第一次阅读、理解和选择时，影响其抉择的首要因素是版面的（背景和前景）颜色、标题字体、装饰图案。由于搜索界面排列的结果很多，每一幅图片空间有限，因此封面并非是越花里胡哨越好，过于复杂的封面会导致辨认过于耗时而很有可能被消费者所抛弃。因此多数封面都以较大幅面的浅色作为背景颜色，这样与封面的其他部分对比比较明显，容易辨认。标题也需要使用较大的字体和对比度高的颜色，而且在字体上也是有讲究的。在本书所考察的几本新课标版中，大多数图书都是用白色作为背景色。标题有两种处理办法。要么将其直接放置在浅色背景中而采用黑色来突出显示，例如商务版；要么在浅色背景之外设置较深的背景色块（例如深蓝色），将标题用浅色（白色或黄色）突出显示，例如黄山书社版和北教版。在字体上，一般来说纸质介质会选择衬线字体（如宋体），因为纸质的分辨率远高于电子屏幕，衬线部分（如汉字横笔末端的翘起部分，或是英文字母 I 顶端和底部的小横杠）可以帮助眼睛更容易分辨文字；而电子屏幕由于分辨率不如纸质媒介，一般选择用无衬线字体（如黑体），这些字体笔画相对较粗，比较醒目易认。这些新课标版读物大多数在封面却采用了电子屏幕上常用的无衬线字体作为标题而非纸质媒介的衬线字体，就是为了方便消费者在网上购物能够更容易辨认封面图片中的文字。内页则仍然按照惯例用衬线字体印刷。在装饰图案方面，大多数封面都没有在靠近边缘的地方放置任何元素，这样可以不至于从视觉效果上挤压封面的主体内容。

尽管在任何时代，对于图书的封面，设计者都要挖空心思考虑如何吸引读者的目光注意力，但不同消费时代环境下的物质呈现方式不同，决定了其设计的具体形式有所变化，以更好地适应不同环境。这些新课标版的封面设计，与更早出版的教育类图书相比，其优化过的封面能够更好适应互联网时代的电子屏幕，这体现了消费文化对教育类图书的影响。

网上书店的几乎可无限轻易拓展性带来的丰富的、直观的、罗列式的图书搜索结果页面，似乎唾手可得的购物体验，体现了消费主义中的关键概念——丰盛和景观。鲍德里亚钟爱用大商店和购物广场的例子来说明消费社会如何将各式各样的商品堆积到一起来激发人们的购物欲望："堆积、丰盛显然是给人印象最深的描写特征。大商店里琳琅满目的罐头食品、服装、食品和烹饪材料，可视为丰盛的基本景观和几何区。"①当鲍德里亚写下上述话时，他心中想到的还只是大商店在有限的空间堆积出的丰盛性。当社会发展到互联网时代后，网上购物将丰盛发展到近乎无限的地步：如果你的检索词足够简洁、大众，检索出来的上百页内容无疑在消费者心目中堆积起了新的丰盛景观。而所有商品都配套了方便随时点开、全方位拍摄的图片，则将景观立体化、空间化，在某种意义上图书商品在电商的网站上变形为一个个自我推销的景象。以往在实体书店以指尖接触的图书被压缩成图片，紧密地排列在同一个电子屏幕上，相互指称、呼应，物以意象价值的形式表现出来。用德波的话说，就是"意象统治一切……社会的生产变成了意象的生

---

① 让·鲍德里亚：《消费社会》，刘成富、全志刚译，南京：南京大学出版社，2014年，第2页。

产。诚可谓自然消失、意义隐退、符号狂舞、事实虚无、信息膨胀。"① 在景观的背后是其无意识消费心理控制,操纵着消费者从一个搜索页面不断地"下一页"直到兴趣耗尽为止。

3.3 读者群体

读者群体是图书消费的主体,其消费方式对图书具有重要影响。家长在选购教育类图书的时候,口碑相传很重要。往往一本好的教辅图书,在被一部分消费者发现其优秀价值之后,借助家长之间的聊天、微信圈、手机应用程序(如"家长帮")、班级等社交方式很快在家长之间开始流传。在这种非正式的流传方式中,过长的书名是不利的,因此大多数图书都尽可能地起一个简短的书名,而且赋予其一个短小响亮的品牌名,如"圣才""智慧熊"等。这些品牌名比出版社名简短好记,而且对于互联网时代的购书搜索来说具有更高的可辨识度。相比之下,过长的书名很容易在流传过程中讹传,而根据出版社名称搜索往往结果太多最后很难定位。更重要的是,品牌名往往代表了一个图书系列。为了尽可能扩大利润,出版社的图书策划是以系列为单位的。一个系列中,一旦有一本书打开了市场,往往意味着其他的图书都有机会复制这份成功,而且,图书系列也是教育部新课标推荐阅读最好的配套方式。它意味着这种课外阅读从来就不是单本的,而是一整套,南京大学出版社的100本书的系列就很好地说明了这一点。

品牌、系列、书单,这些因素叠加在一起,构成了鲍德里亚所说的"暗示意义链"②。在丰盛的基础之上,"物以全套或整套的形式

---

① 刘怀玉、伍丹:《消费主义批判:从大众神话到景观社会——以巴尔特、列斐伏尔、德波为线索》,第50页。

② 张一兵:"序言",《消费社会》,序言第6页。

组成。……很少会有物在没有反映其背景的情况下单独地被提供出来。消费者与物的关系因而出现了变化,他不会再从特别用途上去看这个物,而是从它的全部意义上去看整套的物。"①教辅类图书的成系列化,意味着消费者在这类消费中几乎很少有选择单本的权利。他总是在发现某本好书之后被其优秀品质所吸引,试图去复制该图书带来的学习价值,被暗示着既然这本书对孩子如此有帮助,那么这套书的其他书应该也同样好,从而从一本书跳到同一系列的其他书,被强迫性暗示消费。更有甚者,在今天升学压力巨大的情况下,这种强迫消费的行为很容易进一步发展为去寻找同一出版社的其他系列,或是其他出版社的类似系列。用鲍德里亚的话说就是:"他逻辑性地从一个商品走向另一个商品,他陷入了盘算商品的境地。"②这种盘算心理的背后是教辅类图书消费市场中消费者心中的教育和升学压力,它决定了图书的系列化、全套化现象以及图书的相互呼应、指称,从而构成一个巨大的"暗示意义链"。

3.4　图书内容

　　消费文化对图书的影响,既体现在图书被消费的各个环节中,也体现在图书自身之中。以《鲁滨逊漂流记》为例,该书本是笛福59岁时为缓解经济窘况而作,这也是笛福生平第一次写小说,其巨大的出版成功促使其走上了小说创作之路而一发不可收拾。笛福的小说面向18世纪的英国中产阶级读者,尤其是清教徒商人群体,

---

① 让·鲍德里亚:《消费社会》,第3—4页。
② 同上。

书中的精神自传性质①和重商主义精神反映了其读者群体的精神和意识形态风貌。当这部18世纪的英国小说被改编成中国的新课标版时,就绝不仅仅是如实译成中文如此单纯,而是要适应当今中国社会的消费者对宗教观念、意识形态、主人公性格等一系列文学品位、世界观和教育理念等方面的阅读期待。可以说,消费者品位对改编施加了巨大影响。

  宗教主题是该小说最重要的主题之一,本书前三章中对此已有过详细论述。宗教主题对于18世纪的笛福乃至当今西方读者来说是情理之中的事情,无论人们的信仰与以往相比发生了多大的变化,宗教都已成为其文化最深层的组成部分。但对中国读者来说则大不然。中国传统上实行的是孔孟之道,在某种意义上,我们从未有过真正的全民性的宗教。因此,尽管中国人对于基督教的上帝毫不陌生,但我们的理解是中国式的、便捷式的、实用的,没有西方语境中宗教的诸种道德、文化乃至哲学含义。这一点反映到新课标版中就是文本中的上帝是一种人性化的形象,类似于中国人对于佛教神明的理解:我们敬重神明,向其祈祷,得其保佑,关系简单明了。例如黄山书社版对于鲁滨逊在荒岛上得了疟疾之后向上帝祈祷情节的处理:

  在临睡前,我做了一件生平从未做过的事:我跪下来,向上帝祈祷,求他答应我,帮我摆脱疟疾的折磨,拯救我脱离苦海。做完了祈祷,我喝了点浸了烟叶的甘蔗酒,因为我想起在巴西时曾听当地人说过烟叶可以治病。(第49页)

---

  ① 关于《鲁滨逊漂流记》的精神自传性质,参见黄梅:《推敲"自我":小说在18世纪的英国》,第53页。

这里体现了我们对于人与上帝关系，以及应当如何信仰上帝的理解：跪下、祈祷保佑，然后到此为止。上帝和信徒之间的关系简洁而实用。当然，这句话几乎是照着原版翻译过来的，字面上看似改动不大，但重要的是，它删去了原版中的上文语境：

> Why has God done this to me? What have I done to be thus us'd?
>
> My Conscience presently check'd me in that Enquiry, as if I had blasphem'd, and methought it spoke to me like a Voice; WRETCH! *dost thou ask what thou hast done*! look back upon a dreadful misspent Life, and ask thy self *what thou hast not done*? … I was struck dumb with these Reflections, as one astonish'd, and had not a Word to say, I went, directed by Heaven no doubt; for in this Chest I found a Cure, both for Soul and Body …①

这里生动地体现了清教徒对于信仰的理解：信仰上帝不仅仅是精神层面的，更是道德层面的，它意味着需要时刻内省。这种对内心的检查习惯是精神自传的来源，是一种道德上的动力，常常被假想为信徒与上帝的精神交流。引文最后一句说到，鲁滨孙在箱子里发现了两样东西，一样医治他的身体，另一样医治他的灵魂，指的是烟草和《圣经》。"身体""医治""灵魂"这样的字眼和搭配体现了基督教对于上帝和信徒之间的关系的理解，以及基督教式的

---

① Daniel Defoe, *Robinson Crusoe*, Oxford World's Classics, pp. 79—80. 斜体为原著所有。

追求身体和灵魂的对称的修辞习惯。这样的上文语境包含了中国普通读者所不了解的基督教信仰的意义细节,那么它在黄山书社版中被删去也就是非常自然的事情。

类似的处理还包括鲁滨孙在荒岛上发现长出麦苗这一情节。原作是这样描述鲁滨孙在发现麦苗之后的心理活动的:

> It is impossible to express the Astonishment and Confusion of my Thoughts on this Occasion; I had hitherto acted upon no religious Foundation at all, indeed I had very few Notions of Religion in my Head, or had entertain'd any Sense of any Thing that had befallen me, otherwise than as a Chance, or, as we lightly say, what pleases God; without so much as enquiring into the End of Providence in these Things, or his Order in governing Events in the World: But after I saw Barley grow there, in a Climate which I know was not proper for Corn, and especially that I knew not how it came there, it startl'd me strangely … (67)

鲁滨孙说,在此之前他没有过真正的信仰,他的行为从不考虑宗教,他从来没有想过发生在他身上的事情背后是否有着上帝的旨意。但我们也要注意到,即便如此,对于原作的鲁滨孙来说,他清楚地知道,成为一个真正的信徒意味着什么和应该如何去做,他很清楚他所处社会的一整套基督教的精神话语体系。试对比黄山书社版相应部分:

> 我简直不敢相信,庆幸这仅存的十几颗大麦竟然没有霉

掉,或是被老鼠之类的动物吃掉!我也庆幸自己把这十几颗麦粒恰恰扔在了背阴的岩壁下,它们才得以生长。如果丢在别的地方,肯定早就给太阳晒死了,这真是上帝对我的恩赐啊!(44)

原作中的鲁滨孙第一时间想到的是上帝,尽管他后来也想明白了,其实这是他自己洗布袋时倒掉的种子中有一些正好落在土地里发了芽,但这无损于这一情节的宗教意义。他在这里的思绪是真诚的,他把这当做一个奇迹,这个词带有相当强烈的宗教意蕴,是《圣经》中许多故事里以及基督教实际传教过程中许多信徒走上皈依之路的起因。鲁滨孙的这番想法说明了他的思想已经开始准备信仰上帝了。但黄山书社版的鲁滨逊第一时间想到的是自己,庆幸自己把麦粒扔在背阴的岩壁下。他思维中的归因活动是彻底的现代人的模式,也是中国式的。在他的意识里,上帝远远不是一个随时能够跳出来解释世间事情的概念,世间的一切都是主体与客观世界的相互联系,上帝是边缘化的,这个边缘位置是在话语层面、修辞层面,是加强惊讶、庆幸的语气所必需的,而非意识和概念层面的。原作的这一段中上帝处于重心位置,是鲁滨孙思考的核心,而在黄山书社版中,上帝与其他句子成分没有太大差异,出现在加强惊喜语气的句尾,从概念退化成口头修辞。从叙事角度来讲,它不再是故事层面的一个重要因素,而沦为话语层面的普通修辞。上帝一词的退化体现了中国读者的世俗观念对于西方经典小说改编的影响。

即便如此,也并非意味着所有中国版(包括新课标版)在对待宗教主题上都分毫不差,仍有版本对此做出了较多的保留,这意味着它们更加忠实于原著。以鲁滨孙在荒岛上患上疟疾之后梦见上帝这一情节为例。在梦中鲁滨孙见到一个人随大片乌云从天而降,全身像火一样闪闪发光,他手持长矛,说"既然这一切事情都没有使你痛改前非,现在你只有死了!"①大多数新课标版,如北教版、黄山书社版、河北少年儿童出版社版,都将这一部分完全删去,只有南大版、商务版和浙江文艺出版社版予以保留,且情况又各自有所不同。

原作用了两段话来描述这一梦境的内容,南大版对此全译,没有丝毫删节。商务版将两段合二为一,并删除了部分语句,例如原作中说梦中的上帝脚踩地面时大地也在打哆嗦,好像地震一样,这一句就被删去了。同时也有部分译文失准之处,例如原作中说上帝说话的声音非常可怕,难以形容,这些话鲁滨孙只听懂了一句。但商务馆将其改为:"[他]竟然对我讲话了,那声音简直要了我的命。他对我说:'既然这里发生的一切都不能使你忏悔,那么现在就要你的命。'"(59)将上帝说的很多话中的一句改成了上帝只说了一句话。值得注意的是,全书篇幅长短并非是梦启情节的保留与否的主要原因。上面提到的所有新课标版,除浙江文艺出版社版以外,全书字数都是12万字左右,在篇幅上基本上是一样的。也就是说,不存在某个新课标版因为篇幅较短而做出了较多的删节处理,而更多的是与语言是否忠实于原著有关。这两版都是由学术出版社出版,相对而言更加忠实于原著。

浙江文艺出版社则是另外一种情况,或许可以称之为传统风格的经典版,而非近似于当下的新课标版。从字数来看,其他新课标版基本都是12万字,只有这一版达到了23.4万字,相比之下,人民文学出版社1959年徐霞村的经典译文是22.9万字。从编辑人

---

① 丹尼尔·笛福:《鲁滨孙飘流记》,徐霞村译,第66页。

员来看，其他新课标版的译者/改编者是专业从事儿童图书翻译和改编的，如卓宁、王新亮等。在京东网上不难查到他们都各自出版了好几本教育类图书，而浙江文艺出版社版的译者是鹿金。鹿金毕业于上海华东师范大学外语系，1978年11月起任上海译文出版社编辑，1989年起任上海译文出版社总编辑，1993年起获国务院政府特殊津贴，1997年退休（该版的出版时间是2002年）。鹿金是专门从事文学翻译的，几乎找不到他在教辅类方面有任何其他图书出版。浙江文艺出版社版的风格更接近于面向普通读者大众的经典版而非儿童版。其译文细节与人民文学出版社版以及笛福原作几乎完全一致。它是唯一保留了笛福原作的序言的版本。不仅如此，它还附上了长达四页的译后记，这种做法一般只有在严肃的权威译文中才会出现，而很少出现在新课标读物中。浙江文艺出版社版的传统风格从其封面设计中也可以得到反映，在所有的新课标版中，只有这一版封面朴素，充满怀旧色彩，不像其他新课标版那么带有浓郁的市场气息和活泼的色彩。

我们或许可以把浙江文艺出版社版概括为一个半心半意试图向有利可图的教辅图书市场靠拢但又缺乏全心投入的尝试。尽管

在封面上也标注了"语文新课标必读丛书",附录中也给出了导读和习题,但最外在的封面设计和内在的正文却仍然是大众版的经典译文,而非面向小学生群体的新课标读物。从保留下来的序言,到学者风气的译后记,再到与原作如出一辙的缺乏章节标题和目录(而其他新课标版,哪怕是南大版和商务版,都对原作划分了章节并提供了目录以方便小学生读者),无一不带有传统经典译文的风格,或许其位于原序之前的"出版说明"对此提供了一个解释:

> 一、选目精当,强调人文精神。我们在收录教育部"新课标"建议课外阅读的相关书目的基础上,又增加主流教材要求阅读的名篇佳作以及中外优秀文学作品选本……
> 二、版本精良,体现浙文社优势。这套丛书荟萃了浙文社的"外国文学名著精品丛书""中国现代经典作家诗文全编系列""世纪文存""学者散文系列"等在出版界颇具影响力的丛书的精华……①

说明一则表明了丛书的课标读物属性,二则表明了译文的来源。原来这本书的译文来自"外国文学名著精品丛书"。无怪乎其译者是专业外国文学译者出身的鹿金②,无怪乎书中带有许多在其他新课标版找不到的元素(原序、译后记),无怪乎其译文更靠近权威译本而不似其他新课标版经过大幅度的改编(说明中说保留了"外国文学名著精品丛书"的精华)。这套丛书可以说是用"新课标读物"的新瓶装上了"外国文学名著精品丛书"的旧酒。它在尝试

---

① "出版说明"部分无页码标识。
② 考虑到鹿金的退休和该书出版的时间差,也许该书的译文时间要远远早于其出版时间。

第六章 比较文学视野下的儿童文学改编

模仿其他新课标读物商业化、专业化运作销售的同时,又仍试图保留传统的文学名著精品的精英主义和学术定位,这种市场定位和图书正文之间的错位导致了该书销售的尴尬:京东网站自营图书中,浙文版的评价有100多条,而南大版的评价却超过了3600条。尽管这并非对整个市场的全面、严谨的统计,但却足够说明其中存在的问题。

消费文化深切地介入人们的生活,改变了图书策划、出版、阅读和传播的每个环节以及参与其中的每个人。为迎合市场,占据更大市场份额,除了根据新课标的阅读要求策划好书单,根据购物情境的特点适应电子屏幕而设计图书封面外,内容的改编也很重要。上述论述到的对宗教主题的改编可以说是针对中国读者这个国别身份而为,那么同时也有针对小学生读者这一特殊年龄读者而做的改编,例如对文体风格的改编。

这里以鲁滨孙在荒岛上的睡梦中被自己驯养的鹦鹉叫醒为例。南大版和商务版对此都比较忠实于原著,在情节上保持高度一致,且这两版的用词、语气、句子长短也都非常相似,相比之下,黄山书社版和北教版则有着很大的不同。试比较:

> 我爬过围墙,躺在树荫下歇歇脚。我实在太疲倦了,不久就昏昏沉沉地睡着了。忽然有一个声音叫着我的名字,把我从睡梦中惊醒:"鲁滨!鲁滨!鲁滨·克罗索!可怜的鲁滨·克罗索!你在哪儿,鲁滨·克罗索?你在哪儿?你去哪儿啦?"
>
> 开始我睡得很熟,因为上午一直在划船,下午又走了不少路,所以困乏极了。突然,我被惊醒,但人一下子还未完全清醒过来,只是处于半睡半醒之中,因此我以为在睡梦中有人在同我说话。但那声音不断地叫着"鲁滨·克罗索!鲁滨·克

罗索！"终于使我完全清醒过来。（南大版 66—67）

　　我实在累得不行了，躺倒床上不久就昏昏沉沉地睡着了。忽然听到好像有人在叫着我的名字，我一下子就从熟睡中惊醒，赶忙从床上爬了起来。定睛一看，原来是我的那只鹦鹉停在篱笆上面和我说话呢！（黄山书社版 77）

黄山书社版不仅将两段合为一段（笛福原作中也是两段），而且将鹦鹉的直接引语完全删去，改用报道（report）的叙事模式给出。南大版则保留了原作对于鲁滨孙从熟睡到半睡半醒，再到完全清醒过来的描述。笛福的这段描述生动地体现了鲁滨孙当时十分劳累很难一下子清醒过来的状态，而黄山书社版对此的处理十分简单：鲁滨孙"一下子"就惊醒了，"赶忙"从床上爬了起来，情节大为简化。笔者揣测，这一处理最主要的原因可能是为了缩减篇幅。笛福的写作有着冗长松散的特点，这和他以字数论稿酬的创作经历有关。但笛福写得冗长可以挣更多的钱，而中国当前的消费市场则不然。教辅类图书的印张数和定价有个基本的范围，新课标读物也是如此。大多数定价在 10 元到 15 元之间，少数在 15 到 20 元之间，几乎没有超过 20 元的，页数也基本上控制在 150 页到 200 页之间。尽管各个出版社的新课标阅读书单上总书目超过了 100 本，每本原作的篇幅差别很大，但被改编成新课标读物之后印张数比较一致，书的厚度和篇幅差不多。这意味着改编过程对篇幅有着严格的控制。南大版正文部分字体较小，没有插图，共 202 页。这使它得以有足够的篇幅忠实于原作，尽可能保留原作的情节甚至是笛福冗长的文风。而黄山书社版正文的字体较南大版更大，配了一些插图（多数占 1/4 到 1/2 页），因此它的版面比较紧张,在保留情节的基础上删去一些细节就是情理之中的事了。另外,南大版过于频繁的标点(包括姓和名之间的分隔点以及大量问号和感叹号)也部分地迟滞了阅读,影响其情节的生动性。而黄山书社版句子明显比较整齐,生动易懂。

有着类似做法的是北教版。试比较:

天渐渐地黑下来,我吃了些带来的"饼干"和羊肉,然后走到树下休息。这几天的漂泊使我倍感疲劳,刚刚躺下不久就进入梦乡。在梦中我隐隐约约听到有个声音在呼唤我的名字:"鲁滨孙!鲁滨孙!"

我强迫自己从梦中醒来,那声音确实存在,可这岛上没有谁会叫我的名字。我急忙跳起来,四下张望,寻找声源。结果我大吃一惊地发现丁丁站在我身后的树桩上。(87—88)

北教版对这一情节也进行了一定程度的简化,鹦鹉的直接引语仅仅被部分保留。而且译文风格更加贴近小学生读者的习惯,用词比较生动,句子长度明显较短,跳跃性比较强,这与南大版比较平实的文风形成了鲜明对比。

北教版在某些细节上为了迎合小读者的品位进行了较为大胆的改编。如上述引文中的丁丁,本是鲁滨孙在岛上找到的鹦鹉,原作中起名为"Poll",商务版和黄山书社版称其为"波儿",这是一个既贴近原文又带有儿童口语风格的译法,南大版称其为"波莉",从口语体变回了正式名字。只有北教版无视原作的称法,将其改为风马牛不相及的"丁丁"。这种做法并非偶然,在鲁滨孙从大船上带回了两只狗、一只猫之后,他给狗起了名字"杰克",给两只小猫分别起名为"玛格丽特"和"凯迪"(第42页)。这种爱给小猫小狗起名字的做法本是儿童的习惯,原作本无之,北教版的这一做法应该是为了追求儿童读者的喜爱,它偶尔还加上一两句鲁滨孙和猫狗的对话:"'嗯,感觉不错。'我对杰克说。"(第41页)这种独树一帜的改编风格无疑是当下消费文化对读者期待和出版者的改编策略选择的影响使然。

结　语

　　改编从儿童文学一出生就与之相伴。在儿童文学萌芽和初步兴起的18世纪英国，如果把儿童文学较为狭窄地定义为"专门为儿童而创作的文学"的话，那么能框进这个定义的作品寥寥无几。即便是普遍被称为儿童文学之父的纽伯瑞，他所出版的童书也是洋洋大观，混杂了童话、民谣、儿歌、民间传说等五花八门来自不同源头的作品，当然他后来也有一些专门找作家为此创作的作品。但正如许多学者对小红帽的故事的渊源考证一样，许多在今天被我们理所当然地视为儿童文学的作品，其实有着更古老的别样源头。而格林兄弟对各种故事的搜集，最后汇编成了今日儿童文学的正典，这本身也是一部不断进行的改编史。可见，改编与儿童文学天生就有着千丝万缕的联系。

　　改编的过程就是对原作不断再定义、再阐释、再创作的过程，对此，改编理论的权威专家琳达·哈琴杜撰了"palimpsestuous intertextuality"一词，绝妙地描述了这一"带有变化的重复"。"palimpsest"来自于希腊文，意思是将羊皮纸上的字迹抹去，以重新利用再次书写，但是字迹却没法完全消除，而是仍然留有痕迹。哈琴用这来比喻改编作品对原作的动作，既能看见痕迹，然而又写上了新的文字，两者融为一体。而且，这种融合未必是天衣无缝的，和谐的，也许是油水不容，泾渭分明的，也有可能是有争斗和矛盾冲突的。而"intertextuality"（互文性）一词更是道出了改编的核心特点：在改编过程中所有那些被织进了改编作品的新的元素，有着不同的源头，也许来自更古老的作品的复活，也许来自之后作品对其的敬仰，也许来自改编者所处时代的社会关注。但不论其来自何处，都身处改编者或是读者所置身的一张意义的大网之中，成为意义生产的一部分。从这个意义上说，羊皮纸上新写上去的文字，无一不带有互文的性质，于是，新文与旧文以某种方式共存于新的作品，这就是改编。而改编的意义也由此带有时下性，这正如哈琴所说的："改编就像进化，是一种跨越时代的现象。"[①]原作由此获得新的生命力而不断继续传递下去，或者消亡。

由此看来，改编和翻译存在颇多相似之处。两者都基于原作，在某种程度上被原作所束缚，但两者也都在各自改编和翻译的过程中仍有机会融入非原作的元素，并且这种再创作总是受到当下时代语境、读者预期的压力、改编/译者个人原因的影响，甚至对两者的研究也不约而同地超越了最初的忠实度原则而走向对其对话性和再创造性的研究。但我们也要看到，翻译仍属于次生产品，不能独立于原作而存在；而对读者而言，改编可以独立存在，许多人在看到改编作品的时候并不知道它是改编作品，也没有机会甚至欲望想去了解原作。

改编研究的意义正是在于它构成了对经典作品研究的必需的

[①] Linda Hutcheon, Siobhan O'Flynn, *A Theory of Adaptation*, p. 32.

补充。经典之所以成为经典,是一个历史性和现实性的问题,从前者过渡到后者。然而,若是仅仅将眼光放在经典性的历史性,或是不加批判地在学术研究中接受其经典性,而不对经典在当下的意义以及经典为了生存而发生的必要的改编(这里的改编甚至不一定是在文本上的,而可以发生在阐释层面)进行探讨,那么我们就是一头钻进了故纸堆而无法走出来。正是改编赋予了经典新的活力,在社会变化越来越快的今天更是如此。毋庸讳言,今天越来越多的普通读者已经不再有时间(或能力)直接阅读经典,他们接触经典的途径更多的是通过各种改编作品——电影、简写本、戏仿,甚至有可能仅仅是读书阶段背诵的"文学常识",经典已经在某种程度上分化为学者的生存资本、文化公司的文化资本和普通受众的简化象征符号。改编是经典的变体和大众化渠道,它本身是一个异质的集合,既包括那些具有严肃教育意义,尽可能以忠实为原则的教育文本中的改编,也包括大众文化产品对经典作品的商业性征用,更包括各种或"草根"或精英文化对其有意无意的戏仿和嘲讽,但无论其目的和态度如何,正是在各种改编中,经典得以延续。经典的流变史,同时也必定是对其的改编史。

后　记

　　对我而言,本书的成书过程可构成一部颇长的故事,不妨徐徐翻开,细细阅读。我与儿童文学以及叙事理论结缘起于攻读博士学位期间。感谢恩师申丹教授,她在学术上的前瞻和包容让我有机会选取了这么一个即便是多年以后也仍然让人觉得小众的研究领域,并且一直鼓励我在这条路上不断奋进。我的初衷是采用叙事和文体理论分析成人文学在改编成儿童文学过程中的叙事和文体改动,以及背后的社会历史文化动因,在此分析过程中我发现改编过程涉及包括宗教、教育、儿童观、出版等在内的相当多的社会和文化因素,而对其的分析又因研究对象不同而可酌情采用主题研究、叙事理论、文体学、比较文学、消费理论等不同研究方法和范式。总之是管中窥豹,可见一斑,又如万花筒所见,折射出整体社会文化变迁波澜万象中的斑驳光点,让人总有不断前行一探其究的动力。本书的出版如同这条学术历程上的小憩,得以放下以前之所见,继续轻装上阵,或许还有一片新的天地。

　　跟着申老师读博士不是一件容易的事,但与这个表述恰恰相反的是,尽管她在学界以批评眼光的犀利著称,却是一位非常谦逊、随和的导师。老师总是轻声细语,娓娓道来,在我的印象中,几乎没有听过老师什么否定性的话语。她总能在肯定你的过程中,让你看到仍需努力的方向。说不容易是因为她高深的学术造诣和细致的指导总让我觉得自己愚钝无比。老师带博士有个习惯,我们的博士论文一般都有十万字出头,老师是每一行都会细细阅读并给出批注。我当时大部分时间在武汉,需要完成单位的教学工作。每写完一章我就寄给老师,老师打印出来,细细标注,再寄给我。每一章都如此修改三遍左右,论文方成。我办公室的柜子里,还珍藏着老师寄给我的批注版。每次看到满页的批注我总是既感动,又惭愧,于是更加努力修改。我们每位博士生都是这样培养出来的。本书付梓之际,我满怀期待地请老师作序,她非常高兴地答应了。周五我给老师发去了相关材料,周六到周日一共收到老师五封修改稿的电子邮件和一长串的微信留言。这就是老师的风格。

跟着老师读博也是件最愉快的事:你只要肯付出,在老师的指点下,总会学有所成。老师很少跟我们讲大道理,但言传身教之中我们学到了很多做学问和做人的点滴。我唯一遗憾的是读博的五年里大部分时间不在北大,少了许多和老师相处的机会。即便是毕业之后,老师也一直关注着我的学术成长。每次我取得了一点小小的成果向老师汇报时,总能得到她毫不吝言的热情鼓励,更是非常高兴地为本书慷慨作序,让我这个做弟子的觉得倍感荣耀。

在儿童文学改编研究的路上一走就是十多年。博士毕业之后我转向国外 A&HCI 检索期刊发表,一方面是学术评价体系的指引,另一方面也是因为国际儿童文学研究的学界几乎没有中国学者的声音,我觉得这既是一个遗憾,也是一个契机。我希望能以自己微薄的力量，向国际学术圈传播中国的研究，让他们了解中国也有着蓬勃发展的儿童文学研究，而且知道我们不仅研究本土儿童文学，也研究世界儿童文学。因此我后来的稿件，既有对英美儿童文学的研究，也有对中国的儿童文学学科的介绍和对中国的儿童文学改编的研究。被 A&HCI 检索的期刊中一共有 4 种是专门研究儿童文学的，幸运的是，经过多年的努力，我现在已成为其中两种期刊的编委，分别是国际儿童文学学会的会刊 *International Research in Children's Literature* 和意大利马切拉塔大学出版的 *History of Education and Children's Literature*，在这两种期刊上都发表了多篇文章。同时我还有幸成为加拿大儿童文学研究的大本营、温尼伯大学出版的 *Jeunesse* 期刊的编辑部成员，与其他编辑一起审编儿童文学的稿件。可以说，在国际学界，从研究对象和研究人员来讲，中国不再是一个遥远而陌生的地方。虽然这一变化比起普遍性的文学研究领域来得要晚得多，但毕竟正在一点一点地发生。令人激动的是，2016 年的国际安徒生奖首次颁给了中国人，曹文轩的名字在国际图书市场的积累最终使他获得了有着儿童文学界的诺贝尔奖之称的这项殊荣。但我也注意到，相比之下，国际学界对中国的儿童文学知之甚少，IRCL 目前为止所发表的 5 篇与中国儿童文学有关的研究论文，除了本人所写的一篇有关改编的论文外，一篇是研究清末的，一篇是研究民国的，一篇是研究"文化大革命"的，对当代作品（包括曹文轩的作品）几乎没有研究。而 *Children's Literature in Education* 上发表的五篇与中国有关的论文，也只有两篇是中国学者所作。扩大中国儿童文学学者在国际学界的声音和影响力，这正是我们未来努力的方向。

其实我最开始选择做儿童文学的部分初衷与我女儿有关。当年我博士入学到北大报到，一周之后女儿出生，在与这个小天使的相处中让我产生了进行儿童文学研究的想法。如今,当我把这本多年的研究心得付梓之际,我的儿子都已经两岁多了,女儿也即将升入初中。感谢我两个可爱的孩子,给了我许多研究的灵感,更感谢我的妻子和父母,他们非常鼓励和支持我的工作,主动承担了大部分的家务,让我能够潜心学术,尤其是我的妻子还经常和我讨论课题的申请和论文的发表,给了我许多中肯并有效的建议。同时也感谢我的母校北京大学,我在英语系学习了十二年,几乎上遍了所有老师的课,占据了我人生三分之一的时光,这是我人生最难忘的一段美好记忆。尤其感谢亲爱的刘意青老师,她开设的课总是爆满,同学们都为她飞扬的神韵和精彩的内容所吸引,我上完了在读期间她开的所有课程。我觉得和刘老师特别有缘,她参加了我博士期间从开题到答辩的所有环节,并且担任了我硕士论文答辩和博士预答辩的主席,提出了许多热情中肯的意见。至今我仍然记得她把一本做了许多批注的博士答辩稿交给我,非常肯定地说"This is good enough and more than good enough",让我倍感自豪。同样感谢我的博士副导师韩加明教授,是他充满激情的课程带我走进了18世纪文学的大门。韩老师在指导我的过程中付出了大量的劳动,但学校规定所有表格不能填写第二导师,他对此却毫不在意,仍然默默无私地奉献和耕耘。他是18世纪英国文学研究的专家,他对两部小说以及18、19世纪英国的历史文化背景的深刻把握使我受益匪浅,他对论文中的观点提出了大量中肯的意见,指出了许多需要推敲的观点和表述,对十几万字的博士论文做了认真细致的修改。我还要感谢周小仪老师、苏耕欣老师和刘峰老师从开题到答辩对论文的辛勤评阅和宝贵意见,感谢刘象愚老师和马海良老师参加我的答辩。也感谢担任我预答辩和答辩秘书工作的余凝冰同学,正是因为有他辛勤、可靠的工作,我才能安心地埋头写论文，而把大量琐碎的手续都甩给了他。毕业之后我们也经常联系，交流心得。我还要特别感谢2018年有幸结识的许钧教授和殷企平教授，他们对后辈的耐心指点和热情提携让我感激不尽。最后，非常感谢北京大学出版社的张冰女士，她为本书的选题论证和编辑出版做了认真细致的工作，使得本书得以顺利出版。

本书初稿的部分章节曾在《外国文学评论》《外国文学》《外国语文》，*History of Education and Children's Literature*，*International Research in Children's Literature*，*CLCWeb: Comparative Literature and Culture*，*Neohelicon*，*HJEAS* 等期刊先行发表。这些期刊的众多编辑老师和审稿专家提出了富有洞见的修改意见，他们的帮助使得本书在细节上更趋完善，并慷慨允许本书修改重印部分论文，也一并致谢。

惠海峰
2019年春于喻家山麓

参考文献

中文文献

《专家解读新课标修订内容:语文课程变在哪?》,《光明日报》2012年2月15日。

奥斯丁:《傲慢与偏见》,张玲、张扬译,北京:人民文学出版社,1993年。

彼得·盖伊:《施尼兹勒的世纪:中产阶级文化的形成,1815—1914》,梁永安译,北京:北京大学出版社,2006年。

戴安·拉维奇:《美国学校体制的生与死:论考试和择校对教育的侵蚀》,冯颖译,北京:北京大学出版社,2014年。

丹尼尔·笛福:《鲁滨孙飘流记》,徐霞村译,北京:人民文学出版社,1959年。

丹尼尔·笛福:《鲁滨孙漂流记》,刘敬余主编,北京:北京出版集团公司,北京教育出版社,2012年。

丹尼尔·笛福:《鲁滨逊漂流记》,鹿金译,杭州:浙江文艺出版社,2002年。

丹尼尔·笛福:《鲁滨逊漂流记》,王新亮改写,南京:南京大学出版社,2013年。

丹尼尔·笛福:《鲁滨孙飘流记》,闻钟主编,北京:商务印书馆,2012年。

笛福:《鲁滨逊漂流记》,郑婷改写,合肥:黄山书社,2009年。

笛福:《鲁滨逊漂流记》,仲明明改写,石家庄:河北出版传媒集团,河北少年儿童出版社,2012年。

董雅丽、杨魁:《中国消费文化观念的媒介呈现研究》,北京:人民出版社,2015年。

韦苇:《外国儿童文学发展史》,北京:少年儿童出版社,2007年。

管宁:《消费文化与文学叙事》,福州:鹭江出版社,2007年。

亨利·菲尔丁,《古典与现实的结合:弃儿汤姆·琼斯的历史》,萧乾、李从弼译,西安,太白文艺出版社,2008年。

黄梅:《推敲"自我":小说在18世纪的英国》,北京:生活·读书·新知三联书店,2003年。

纪秋发:《中国社会消费主义现象简析》,北京:北京理工大学出版社,2015年。

蒋承勇等:《英国小说发展史》,杭州:浙江大学出版社,2006年。

肯尼思·格雷厄姆:《柳林风声》,雷虹译,长沙:湖南少年儿童出版社,2010年。

孔庆东、摩罗、余杰主编:《审视中学语文教育:世纪末的尴尬》,汕头:汕头大学出版社,1999年。

里蒙-凯南:《叙事虚构作品》,姚锦清等译,北京:生活·读书·新知三联书店,1989年。

丽萨·詹塞恩:《虚构作品的秘密生活》,《广东外语外贸大学学报》2016年第4期。

刘怀玉、伍丹:《消费主义批判:从大众神话到景观社会——以巴尔特、列斐伏尔、德波为线索》,《江西社会科学》2009年第7期。

刘意青主编:《英国18世纪文学史》(增补版),北京:外语教学与研究出版社,2006年。

卢梭:《爱弥尔:论教育》(全两册),李平沤译,北京:商务印书馆,1978年。

马克斯·韦伯:《新教伦理与资本主义精神》,简惠美、康乐译,桂林:广西师范大学出版社,2007年。

Paul Langford:《18世纪英国:宪制建构与产业革命》,刘意青、康勤译,北京:外语教学与研究出版社,2008年。

邱江宁:《明清江南消费文化与文体演变研究》,上海:上海三联书店,2009年。

R.H.托尼:《宗教与资本主义的兴起》,赵月瑟、夏镇平译,上海:上海译文出版社,2006年。

让·鲍德里亚,《消费社会》,刘成富、全志刚译,南京:南京大学出版社,2014年。

申丹,《试论当代西方文论的排他性和互补性》,《北京大学学报》(哲学社会科学版)2000 年第 4 期。

斯蒂芬. F. 梅森:《自然科学史》,周煦良等译,上海:上海译文出版社,1980 年。

斯威夫特:《格列佛游记》,刘敬余主编,北京:北京教育出版社,2012 年。

斯威夫特:《格列佛游记》,张健译,北京:人民文学出版社,1962 年。

托马斯·L. 汉金斯:《科学与启蒙运动》,任定成、张爱珍译,上海:复旦大学出版社,2000 年。

托马斯·卡莱尔:《文明的忧思》,宁小银译,北京:中国档案出版社,1999 年。

王美秀、段琦、文庸、乐峰等:《基督教史》,南京:凤凰出版传媒集团、江苏人民出版社,2008 年。

王晓焰:《18—19 世纪英国妇女地位研究》,北京:人民出版社,2007 年。

杨光富,《奥巴马政府 STEM 教育改革述评》,《中小学管理》2014 年第 4 期.

约翰·洛克:《教育片论》,熊春文译,北京:世纪出版集团、上海人民出版社,2005 年。

张一兵:《反鲍德里亚:一个后现代学术神话的祛序》,北京:商务印书馆,2009 年。

中华人民共和国教育部:《义务教育语文课程标准》,北京:北京师范大学出版社,2011 年。

周小仪:《唯美主义与消费文化》,北京:北京大学出版社,2002 年。

英文文献

Adams, James Eli. "Victorian Sexualities", *Companion to Victorian Literature and Culture*. Ed. Herbert F. Tucker. Malden, Massachusetts: Blackwell, 1999.

Anonymous. "The Education of the People Has for Years Past", *Times* 2 Sep. 1851: D4.

Anonymous. "The Education Question", *Times* 9 Nov. 1861: C10.

Anonymous. "Institute of Mercantile Education", *Times* 20 Jan. 1893: C4.

Anonymous. "National Society for the Education of Poor Children", *Times* 31 Oct. 1861: A9.

Alicea, Z. R. and J. T. Lysaker. "Landscapes of Consciousness: Reading Theory of Mind in Dear Juno and Chato and the Party Animals", *Children's Literature in

Education 48.3 (2017): 262—275.

Alston, Ann. *The Family in English Children's Literature*. London & New York: Routledge, 2008.

Austen, Jane. *Pride and Prejudice*. Ed. Donald Gray. New York: W. W. Norton, 2001.

—. *Pride and Prejudice*. Adpt. Evelyn Attwood. Penguin Readers. London: Penguin, 1999.

—. *Pride and Prejudice*. Adapt. Janice Greene. Irvine, CA: Saddleback Educational Publishing, 2003.

—. *Pride and Prejudice*. Adapt. Jan Fields. Minnesota: Magic Wagon, ABDO, 2012.

Ball, F. Elrington, ed. *The Correspondence of Jonathan Swift*, D. D. London: G. Bell and Sons, 1913.

Barrow, Robin. *Introduction to Moral Philosophy and Moral Education*. London: Routledge, 2007.

Battista, Maria Di. "Realism and Rebellion in Edwardian and Georgian Fiction", *The Cambridge Companion to the Twentieth-Century English Novel*. Ed. Robert L. Caserio. Cambridge: Cambridge University Press, 2009.

Blamires, David. *Telling Tales: The Impact of Germany on English Children's Books 1780—1918*. Cambridge: Cambridge University Press & OpenBook Publishers, 2009.

Bloom, Harold. "Introduction", *Bloom's Modern Critical Interpretations: Jonathan Swift's Gulliver's Travels*. Ed. Harold Bloom. New York: Infobase, 2009.

Bromley, J. S., ed. *The New Cambridge Modern History*. Vol. 6. London: Cambridge University Press, 1971.

Burton, Richard. "Literature for Children", *The North American Review* 167. 502 (1898): 278—286.

Butte, George. *I Know That You Know That I Know: Narrating Subjects from*

Moll Flanders to Marnie. Columbus: Ohio State University Press, 2004.

Butts, Dennis. "Shaping Boyhood: British Empire Builders and Adventurers", International Companion Encyclopedia of Children's Literature. Ed. Peter Hunt. 2nd ed. London and New York: Routledge, 2004.

Campe, Joachim Henrich. The New Robinson Crusoe, an Instructive and Entertaining History, for the Use of Children of Both Sexes. London: John Stockdale, 1789.

—. The New Robinson Crusoe, Designed for the Amusement and Instruction of the Youth of Both Sexes. London: E. Newbery, 1799.

Chatman, Seymour. "Mrs. Dalloway's Progeny: The Hours as Second-Degree Narrative", A Companion to Narrative Theory. Eds. James Phelan and Peter J. Rabinowitz. London: Blackwell, 2005.

Christ, Carol T., ed. The Norton Anthology of English Literature. 7th ed. Vol. 2B. New York: W. W. Norton, 2000.

Common Core State Standards Initiative. English Language Art Standards (http://www.corestandards.org/ELA-Literacy [accessed 16 July 2016]).

Cook, Chris. The Routledge Companion to Britain in the Nineteenth Century, 1815—1914. London & New York: Routledge, 2005.

Cullinan, Bernice E. and Diane Goetz Person, eds. The Continuum Encyclopedia of Children's Literature. London and New York: Continuum, 2005.

Defoe, Daniel. Robinson Crusoe: An Authoritative Text, Contexts, Criticism. Ed. Michael Shinagel. New York: W. W. Norton, 1994.

—. Robinson Crusoe: His Life and Adventures. London: Frederick Warne, 1887.

—. Robinson Crusoe: His Life and Adventures. London: Society for the Promotion of Christian Knowledge, 1886.

—. Robinson Crusoe: Told to the Children. Adapt. John Lang. London: T. C. & E. C. Jack, 1906.

—. The Adventures of Robinson Crusoe, a New and Improved Edition. London: John Harris, 1826.

—. *The Adventures of Robinson Crusoe, the York Mariner*. London: William Darton, 1819.

DeGategno, Paul J. and R. Jay Stubblefield. *Critical Companion to Jonathan Swift: A Literary Reference to His Life and Work*. New York: Facts On File, 2006.

Dewald, Jonathan et al., ed. *Europe 1450—1789: Encyclopedia of the Early Modern World*. Vol. 1. New York: Charles Scribner's Sons, 2004.

Doody, Margaret Anne. "Swift and Women", *The Cambridge Companion to Jonathan Swift*. Ed. Christopher Fox. Cambridge: Cambridge University Press, 2003.

During, Simon. "Taking Liberties: Sterne, Wilkes and Warburton", *Libertine Enlightenment: Sex Liberty and Licence in the Eighteenth Century*. Ed. Lisa O'Connell Peter Cryle. Hampshire: Palgrave, Macmillan, 2003.

Erlin, Matt. "Book Fetish: Joachim Heinrich Campe and the Commodification of Literature", *Seminar* 42.4 (2006): 355—376.

Ewers, Hans-Heino. *Fundamental Concepts of Children's Literature Research: Literary and Sociological Approaches*. London: Routledge, 2009.

Farrell, Joseph P. et al. *Rotten to the (Common) Core: Public Schooling, Standardized Tests, and the Surveillance State*. London: Process, 2016.

Fass, Paula S., ed. *Encyclopedia of Children and Childhood in History and Society*. 3 vols. New York: Macmillan Reference USA, 2004.

Field, E. M. *The Child and His Book: Some Account of the History and Progress of Children's Literature in England*. London: W. Gardner, Darton & Co., 1895.

Fielding, Henry. *The History of Tom Jones*. Adapt. Janet McAlpin. Penguin Readers. London: Penguin, 1999.

—. *The History of Tom Jones*. London: Penguin, 1985.

Flint, Christopher. "Orphaning the Family: The Role of Kinship in Robinson Crusoe", *ELH* 55.2 (1988): 381—419.

Fox, Christopher, ed. *The Cambridge Companion to Jonathan Swift*. Cambridge: Cambridge University Press, 2003.

Freedman, Leonard. *The Offensive Art: Political Satire and Its Censorship Around the World from Beerbohm to Borat*. Westport: Praeger, 2009.

Genette, Gerard, and Marie Maclean. "Introduction to the Paratext", *New Literary History* 22.2 (1991): 261—272.

Gilmore, Thomas B. Jr. "The Comedy of Swift's Scatological Poems", *PMLA* 91.1 (1976): 33—43.

Goldstein, Robert Justin. *The War for the Public Mind: Political Censorship in Nineteenth-Century Europe*. Westport: Praeger, 2000.

Goschen, George. "Mr. Goschen on Education", *Times* 30 Nov. 1877: C6.

Hausermann, Hans W. "Aspects of Life and Thought in *Robinson Crusoe*", *The Review of English Studies* 11.44 (1935): 439—456.

Hunt, Peter, ed. *International Companion Encyclopedia of Children's Literature*. 1st ed. London and New York: Routledge, 1996.

—, ed. *International Companion Encyclopedia of Children's Literature*. 2nd ed. London and New York: Routledge, 2004.

Hunter, J. Paul. "*Gulliver's Travels* and the Later Writings", *The Cambridge Companion to Jonathan Swift*. Ed. Christopher Fox. Cambridge: Cambridge University Press, 2003.

—, *The Reluctant Pilgrim: Defoe's Emblematic Method and Quest for Form in Robinson Crusoe*. Baltimore: Johns Hopkins University Press, 1966.

Hutcheon, Linda, and Siobhan O'Flynn. *A Theory of Adaptation*. 2nd ed. London: Routledge, 2013.

Joyce, James. "Daniel Defoe", *Robinson Crusoe: A Norton Critical Edition*. Ed. Michael Shinagel. New York: W. W. Norton, 1994.

Kaul, Suvir. *Eighteenth-Century English Literature and Postcolonial Studies*. Edinburgh: Edinburgh University Press, 2009.

Karolides, Nicholas J. *Banned Books: Literature Suppressed on Political*

Grounds. New York: Facts On File, 2006.

Knight, Mark, and Emma Mason. *Nineteenth-Century Religion and Literature: An Introduction*. Oxford, New York: Oxford University Press, 2006.

Lang, John. *Romance of Empire: The Land of the Golden Trade*. London: Caxton, 1910.

Layton, Lyndsey. "Pearson Pays $7.7 Million in Common Core Settlement", *Washington Post* December 13, 2013.

Lerer, Seth. *Children's Literautre: A Reader's History from Aesop to Harry Potter*. Chicago: University of Chicago Press, 2008.

Lesnik-Oberstein, Karín, ed. *Children's Literature: New Approaches*. Hampshire: Palgrave Macmillan, 2004.

—. "Defining Children's Literature and Childhood", *International Companion Encyclopedia of Children's Literature*. Ed. Peter Hunt. 1st ed. London and New York: Routledge, 1996.

Manlove, C. N. "Swift's Structures: 'A Description of the Morning' and Some Others", *Studies in English Literature, 1500—1900* 29.3 (1989): 463—472.

Mason, Mark Knight and Emma. *Nineteenth-Century Religion and Literature: An Introduction*. Oxford, New York: Oxford University Press, 2006.

Masterman, Charles F. G. *The Condition of England*. London: Methuen, 1909.

McCracken, Ellen. "Expanding Genette's Epitext/Peritext Model for Transitional Electronic Literature: Centrifugal and Centripetal Vectors on Kindles and iPads", *Narrative* 21.1 (2013): 105—124.

Meek, Margaret. "Introduction", *International Companion Encyclopedia of Children's Literature*. Ed. Peter Hunt. 1st ed. London and New York: Routledge, 1996.

Mews, Stuart. "Religion, 1900—1939", *A Companion to Early Twentieth-Century Britain*. Ed. Chris Wrigley. Malden, Massachusetts: Wiley-Blackwell, 2003.

Miller, J. Hillis. *The Disappearance of God: Five Nineteenth-Century Writers*. Cambridge, Mass.: Belknap Press of Harvard University, 1963.

Monnin, Katie. *Teaching Early Reader Comics and Graphic Novels*. Gainesville: Maupin House Publishing, 2011.

Myers, Mitzi. "Missed Opportunities and Critical Malpractice: New Historicism and Children's Literature", *Children's Literature Association Quarterly* 13.1 (1988): 41—43.

Nelson, Claudia, and Michelle H. Martin. *Sexual Pedagogies: Sex Education in Britain, Australia, and America, 1879—2000*. New York: Palgrave Macmillan, 2004.

Nikolajeva, Maria. "Narrative Theory and Children's Literature", *International Companion Encyclopedia of Children's Literature*. Ed. Peter Hunt. 2nd ed. London and New York: Routledge, 2004.

Nodelman, Perry. *The Pleasures of Children's Literature*. London: Longman, 1992.

O'Malley, Andrew. "Acting Out Crusoe: Pedagogy and Performance in Eighteenth-Century Children's Literature", *The Lion and the Unicorn* 33.2 (2009): 131.

—. "Crusoe at Home: Coding Domesticity in Children's Editions of *Robinson Crusoe*", *Journal for Eighteenth-Century Studies* 29.3 (2006): 337—352.

Patey, Douglas Lane. "Swift's Satire on 'Science' and the Structure of *Gulliver's Travels*", *ELH* 58.4 (1991): 809—839.

Petzold, Dieter. "A Race Apart: Children in Late Victorian and Edwardian Children's Books", *Children's Literature Association Quarterly* 17.3 (1992): 33—36.

Porter, Roy. *English Society in the Eighteenth Century*. Middlesex: Penguin, 1984.

—. "Science, Provincial Culture and Public Opinion in Enlightenment England", *Journal for Eighteenth-Century Studies* 3.1 (1980): 20—46.

Poldsaar, Raili. "Foucault Framing Foucault: the Role of Paratexts in the English Translation of *The Order of Things*", *Neohelicon* 37(1): 265—268.

Ravitch, Diane. *The Death and Life of the Great American School System: How Testing and Choice Are Undermining Education*. New York: Basic Books, 2011.

Richetti, John. *The Life of Daniel Defoe*. Malden, Massachusetts: Blackwell, 2005.

Rodino, Richard H. "'Splendide Mendax': Authors, Characters, and Readers in *Gulliver's Travels*", *PMLA* 106.5 (1991): 1054—1070.

Ruskin, John. "Of Queen's Gardens", *Sesame and Lilies, the Two Paths and the King of the Golden River*. London: J. M. Dent, 1907.

Sanders, Julie. *Adaptation and Appropriation*. London: Routledge, 2006.

Shavit, Zohar. *Poetics of Children's Literature*. Athens, GA: University of Georgia Press, 2009.

Silva, Roberta. "Representing Adolescent Fears: Theory of Mind and Fantasy Fiction", *International Research in Children's Literature* 6.2 (2013): 161—175.

Smedman, M. Sarah. "Like Me, Like Me Not: *Gulliver's Travels* as Children's Book", *The Genres of Gulliver's Travels*. Ed. Frederik N. Smith. Delaware: University of Delaware Press, 1990.

Smith, James Steel. *A Critical Approach to Children's Literature*. New York: McGraw-Hill, 1967.

Starr, George A. *Defoe and Spiritual Autobiography*. Princeton, New Jersey: Princeton University Press, 1965.

Stern, Sol, and Peter W. Wood. *Common Core: Yea & Nay*. New York: Encounter Books, 2016.

Stoneley, Peter. *Consumerism and American Girls' Literature: 1860—1940*. Cambridge: Cambridge University Press, 2003.

Strauss, Valerie. "Common Core: 'the Gift That Pearson Counts on to Keep Giving'", *Washington Post*, September 23, 2015.

Susina, Jan. "Children's Literature", *Encyclopedia of Children and Childhood in History and Society*. Ed. Paula S. Fass. Vol 1. New York: Macmillan Reference USA, 2004.

Swift, Deane. 'Deane Swift on *Gulliver's Travels* and on Swift as a Poet", *Jonathan Swift: The Critical Heritage*. Ed. Kathleen Williams. London:

Routledge, 2002.

Swift, Jonathan. *Gulliver's Travels*. London: George Routledge and Sons Limited, 1895.

——. *Gulliver's Travels in Lilliput and Brobdingnag*. London: T. C. & E. C. Jack, 1906.

——. *Travels into Several Remote Nations of the World*. London: Benjamin Motte, 1726.

——. *Travels into Several Remote Nations of the World*. London: J. Stone and R. King, 1727.

——. *Travels into Several Remote Nations of the World*. London: S. O. Beeton, 1864.

Thacker, Deborah. "Testing Boundaries", *Introducing Children's Literature*. Eds. Deborah Cogan Thacker and Jean Webb. London & New York: Routledge, 2002.

Thackeray, William M. "Jonathan Swift", *Essays: English and American*. Ed. Charles W. Eliot. New York: P. F. Collier & Son, 1909.

Thiel, Elizabeth. *The Fantasy of Family: Nineteenth-Century Children's Literature and the Myth of the Domestic Ideal*. London and New York: Routledge, 2008.

Trotter, David. *The English Novel in History, 1895—1920*. London: Routledge, 1993.

Wadham, Rachel L. and Jonathan W. Ostenson. *Integrating Young Adult Literature Through the Common Core Standards*. Santa Barbara, CA: Libraries, 2013.

Watt, Ian. *Myths of Modern Individualism: Faust, Don Quixote, Don Juan, Robinson Crusoe*. Cambridge: Cambridge University Press, 1996.

——. "Robinson Crusoe as a Myth", *Essays in Criticism* 1.2 (1951): 95—119.

Wheeler, Michael. "'One of the Larger Lost Continents': Religion in the Victorian Novel", *A Concise Companion to the Victorian Novel*. Ed.

Francis O'Gorman. Malden, Massachusetts: Blackwell, 2005.

Zunshine, Lisa. "Approaching Cao Xueqin's *The Story of the Stone* (*Honglou Meng* 红楼梦) from a Cognitive Perspective", *The Oxford Handbook of Cognitive Literary Studies*. Ed. Lisa Zunshine. Oxford: Oxford University Press, 2015.

Zunshine, Lisa. "Introduction", *Oxford Handbook of Cognitive Literary Studies*. Ed. Lisa Zunshine. Oxford: Oxford University Press, 2015.

Zunshine, Lisa. "Style Brings in Mental States", *Style* 45.2 (2011): 349−356.

Zunshine, Lisa. "Theory of Mind and Experimental Representations of Fictional Consciousness", *Narrative* 11.3 (2003): 270−291.

Zunshine, Lisa. "Theory of Mind and Fictions of Embodied Transparency (the 'Office')", *Narrative* 16.1 (2008): 65−92.

Zunshine, Lisa. "The Secret Life of Fiction", *PMLA* 130.3 (2015): 724−731.

Zunshine, Lisa. "Why Jane Austen Was Different, and Why We May Need Cognitive Science to See It", *Style* 41.3 (2007): 275.

Zunshine, Lisa. *Why We Read Fiction: Theory of Mind and the Novel*. Columbus: Ohio State University Press, 2006.